世事年年见沧桑

——东京旧事

王　墨◎著

中国言实出版社

图书在版编目(CIP)数据

世事年年见沧桑：东京旧事 / 王墨著 . — 北京：
中国言实出版社 , 2015.9
　　ISBN 978-7-5171-1509-0

　　Ⅰ . ①世… Ⅱ . ①王… Ⅲ . ①回忆录—中国—当代
Ⅳ . ① I251

　　中国版本图书馆 CIP 数据核字（2015）第 203379 号

责任编辑： 佟贵兆

出版发行 中国言实出版社
　　　地　　址：北京市朝阳区北苑路180号加利大厦5号楼105室
　　　邮　　编：100101
　　　编辑部：北京市西城区百万庄大街甲16号五层
　　　邮　　编：100037
　　　电　　话：64924853（总编室）64924716（发行部）
　　　网　　址：www.zgyscbs.cn
　　　E-mail：zgyscbs@263.net
经　　销 新华书店
印　　刷 北京温林源印刷有限公司
版　　次 2016年1月第1版　　2016年1月第1次印刷
规　　格 710毫米×1000毫米　1/16　19印张
字　　数 200千字
定　　价 36.00元　　ISBN 978-7-5171-1509-0

关于本书

公元 2000 年，时值中美关系良善、中日关系友好阶段，一直主张日美同盟、支持"台独"的日本外交战略评论家、原外务省情报局局长、原驻泰国大使冈崎久彦（冈崎研究所所长，当时为株式会社博报堂顾问）因为不大得志，多少有些寂寞。其秘书小川彰随日本著名国际问题专家田中明彦（日本国际协力机构理事长，原东京大学副校长）来到中国社科院日本研究所，与中国开展交流，以打开冈崎研究所寥落的局面。恰在此时，作者与小川彰相识。小川彰对作者鲜明的爱国者的个性十分欣赏，意图通过作者了解中国，成为与中国政府沟通的桥梁。为此，作者接触了日本各派人士，看到了一个其他人无法看到的日本。2000 年末，小布什赢得美国大选，次年"9·11 事件"发生，国际局势发生重要变化，冈崎久彦成为小泉内阁和安倍内阁的外交战略顾问，美日双方开始加强日美同盟，中日关系渐渐恶化。一直处在日本政府重要智囊冈崎久彦身边的作者亲身目睹了中日关系的变迁。在与冈崎久彦的接触中，肩扛小红旗的作者成为冈崎久彦政治上敌对，但生活中彼此欣赏的朋友。作者还结识了日本前首相村山富市，并与村山成为好朋友。作者的经历是独一无二的，因而对日本社会的认识也有独到之处，对中日关系和中日之间的许多关键问题也都有着与众不同的看法，书中的一些观点或许对今后中日关系的发展有着重要的参考作用。

人性的温暖与理性的客观

2011 年 5 月北斗六星传媒组织了 450 人的中日文化交流之旅。到达美丽东京湾的当晚，接待单位组织了隆重酒会。中国驻日使馆公使牛建国先生及一秘李春光先生等参加酒会并致辞。

除了广泛的文化交流外，我们领队一行 5 人与当时的日本国会议员安倍晋三，就书法文化进行了专题沟通。在其后的几天里，我与一秘李春光多次交流，并成为朋友。

次年，李春光先生在日本政府约谈、举国报道所谓"李春光事件"之前，回到了国内工作。之后，我与他们全家成为好朋友。

本书作者王墨女士是李春光的夫人，认识以来就执意称呼我为大哥。我笑着问她："是愿意让春光变成我妹夫，还是你就坚持是我弟妹的关系？"她说："我还是从着他吧！"作者因此成了我的弟妹。

对她文采的敬重，始自她写的几首旧体诗。格律我不大通，但是诗句的美妙我能略知一二，更关键的是她的诗作不写一字空。厚实的内容中，有着一种热烈的情怀。她以一种近乎本能的纯洁，纯子之心的率真和天真般的朝气，让我感染到一种文雅与清朗。

她的一切文字都不是小资式的个人感伤与惆怅。她奇妙地将政治、国家关系等"高大上"的深沉化作邻里间的亲密、纠葛。她是一个坚定爱国家爱人民的知识分子，但她更以一种人性温暖的目光和情怀关注中日关系。尤其看到了她的译作村山富市自传《我的奋斗历程》和一个日本侵略东南亚随军牧师的《现在，是我们赎罪的时候》后，我对日本领导人，对日本社会与文化，都有了一种更细致的了解。

她的 20 万字最新著作《世事年年见沧桑》，以她独特、真切、客观和具有知性的视角与笔触，记录了她所结识和了解的日本左、中、右政治家。我们不可能完全认可她的视角，但是她的角度或许能让更多的国人"兼听"到不同的声响。其实，美妙的乐曲更需要和声，更需要不同乐器配合才相得益彰。

　　本书具有很强的独特吸引点，会是一种极有价值的读物，不仅会对某些政治家有益，即使对一般读者深入地了解日本也是益处良多。它还具有中日关系历史重要档案的价值，不仅仅会对中日关系进程有所助益，更会以一种人性的温暖，让我们两国怎么样知此知彼。

　　友好，不仅仅是表层的亲近，我们需要感性与理性的更多信息。本书，具备这样的价值。

吕洪明
2015 年 6 月

出场人物介绍
（按汉语发音为序）

阿久津博康：防卫厅研究所研究员，原冈崎研究所主任研究员。

村山富市：日本前首相，社民党名誉党首，日中友好协会顾问。

川村纯彦：军事评论家，冈崎研究所副理事长，原日本驻美国使馆武官、海上自卫队统合幕僚学校副校长。海军准将。

村冈久平：日本中国协会理事长。

潮匡人：评论家，冈崎研究所特别研究员，圣学院大学讲师。

大野克美：财团法人东南亚文化友好协会专务理事、理事长，株式会社万座温泉社长。

大岛信三：《正论》总编。

冈崎久彦（故）：著名外交战略评论家，冈崎研究所理事长（智库），小泉纯一郎、安倍晋三的外交战略顾问，日美贤人会议主要成员，原外务省情报局局长、驻泰国大使。

高桥秀雄：财团法人东南亚文化友好协会理事，TAC日本语学舍校长。

古森义久：《产经新闻》原驻北京支局长，原华盛顿支局长，《产经新闻》社论撰写人。

根本安雄：日本东银座地所株式会社社长、日本日中技术留学交流会会长。

河井卓弥：日本社民党对外联络部部长。

吉崎达彦：著名评论家，冈崎研究所理事，双日综合研究所副所长。

金田秀昭：评论家，冈崎研究所理事，原海上自卫队护卫舰队司令。海军少将。

金美龄：中国台湾人。曾为陈水扁的国策顾问。

蒋立峰：中国社会科学院日本研究所原所长，著名日本问题专家。

金熙德：中国社会科学院日本研究所原副所长，因出卖情报被判刑，服刑中。

栗原小卷：电影演员，日中文化交流协会理事。

铃木邦子：日本文化频道樱花播音员，冈崎研究所研究员，东京大学特聘副教授。

刘德有：中华日本学会会长，中国翻译家协会副会长，文化部原副部长。

李小林：中国对外友好协会会长。

李春光：中国社会科学院日本研究所日本政治研究中心研究员，中国天津市宝坻区区长助理，原中国驻日大使馆经参处一等秘书官，2012年"李春光事件"的当事人。

迈克尔·格林：美国著名东北亚问题专家，政府智库战略国际问题研究所CSIS副理事长，小布什政权重要智囊人物。

山田小姐（隐去真名）：冈崎研究所秘书。

山本诚：冈崎研究所理事，原海上自卫队自卫舰司令。军衔：海将。

山崎高司：原国际货币基金组织理事。

石塚英树：日本外务省官员，中国通，驻瑞士公使。

田中明彦：日本国际协力组织理事长，日美贤人会议主要成员，原东京大学副校长。

藤原良雄：藤原书店社长。

武贞秀士：防卫研究所副所长，著名朝鲜问题专家。

吴寄南：上海国际问题研究所日本室主任，知名日本问题专家。

小川彰（故）：评论家，株式会社博报堂职员，冈崎久彦任博报堂顾问时的秘书，主任研究员。

小池百合子：小泉内阁环境大臣。

杨毅：中国人民解放军国防大学战略研究所所长，海军少将。

佐藤守：军事评论家，冈崎研究所理事，原航空自卫队西南航空混成团司令。军衔：空将。

一

冈崎久彦离开了人世。

确切的日子是 2014 年 10 月 26 日。

那日午后，闲在家里无事，电话忽然响了，孩子他爹来的。这天他去北京见一个旧友，日本人，从前的民主党外相玄叶光一郎的秘书。亚太经合组织（APEC）首脑会议开幕前，在日本各界纷纷揣测首相安倍是否能实现中日首脑会谈的时刻，他来到北京，旅游。按常理讲，这样的时刻丈夫是不会打电话给我的，除非有特殊之事。

一张嘴便说："冈崎去世了"。

的确是特殊的事。

玄叶的秘书也知道我与冈崎相熟，到了北京便告诉了孩子的爹，于是便在他们会面中打电话给我。

丈夫体贴，电话里嘱咐我上网查查，打开了久违的雅虎日本网页，日本国内新闻中冈崎的死讯虽不能说是头条但也十分醒目，说："安倍首相在集体自卫权解禁方面的'指南役'冈崎久彦去世了。"

日文此处的"役"字表示的是担当的角色，我知道这意味着舆论对冈崎的极高评价。

那个 1930 年生于大连、离开之后再也没有来过中国的日本老人，那个中国人眼中的日本右翼代表人物，那个曾与我一同谈论古今、研习唐诗、评说书法、热爱中国古典文化的风雅儒士，那个一生主张中国是日本最大的敌人因而必须强化日美同盟的日本政府谋士，那个给了我人生重要影响的老头儿不在了。

因为他对我的影响，因为他给我的思考，也因为他虽然与我互为政治

1

上的敌人但却互相欣赏，这个大我36岁的日本老人为我的生命涂上了一笔重重的油彩。

冈崎给我留下印象最深的话是："中国是我一生的敌人，但你是我重要的朋友。"

冈崎让我明白什么是国家利益，以及为了国家利益怎样与自己的敌人合作。在冈崎身边的日子，肩膀上如同扛着小小五星红旗的我交下了许多道不同但可以开怀畅饮的朋友。因为冈崎对我的认可，在满是对中国充满敌意或不理解的那群人中，我成了一个特殊而突兀的存在。这的确很特别，我想恐怕再也不会有第二个中国人有这样的经历了。

我曾经跟我的学生讲过，影响我人生的是三个老头儿：一个是村山富市，日本社会民主党党首、前首相，无论按中国的说法还是按日本的说法都是一个左派人物；一个是冈崎久彦，小泉纯一郎和安倍晋三的外交战略顾问，曾经是日本外务省情报局局长，有人说那是日本的FBI，中国政界、学界都称冈崎是极右翼分子。

这两个人迥异的政治见解和价值观，在我这个生长在红旗下的红孩子身上冲突、交融、沉淀，我由此学会了思考，学会了观察，学会了判断，也学会了爱国，并最终投身到中国社会科学院研究生院，成为一名研究中国共产党执政规律的博士研究生。

我的爱国是立体的，因而也是理性的，人们都说我一点儿也不似在灯红酒绿的异国他乡呆过，我的博士论文被许多专家评为观点客观、分析透彻，填补了国史相关研究的空白。我认为这与那两个日本老头的影响有关。

另一个对我影响至深的老人是一位中国人，比起两个日本人似乎名气小些，但也是一个奇人，他是生于1931年的中华日本学会的会长刘德有先生。他曾任中华人民共和国文化部副部长、中国翻译家协会会长，被称为在世的中日交流的国宝级人物，是毛泽东、周恩来的日文翻译，见证了当代中日关系的起伏与变迁。因为将他60万字的回忆录翻译成日文，我这个横滨国立大学专攻热流体力学的博士摆脱了对中日关系几近无知的状态，对新中国成立后的中日交往历史有了一点儿粗略的认知。

有趣的是，这三个老人都曾因为"功勋卓著"而获得过日本天皇勋章。

这一点真的是意味深长。

一切都源于冈崎久彦的秘书小川彰。

※ 村山富市

2006 年 4 月，"作为内阁总理大臣承担了重要国政并发挥了重要作用，同时在多年担任国会议员期间在议案审议方面发挥了重要作用"，因功勋显著，获桐花大绶章①。

※ 冈崎久彦

2012 年秋，因为对"国家、地方团体或者公共事业"做出突出贡献，获得瑞宝重光章②。

※ 刘德有

2000 年 6 月，因为"多年从事促进日中两国相互理解的工作，功勋显著"获勋二等旭日重光章③。

　　　瑞宝重光章　　　　　　　　旭日重光章

---

① 桐花大绶章是日本勋章的一种。1875 年 4 月 10 日，旭日章被定为日本最初的勋章，1888 年（明治 21 年）1 月 4 日，"勋一等旭日桐花大绶章"被追加，成为旭日章的最高级别。2003 年荣典制度改正时，更名为"桐花大绶章"。天皇勋章按功勋顺序排列依次为：大勋位菊花章，桐花章，旭日章，瑞宝章，宝冠章。

② 瑞宝章共分 6 个等级，瑞宝重光章为第二等，开始的时候只授给官僚，后来民间人士也成为授勋的对象。

③ 旭日重光章，是第二等旭日勋章，2003 年荣典制度改正时去掉了等级文字，"勋二等旭日重光章"更名为"旭日重光章"。

二

　　1999 年 5 月，财团法人东南亚文化友好协会理事会和评议员会换届，我成为该财团有史以来第一个中国人评议员①，和我同期加入评议员会的另一个人便是小川彰。

　　其实，与株式会社博报堂的重要职员小川彰的相识并不意味着我与冈崎的必然相遇，因为小川彰应该压根儿就没有想过要把我引见给他的老板冈崎久彦。我想，连小川彰自己都不会想到，我和冈崎研究所的缘分竟然如此之深。

　　外交官冈崎久彦是个名人，他风度儒雅，才华横溢，东京大学法学部还没有毕业便通过了外务公务员考试，这是一件非常值得骄傲的事情。据说这是日本最困难的公务员考试，冈崎因为中途退学的经历而成为外务省的传奇，他一生都以此为荣，所有的简历中都有他"大学中退"的字样，他身边的人常常有意无意地提到他的"中退"之事，因为那是一种不露声色的恭维。冈崎历任多国大使，但他著作等的简历大都只提他是原"驻泰（国）"大使。有一次我曾经问小川原因，他开玩笑说，那是因为"我们的大使是中退的呀"，日文的"驻泰国"的发音与"中退"的发音一致，不知道这只是小川彰的妙手偶得，还是无意中暗合了冈崎本人的心思。一直到他去世，媒体在介绍他的时候始终都没有去掉"原驻泰国大使"一句，而他身边的人则始终称呼他为"大使"。

　　入外务省不久，冈崎又以全日本第一名的成绩获得了英国剑桥大学进修的机会，他曾和我提过，晚他一年去剑桥的是皇太子妃小和田雅子的父

---

① 日本的每个财团法人都由理事会和评议员会组成，为合议制度，评议员会选举理事会，理事会认可评议员会，互相监督，类似于众议院和参议院。

亲，后来也做到了大使。

他们是日本社会的精英。

1984年冈崎成为日本外务省第一个情报调查局长，之后历任沙特阿拉伯大使和泰国大使，1992年退休的时候，他已经因为文名和观点受到世人瞩目，进入21世纪后他的名声更隆，有着100多年历史的日本最著名的广告策划公司博报堂在冈崎退休的当年便聘他为顾问，并专门设立了冠以他姓氏的研究所①，将曾在华盛顿外派工作8年毕业于东京大学的重要职员小川彰拨给他做秘书。

冈崎研究所在我认识小川彰之前虽然已经有些名气，但基本上限于圈内之人，冈崎个人的名望也大致属于那种时常见诸报端的评论家②，文章主要发表在《产经新闻》上，当时上电视的时候不是很多，偶尔的也只是富士电视台。

从本质上讲，冈崎是个书生，而小川彰则是一个能够整合各种资源的社交大家。冈崎研究所虽然有博报堂出资，但经费并不很多，人也不多，除了所长冈崎、主任研究员小川，还有一个出常勤的年轻女孩儿当事务秘书，忙的时候也会雇一两个女孩儿做临时秘书，有时则是一两个大学生。

当初冈崎研究所的成立，说起来也不过是博报堂扩大声誉之举，对外，博报堂始终称冈崎为顾问。冈崎研究所后来之所以发展成为日本国内有名的智库，除了冈崎不断地出书和在媒体上发表评论文章之外，也与小川彰过人的交际能力密不可分，而后来国际形势的变化则使冈崎的名声达到了顶峰。

上世纪结束前的那两年，冈崎研究所的研究题目比较平和，主要是研究海洋安全，诸如马六甲海峡的海盗问题等。在外务省时期便一直主张强化日美同盟的冈崎，因为中日关系太平，中美关系良好而有些不得志。其实，对于多数普通日本人来说，冈崎过分强调国家利益的主张也不过是和

① 日本有许多这样的被冠以所长姓氏的研究所，大都由一些有些许名望的人设立，一般就所长一个人，事务工作由夫人负责。这些研究所会想出一些研究项目，串联各界学者，召开各级学术会议，如果项目好的话便会从相应部省申请到可观的经费。

② 评论家在日本是一个职业，是一个值得人尊敬的称谓，正因为被大众认可，所以才可以在电视或报纸上发表各种见解。

平年代的一种观点，没人太当回事儿，听听也就算了。秘书小川彰闲暇之余便跟着一个叫根本安雄①的老人去了中国，到中国社会科学院日本研究所开会。

根本安雄是日本经济界的大佬，与中国关系良好，但对崇尚国家利益提倡日美同盟的冈崎十分欣赏，对小川更是百般提携。网上有根本安雄的记载，说他"1980年在日本创办日中技术留学交流协会，1988年在中国社会科学院日本研究所设立'根本安雄基金'，支持中国的日本研究和青年人才的培养以及优秀论文评奖，2002年资助社科院日本研究所图书馆改造工程，是中国人民的老朋友……"

从中国归来不久，小川彰便见到了我。

财团法人东南亚文化友好协会部分理事合影

---

① 根本安雄是刘德有先生的朋友，是刘老先生儿子留学日本的身份保证人。后来我翻译出版刘德有先生回忆录的时候，小川的夫人花10万日元买书捧场，打算送根本一套，竟被根本送了回来，声称："他写的东西我不看"。还亲笔写了一封信给小川夫人，告诫她："疾风知劲草，板荡识诚臣"。我辩解说："我翻译刘先生的书，觉得他是个完美的人……"根本立即反驳："他就是太完美了！可是，你觉得可能吗？！"一个为中国做了许多事情的日本人，为着一个站在中日交往前沿的中国人，说了这样的话，第三者的我们也许应该多思考思考。

三

　　财团法人东南亚文化友好协会被日本外务省、文部省、劳动省三省认可，是一个上得了台面的民间团体①。对于财团里突然有一个中国人出现，小川彰表现了极大的兴趣。然而，虽然小川彰在博报堂里职位不算很低，冈崎因为多少有些寄人篱下，所以对小川除了倚重之外还有一些客气，但任何人只要站在小川的角度考虑一下，都会觉得他是无论如何都不会直接将我这个普通的中国留学生领到冈崎那里的，所以在日本这个等级观念十分严格的国家里，当时正在攻读热流体力学博士学位的我与研究国家外交战略的冈崎根本没有任何直接的交汇点。

　　财团一年里一般召开两次理事会，春秋各一次，讨论讨论财政支出之外就是吃吃喝喝，联络感情。当然，吃得很朴素。

　　加入东南亚文化友好协会后，我发现"评议员"原来是个相当值得人尊敬的称谓，因为与人交换名片时总能换来对方略带艳羡的眼神，我明白自己已经有了一个被日本社会认可的身份。

　　日本社会重视资历，日文称之为"肩书（职务）"，也就是一个人的职衔或者社会公职，体现了被社会的认可程度，从一个人的"肩书"中还大致可以看出这个人在社会或集体中的声望和地位。日本人多疑，很难相信

---

① 日本的民间团体五花八门、多如牛毛，都是非营利性的，有的是企业经营者组成的行业间团体，有些则是单纯的爱好相同者联谊会，几乎存在于社会生活的所有领域，会员们可以通过参加团体活动增进友谊、交换信息。这些团体都希望邀请社会名流参加，国会议员或知名学者都行，有了这些人的加入，团体的影响力就相对强些，与政府打交道时也方便很多，有时候还可以对媒体和政府施加一点儿影响。中国人熟知的日中友好协会也是这样的民间团体，上世纪50年代，由于日本政府不承认中国，两国政府处于敌对状态之中，一些当时的左派进步人士和希望与中国开展贸易的中小企业主成立了这一组织。

人，但若相信了便不容易再产生怀疑。有着公信度的"肩书"对取得日本人的信任有着相当重要的影响。

中国人聪明，在日本待久了也自己拉了几个日本人成立财团或者NPO法人，担任理事长什么的，看起来风光，但日本人一看名片便知道那是自己封的，你那个财团并不代表你被日本社会认可的程度，也就是说其实仍然没有走入日本社会主流。

东南亚文化友好协会成立于1964年，由一个叫加藤亮一的牧师发起，首任理事长是当时的副首相石井光次郎，我加入的时候加藤已经去世，但财团中仍然有许多社会名流。

第一次参加理事会的时候，小川并没有出现，在众多白头发、花白头发的老爷爷中间，我发现自己十分年轻。除了我，这个团体里还有一个穿着普通的中年女性，渐渐地熟了，才知道那便是日本最大面包厂商"山崎面包"的老板之一，日本经济界的名人。

据说，当高桥秀雄理事提名推荐我加入财团时，有人以财团从来没有过外国人评议员为由表示反对，这个名叫饭岛庸江的女士反驳说她早已经加入了法国籍，所以她就是先例。财大气不粗的饭岛女士端庄娴雅，寥寥数语倒像是为我说话一样，于是，我得以全票通过。

为了让我对财团的历史有个了解，高桥理事将财团创始人加藤的著作《现在，是我们赎罪的时候》①借给了我。因为书的内容很感人，喜欢舞文弄墨的我决定将书翻译成中文，把书介绍到国内去。

没有人支持我。

首先因为我的专业，没有人对一个正在攻读工学博士的人的文字有信心；其次是财团的许多人都没有去过中国，中国的红色使他们疑虑并且担心。

时间已经是20世纪的最后一年，中日邦交正常化也已经近30年，东南亚文化协会这个由普通的精英日本人组成的团体中大多数人似对中国一无所知。后来我翻译刘德有先生的回忆录，看到在记录1972年中日邦交

---

① 加藤亮一的著作《现在，是我们赎罪的时候》其实是这个财团的精神资产，体现了财团的理念，因加藤已经离世，所以理事们十分慎重。

正常化的章节中刘先生用了"大势所趋，人心所向"的描述。不只是刘先生，2010年之后我在中国社会科学院攻读博士学位时查阅资料，发现几乎所有的中文记载都体现了"中日友好"在日本是"人心所向"的趋势。我总觉得，中国人包括政府被今日的日本表现弄得多少有些措手不及跟这些文字表述有相当关系。我在日本几近二十年，因为出国时没有国内的背景，到日本后接触的几乎都是占绝大多数的普通民众而非亲华人士，说实话，我一点儿也没有感受到因为"人心所向"而带来的亲切。相反的，我觉得自己就像一个拓荒者，面对着的日本民众对中国无知而茫然。

高桥试图说服理事长，但这个设计了日本单轨铁路的著名设计师考虑了半年之久都没有给出答复。其实，我知道，从来没有到过中国的高桥本人也是顾虑重重。

小川彰出现在年末的理事会上。

四十出头的小川彰让理事会充满活力。当时的我并不知道这个看起来永远笑眯眯的人是何许人也，也不知道冈崎研究所是什么样的机构。看着他神采飞扬地介绍去韩国见什么名人的样子，虽然到日本多年，那一日的我发现自己对他的日语似懂非懂。

以后的经验告诉我，像我这样没有在日本受过正规基础教育的人，每接触一个不同领域的人便会面对一堆完全不懂的新词，要适应好长一段时间才会听懂，能参与会话则需要更长的时间。

理事会后，四个人一起喝茶。专务（理事）大野克美、高桥秀雄、我，还有这个兴致勃勃、活力四射的小川彰。当高桥谈到我已经翻译了加藤的书并希望在中国出版时，笑眯眯的小川彰表现得喜出望外，当即表示：太好了！他将全力支持。

出版的事便这样定了下来，由我和小川负责。

在日本的公司或者其他社会团体中，专务（理事）因为主管着团体的主要工作，权力很大。小川彰的表态效果明显，专务（理事）大野立即成为我的支持者。

于是，小川邀请我到他的办公室——冈崎研究所去玩。

小川非常有亲和力，他眼光独到，公关能力杰出，与各个部省关系密切，为冈崎研究所谋得大量经费。这时候的他常拍着口袋说：没办法，钱太多了，花不完。

他的"接待"①非常像样，我第一次吃河豚就是他请的，东京车站旁有一家十分有名的河豚老店，小川是那里的常客，他自己说常带重要的客人来。我去的那次，他特意向店老板介绍：这是中国来的王女史，以后会常来。第一次被称为"女史"而不是留学生，我十分感动，因为中国留学生的印象多是穷，而女史则显得富有教养。后来我发现他对所有人都如此，郑重地介绍每个人，让人觉得受到特殊的尊重。

小川搜罗了各界人士去冈崎研究所，这些人各具特色，议员、学者、企业家、评论家、作家……许多后来的冈崎追随者和朋友都是小川这时候的"成果"。我第一次去的时候正是冈崎研究所的全盛期，研究所里每日里客来客往，人气很旺。

来客都不喧嚷，几乎都是小川的客人。冈崎在最里面的房间里，写字或者休息。偶尔有他的客人来，时间一到他便走出来，到会客室去，见完了人便回自己的房间，远远地承受着大家的尊敬。

---

① 日文的接待一般指企业等为了交易成功而招待合作方面负责人，包括饮食、娱乐等。

四

冈崎研究所位于神保町。

东京都千代田区北部的神保町是著名的旧书店街。东西向的靖国路和南北向的白山路在这里交汇成著名的神保町交叉点，交叉点周边布满了书店和出版社，是世界上最大的书店街，也是世界最大规模的旧书店街。这里的书店一家挨着一家，门面都不大，有时候你看到一扇既旧且小的门开着，不经意地拐进去也许就会发现一家在某个专业领域非常有名的书店。

藏龙卧虎之地，看起来却云淡风轻。

小川明确地说：到研究所来玩儿。

我已经在日本待了八年，知道日本人公私分明，从不把私事带到工作中，这也是我到日本之后总结的经验教训。中国人似乎更讲人情，我小时候，放学后没地方去就去我母亲的单位玩，没觉得有什么不妥，母亲的同事也接纳我，只要我不捣乱。日本人不同，严谨的日本人上班从不打私人电话，妻子都不能到丈夫公司去，妻子生孩子丈夫也不会请假……

因为工作是神圣的。

孩子留学日本的人也许有些经验，即便是许久不见的父母到了日本都有可能无法见到打工的孩子，因为不能随便请假，父母想去孩子工作的地方看看更是想都不用想。

这在日本是常识，而我，已经入乡随俗。

然而，小川却让我去玩儿。

满脑子疑惑的我按照约定时间来到株式会社博报堂，冈崎研究所在九楼。

那是一个冬日的下午。

迎接我的除了笑眯眯的小川还有一个美丽可人的女孩儿①。女孩儿热情，据说刚刚来不久，因此还有些生涩，小川显然已经嘱咐过，她温婉地送茶给我。我注意到她动作非常雅致，比咖啡厅里受过训练的服务员多了一份静雅，后来知道，那是茶道的韵味。

山田小姐后来成为我的好友，但这一天她很紧张，将我当成拜访小川的重要客人，因此显得彬彬有礼，对我使用敬语。

日语的敬语十分复杂，既表示对人尊敬，也可以表示关系疏远，还表示客气，年轻人一般用得不大好因而表达的尊敬程度不高。

小川对我使用一般敬语，因为是男性，又比我年长，所以已经足够尊敬。外国人大都掌握不好敬语的尺度，所以无论见什么样的人，我都使用一般敬语，既不失礼也不会闹出笑话。而且，因为是外国人，即便错了也不会有人太计较。

在日本，用好敬语是一种高雅。山田小姐这天对我用的是很高程度的敬语，我有些不适应。脸红着看小川，他咧着嘴，只是笑。

后来知道，他是让我习惯高雅。

小川带我参观研究所，这点有些奇怪，后来我去小川家拜访，他也是楼上楼下、楼前楼后带我参观，每个房间干什么，连厕所是怎么装修的，书架上有什么书都要说上一遍，与我之前见过的所有日本人都不同。不知他接待日本人时怎样，但他的介绍却让我十分受益，不知不觉间学到许多日本的习惯，而且还有为人处世之道。

秘书山田小姐负责接待和接打电话，在最外间；旁边是小川的，冈崎的房间在最里面，门关着，不知虚实。会客室相当气派，进门醒目的地方挂着一幅镶在玻璃里面的竖条幅，汉字书法，遒劲有力。小川将我领到条幅前，告诉我那是西乡隆盛②的亲笔。

当时的我对日本历史几乎一无所知，即便有人将西乡隆盛几个字举

---

① 本书涉及的人名，我一般实录其名，但这秘书因为是个十分普通的日本女孩儿，对政治不感兴趣，甚至反感，后与冈崎研究所分道扬镳，所以我在文中隐去她的真名，为她起一个日本最普通的姓氏：山田。

② 西乡隆盛，日本武士、军人、政治家，是明治维新时著名人物，与大久保利通和木户孝允并称为"维新三杰"。

到眼前也不知是什么意思，何况小川说的又是日语，稀里糊涂地只是点头，眼睛早已经转到旁边立着的玻璃屏风上，漂亮的书法，繁体中文的《出师表》。

这很出乎我的意料，"诸葛亮的《出师表》……"我念叨着向小川深深地望去，他眯着眼点头，没有深谈，我知道他对那文字的理解也许就如我对西乡隆盛的认知。

话题随即转到房间正中的四个大字上：鸷鸟不群①。小川说：这是大使的座右铭。

"不迎合世俗？"听到我的反问，小川的眼神一亮，点了点头，我知道自己在他心中的印象有了些许不同：因为并不是所有人都看得懂。

确实像小川说的那样，我在冈崎研究所东瞅瞅西看看，真的如玩一样地过了一个下午。小川说要一起吃晚饭，所以我便坐在山田小姐桌子前等他们处理完手头的工作，看山田小姐打电话、敲电脑，在心里默默记着她说电话时的日语。

那天，冈崎的房门始终关着。

山田小姐因为要关灯锁门，必须等冈崎走后才能离开，所以我和小川先走，去餐厅等她。

三个人的晚餐很轻松。

小川告诉我，山田小姐的丈夫是《朝日新闻》的记者，"大使是《产经新闻》的写手，我们的秘书却是《朝日新闻》的亲戚，有意思吧？"小川颇为自得。据山田小姐说，她是小川招聘来的，经济专业本科，不懂英语。在与美国人常打交道的冈崎研究所，不懂英语可以说是致命的缺陷，山田小姐红着脸说："真不该聘我……"小川摆了摆手，轻松地说："英语我会呀，不用你。"

我知道，《产经新闻》与《朝日新闻》代表着完全不同的政见，到处宣扬山田小姐丈夫是《朝日》记者的小川不会没有任何意图。

说到了我的书。

---

① 出自屈原《楚辞·离骚》："鸷鸟之不群兮，自前世而固然。"

初识冈崎

与小川彰于冈崎研究所会议室，中间为西乡隆盛亲笔条幅

　　小川其实心里对我的中文也没有信心，说要先将我的翻译稿交给他在外务省工作懂中文的朋友瞅瞅。

五

一个星期后，小川打电话找我。

他的朋友，一个曾经在北京大学学习了五年中文的外务省官员对我的文字给予了极高的评价，说：文字老辣，很有鲁迅的风格，而且一定要拜见一下"王先生"。

小川笑嘻嘻的声音从电话那头传来，满是调侃："怎么样？'鲁迅先生'，今晚和我们吃饭吧，你的第一个粉丝想要见你。"

在日本，"先生"这个词表示着相当的尊敬，能够获得如此称呼是一件很值得自豪的事情。除了学校的教师、律师、医生、作家之外，各级议会议员也被称为"先生"。

第一次被称为"先生"的我满心欢喜。我知道，出版的前景已经豁然开朗起来了。

后来的瑞典公使石塚英树当时还是亚洲局区域政策的首席事务官，温文尔雅，比小川年轻。我到的时候，已经和小川两个人聊着天等我了。

小川十分开心，仍不忘了调侃："来，来，王先生，快请坐。这是外务省的石塚……"转过身来，对着有点儿脸红的石塚说："这是我们年轻美丽的鲁迅……"

我一边行礼，一边微笑着轻声说："过奖了！但的确比鲁迅年轻美丽……"

三个人都笑了。

石塚有点儿拘谨，人很谦和。我见过许多"中国通"，这样的场合常常会说上一两句中国话，既活跃了气氛也显示一下自己的中文，石塚自始至终一句中文都没说，不知道是不是顾忌小川不懂中文的缘故。不过我知道，他是通中之"通"。

在日本，类似于《论语》、《菜根谭》这样的中国书籍都被翻译出版，我读过日文版的《论语》，说实话比中文易懂。《三国演义》《西游记》更是大家耳熟能详，但知道《红楼梦》的日本人却很少，石塚是我认识的第一个知道《红楼梦》的人，岂止知道，他说，在北大时他专门请过一个教授为他一句一句讲解过。

叹为观止。

洋洋一部红楼，中国人又有几人一句一句研读过呢？这个日本外务省的普通官员吓住了我，而他口口声声说我是"鲁迅"……

后来，小川去世的时候，我们整理了悼念文集，石塚写的是律诗，格律工整，造诣很深，而他的中文名字叫"王沧海"。

当然，"王沧海"先生的英文也十分了得。

我不知道中国的外交官们除了将外语说得连贯流利之外，对自己任内国家的历史、文化都有多少了解，但我知道石塚绝不是日本外务省官员的特例。

石塚的肯定让小川有点儿兴奋，三个人开始讨论出版的具体事宜。我迟疑着说："也许，我们应该找个名人推荐一下……"两个人立即表示赞同，石塚说：在中国，这十分必要。

小川将目光转向我，语气肯定："什么样的人比较好？我来找。"

说实话，我心里不大有谱："日本的名人，也许需要国会议员，也许需要找在中国认知度高的……"

小川自言自语着看向石塚："东南亚文化友好协会，书的内容涉及印尼的多一些，要不找日印友好协会会长自民党的林田悠纪夫？"

"社民党的土井贺子，她担任过众议院议长"，我一边思索一边说，石塚沉吟着没有回答，我忽然觉得眼前一亮，"村山富市……"话一出口，石塚马上抢过话头："村山富市正合适！中国人认他，肯定行！"

最后商定，小川去联系自民党老牌国会议员林田悠纪夫和日本前首相村山富市，尽量取得两个人的推荐，让书在中国卖出去；石塚负责声援并提供意见；我则随时听小川调遣，条件一旦成熟，便去中国。

我的心里十分温暖。

自那时起，有一种奇怪的感觉便在我心里滋生。到日本后，我碰到了迥异的国情，这里法律和规矩最重，去政府办事不需要找人，只要合乎程序即可；就医不需要求人，就学不需要拉关系……一切都有规矩可循，没有人情与法律的冲突，人和人之间的关系看起来十分单纯……

几年的日本生活，我觉得自己已经适应了这种循规蹈矩的生活，并认为这就是日本的社会。即便是进入东南亚文化友好协会之后，体会到的仍然是这种有规有矩的办事方式。然而认识小川之后，确切地说到了冈崎研究所后，我发现小川周围透着一股浓浓的"中国味儿"。到了各大部省官员或议员甚至大企业的经营者层次，到处都是人情和变通。有时候我甚至会有一种错觉，觉得自己好像生活在一群中国人中间，只是这些人说着日语，鞠着躬，举止文雅而已，和这些人接触越多这种感觉越强烈。

从表象上看，日本社会各个行业、各个部门都各司其职，不会逾矩，严格按照操作程序运行，百姓也都各守本分，法律具有尊严，国民尽享权利，整个社会井然有序，像蜂房一样规整得美轮美奂。但领导者却能在这些规矩中进出自由，决策时超越规矩，而政策执行时又严格按照社会的工整划分按部就班进行。对于日本的普通民众来讲，遵守规矩便会获得重要利益（所以议员都拥有自己的选民，资深议员尤其如此，选民都选择能为自己办事的人）。在公司里工作也如此，严格按程序办事，公司肯定会保证你衣食无忧。中国与之不同的是下至贩夫走卒都懂得变通，遵守规矩往往意味着吃亏。

六

去冈崎研究所玩儿的次数越来越多。

小川打电话给自民党议员林田悠纪夫的秘书，约好了见面的时间。我到研究所找他的时候，他正忙，我仍然坐在山田小姐桌前，有一搭没一搭地说话。她接电话我便听着，每次接电话她都紧张，脸红红的，除了敬语漂亮之外，常常说错话。

山田小姐对能写文章的我表示由衷的敬佩，说自己不喜欢读书，不喜欢政治，甚至不喜欢自己的经济专业。"在家里待久了，只是想出来做做文秘工作。但这里来往的人都太聪明了，我笨……"

山田小姐很直率，虽然已经熟稔，但我仍不知道怎样回答好。只好夸她很得体，很为冈崎研究所装点门面，并且很快就会适应工作……她听着也显得开心，只是仍不忘了说自己不喜欢政治，而这里的人都喜欢谈政治……

在日本像山田小姐这样的女孩儿很多，她们不喜欢政治，甚至不知道首相是谁，也不关心，只想找一份普通的工作，不需要负太大的责任，每日里吃吃玩玩，和平富裕的现代日本为她们提供了享受生活的所有条件。日本男性也喜欢娶这样的女孩子为妻，聪明的女人不受日本男人欢迎。所以，漂亮女孩儿从不介意说自己笨，从某种意义上讲，这是在说自己可爱……

山田小姐说她万万没想到，看起来体面的冈崎研究所的工作是如此的让她无法忍受，工作的话题和内容严谨而枯燥，她觉得很痛苦。

日本人忍耐力极强，很少抱怨，工作上有烦恼了连老婆都不说，只是下班后去喝酒，喝醉了也就忘了，醒了又是一天。像山田小姐这样肯和我这个客人发牢骚的情况真的很少见，也许是因为听了她的牢骚的缘故，山田小姐以后一直对我非常好，好多该说不该说的话都告诉了我。

林田悠纪夫大约 60 岁，看起来是一个城府极深的政客，就像康生。我是第一次见国会议员，看小川怎样应对。小川介绍了我们想在中国出版书的想法后，林田沉默着没有反应，最后说自己跟中国不熟，而且和译者也不熟，推荐的文字是不会写的。小川不气馁，希望他给写几个字，表示作为日印友好协会理事长对出版给予支持。林田沉吟许久让秘书拿来名片，在名片的名字旁边手写下他自己的名字。

小川和我千恩万谢地离开了林田事务所①。午后的阳光暖洋洋的，小川提议走走。

"林田为什么不题字呢？"我望着仍然笑眯眯的小川问。

"他怕担责任，"小川顿了顿，又轻声说，"这人有点不近人情，不过别担心，这也是经验……这些政治家，很滑头。"

"那你还要他在名片上写名字干什么呢？"我不解。

"留个纪念呀，这也是收获，而且他也下得了台……"小川顽皮地笑着说。

"怎么样，第一次见国会议员的感觉？"

"没什么，觉得就像邻居家的老爷爷，说话普通，一点儿也不高大。"

小川又轻声笑了："以后你还会见更多的国会议员，他们有的还不如你呢。"

小川告诉我，我们过两日要拜访村山富市，村山的秘书已经将我的译稿交给了前首相本人。"希望这次顺利。"他自言自语地说，也像给我打气。

小川的工作很认真。

我在译稿的前面加了一个译者序，大约概括了书的内容，要名人帮忙写推荐，人家不知道书的内容绝不会妄加评价，而要那些老爷爷们去读书又是不可能的，所以小川将译者序翻译成了日文，让他们读。林田见面时明确说自己没时间读，小川后来跟我说他是压根儿就不想帮忙所以就没看。村山秘书的回信让小川十分高兴，因为序文已经到了村山手里，而且

---

① 国会议员除了在议员会馆有房间之外，还有自己的事务所，多为选举之用。

他正在读。

那天我和小川一起回到了冈崎研究所，天还早，山田小姐仍在为冈崎的日程忙碌，看起来似乎挨了训，脸色不是很好。

仍然不算正式见到冈崎，也听不见他高声训人，偶尔看见身影，一个高瘦的老人，身板直直的，像照片里的胡适之。看到我，眼神只是漠然地飘过，不知究竟看见了没有。因为没有介绍，为着不失礼，我只是站起身远远地鞠躬。

小川说："山田小姐还有工作，你和我一起吃饭去吧。"

山田小姐无奈地冲我摆了摆手，继续埋头工作。

这个美丽的女孩儿已经渐渐失去我第一次见时的温婉。算起来，我进出冈崎研究所已经两个月有余，和冈崎研究所的"多数人"也差不多熟了。

小川提议去新桥吃饭，那里有一些高级餐厅。他说："也许王今后会与许多地位高的人吃饭，我带你去吃西餐吧，学学西餐的礼节。"

一边吃饭，小川一边说："山田真可怜，说不准这会儿还在工作。王你多吃点儿，把山田的那份都带出来。"

其实，"把别人那份带出来"的说法也体现着一种日本人特有的心理。亲人不在了，活着的人要加倍珍惜生活，把不在了的亲人的那份生活也一起活了，这样才算是最好的纪念。所以，中国人常常觉得日本人不可思议：遇到那么大的磨难，好像一点儿都不悲伤，如果这时候问问当事人的心态，多数会回答是因为要"把别人的那份"带出来，所以没有时间哀伤。

村山似乎仍然在读小川的译文。

一个周末，小川邀请我去他家玩儿。中国社科院日本研究所的 P 女士当时正在松下政经塾进修，小川去中国开会时认识的，想介绍给我。P 女士说自己非常会包饺子，于是小川邀请我们两个去他家包饺子。

小川夫人贤惠，宾主尽欢。

有一个小小的插曲值得一提。

原来说自己"特别会"包饺子的 P 女士，其实包饺子的技术只是用来骗日本人的，遇到我这个从小就做饭的普通中国人就不行了。

因为我从来没有说过自己"特别会"包饺子，小川对我的认识似乎又深了一层。那日回家，传真机上已经躺着一份来自小川夫人的传真，说："没想到王女士如此不张扬，却又这么有深度……"

只不过是包个饺子，哪里就上升到"深度"问题了呢？我虽然觉得有点小题大做，但以后行事则更加谨慎，因为也许一个小小的玩笑话便会上升到"人格"层面上。

日本人谦虚，凡是学过日语的人都知道，送人礼物时要说，"非常拿不出手的东西，请收下……"这是一个固定句式，每本日语书里都有，但实际上有时候礼物相当拿得出手。

许多中国人在和日本人交往或做生意时，愿意夸耀自己有怎样怎样的能力，话说得满了，实际操作起来只要出现稍许没有达到预期效果的情况，日本人便会产生受骗的感觉。日本人觉得受骗后的反应也与中国人不同，嘴上不说你骗了他，但自此对你有了猜忌，或者再也不和你交往了。

去餐馆吃饭也是，如果觉得味道不好，绝不会像中国人那样大吵大嚷让换一盘，只是悄悄地剩下，从此再也不登门。所以，如果在日本吃饭剩菜，表示的不是你衣食丰足，而是不合你的口味，若是在小餐馆里，也许店老板就会走过来道歉并问你是不是需要换一盘了。

小川特意让夫人发传真暗示这种"小节"，既回避了他和我继续在 P 女士的"自我夸奖"上逗留，也让我感受到他的君子风度。

许多不经意的提点，会让人终身受益。

自此，小川夫人成为我一生的挚友。

※ 关于日本的行礼

日本人规矩，行礼也严谨。简单打招呼时，只是轻轻地点头，表示尊敬的程度越高，鞠躬的度数也越大。有时候，在电车站外或餐馆外，会看到许多人弯着腰，头几乎碰到一起，多是告别时在说再见或祝对方身体健康的客套话。面试在日本非常重要，每个人一生中都会碰到多次：私立大学入试时便有，大学毕业找工作时公司面试更是必不可少，因为战后的年轻人"家教"不严，行礼都不规范，所以学校和社会上还专门设有讲授面试规则的课程，鞠躬的身体倾斜程度是非常重要的部分。而且，行礼是日本茶道、花道等传统艺能的重要部分，所以，学过茶道的山田小姐的动作便透着雍容的雅致。曾经在国内的一本著名杂志上读过一篇文章，作者曾经留学日本，说他打工时每天要鞠多少躬，心里如何别扭，为了平衡，每鞠一次躬便骂一句"小日本"，后来干脆回国，不受如此屈辱。其实，鞠躬便像是握手，你给人鞠躬，人家多回你，地位高的人鞠躬的度数小些。作为一般的常识，在日本，鞠躬是一种礼节与尊重，与屈辱无关。当然，道歉或求人时的鞠躬除外。

七

2000年的夏天，我几乎一个月要有三两天去冈崎研究所玩儿，这在日本是比较频繁的交往。我一般下午去，闲聊一会儿便与小川他们吃晚饭，有时候只有我、小川、山田小姐三个，有时候会有一些小川的朋友。当然，这些朋友都是小川的密友，或者是小川觉得有必要让我认识的人。

这天，小川请P女士和另一个中国人吃饭，我随席。

中国青年报驻东京记者站站长。

这段儿时间的小川，介绍我的时候总是"王译的书很快便会在中国出版了"等等，于是，人们便真真假假地恭维："是吗？真了不起……"我则脸红着摆手："哪里哪里，还没有……"我发现，东南亚文化友好协会评议员的"职务"在冈崎研究所这里似乎不大够用。

在这两个中国人面前，小川一句都没有夸我。我老老实实地听他们和小川聊中国，聊他们共同认识的日本人，还聊他们自己的家乡。两个中国人始终没有搞清楚小川为什么要带我和他们一起吃饭，作为东南亚文化友好协会的评议员，小川说我是他的朋友。

内外有别的对待，内外有别的言辞，很有意思。

中国社会科学院日本研究所的所长蒋立峰先生到日本考察，小川邀请蒋先生和他的部下P女士吃饭，我仍然跟着。同席的还有小川的密友，三个退役的自卫队将军：川村纯彦、佐藤守和山本诚。小川当时常和人讲自己带着三个自卫队的将军去中国玩儿了，就是指的这三个人。

三个人都五十几岁，退役后成为社会"闲散人员"。川村纯彦1960年防卫大学毕业后加入海上自卫队，担任海上巡逻机飞行员，后出任日本驻美国大使馆武官，第四、第五航空群司令，退伍前军衔为海将辅（准将）。退役后自己成立了一个人的川村研究所，夫人负责内勤，他自己则找找认识的日本人和美国人开一开关于海洋方面的会议。与小川相识后，成为小川的忠实朋友，开始出入冈崎研究所，渐渐为世人瞩目，小川去世后担任NPO法人冈崎研究所的副理事长。

关于川村，日文雅虎网还有如下的记载："海军战略、中国海军分析专家，著有《进攻尖阁（即钓鱼岛——编者注）的中国海军实力——自卫队的应对之法》一书"。我初见川村的时候，他应该正站在成为中国问题专家之路的起始点上。

川村看起来憨厚，说话慢声细语，小川向我介绍时说他军衔很高，但我因为这老先生说话谦和，基本上忘记了他曾经叱咤风云，对他的称呼始终是简单的"川村"。

佐藤守退役前是空军少将，曾任第三航空团飞行群司令，第三航空团司令兼三泽基地司令等职。1996年任西南航空混成团 ① 司令时，近几年右翼的风云人物田母神俊雄 ② 是司令部的幕僚长。

佐藤个子不高，干练，说话也干脆，亮亮的秃顶，有几分军人的英气，不大的眼睛很有神，人也诙谐，常常拿自己的秃顶开玩笑，我们也和他开玩笑。比方说太阳很足时大家在外面走，别人若说刺眼，他便会说："我不怕，我把太阳光反射回去！"于是大家就笑。

佐藤反应敏捷，似乎飞行技术十分了得。他们对冈崎都极其尊敬，很少谈起从前的军旅生涯，当年之勇深深地隐入他们平凡的外表之下，我认识他们十几年，只听过一次。那天，佐藤和川村谈起从前，说一次在钓鱼岛上空飞行时如何贴近地面，眉飞色舞，很是自得。说完了，冲我眨了一下眼，调皮地笑。

佐藤后来成为著名的军事评论家，既写文章也上电视，日本电视台专门采访他，川村曾笑着说：日本电视台是佐藤的。他们都成为著名评论家后，似乎划分了地盘，如果出现什么相关的事件，电视上都是他们的身影，你在这个频道，他在那个频道，有时候打开电视，发现都是熟悉的人。

日本雅虎网上对佐藤的记载是："军事评论家，冈崎研究所理事、特

---

① 西南航空混成团驻扎在冲绳地区，包括一个航空联队和一只防空导弹部队。

② 田母神俊雄是近期日本有名的右翼人士。

别研究员，国家基本问题研究所评议员"，可以说，小川去世后的冈崎研究所是他们的基地。

实际上，退役的将军或者政府官员，在日本这个社会里并不比普通市民拥有太多的特权①，也没有什么特别的声望。他们一般都在家里养老，也许退休金会比别人丰厚一点儿，而如果想自己做点儿事儿的话，在从前的行业内多少会比别人起点高一点点，因为认识的人稍微多一些，若跨行业的话，则基本上是重打鼓另开张，没有任何优势。像三位将军这样能够将"余热"发挥得如此淋漓尽致的绝对是少数，一切都因为冈崎研究所的存在，再加上他们自己能够写文章。而冈崎的广为人知，我在前面也说过，并不是因为他退休前是外务官僚，而是因为他文章清丽，是一个有见解的外交战略评论家。

另一个冈崎研究所的理事山本诚是海军舰队司令，小川有时称他为提督。比起另两名将军，山本显得文化水平"低"。他不爱写作，参加会议时文章总是最短，而且常用俗语，人也很随和。

小川在世的时候，三个人基本和我一样，到研究所后主要与小川交谈。小川去世后，冈崎不得不出来主事，三个将军与他的接触才多起来。

三个人和我的感情都很好，山本尤其喜欢我，得了食道癌后说话都有些困难，但仍然常常开玩笑说要把我娶回家去。

周围人听了总是笑。

招待蒋立峰所长的宴会充满了火药味儿，我与初次见面的三位将军吵得不可开交。

三位将军因为跟随小川去过日本研究所，所以跟蒋所长算是旧相识。我是第一次见蒋所长，也没有参加过学术会议，所以不知道应该怎样发表

---

① 这一点似乎与中国很不同，一个退休的名人，在日本顶多是家乡的一个乡绅，并没有太大的影响力。村山富市八十几岁了，出门还需自己开车，因为一次碰到了一个中学生，所以才不再自己开车了。他做到首相，退休了待遇比别人稍高一些，政府好像配了两个警卫，他谢绝了。其他阶层的人，退休便是真退了。记得李登辉第一次访问日本时，中国方面提出抗议，日本人很不理解：不过是一个退休的老人……倒是一些别有用心的人十分惊喜：原来退休了的李登辉还会引起中国如此大的反应，于是开始重视李登辉的作用。从某种意义上讲，中国大张旗鼓地抗议为退休后的李登辉提供了一个新的"就业"机会，最兴奋的也许就是李登辉本人了：因为他说话又有人听了。

自己的见解。酒至酣时，不知怎么就谈到了侵略问题。

喝了酒的川村脸色微红，就信口雌黄地说他们只是太平洋战争失败，是输给了美国人，去中国大陆是满洲国邀请的，不是侵略。

来日本多年，每到 8 月，日本人便纪念原子弹爆炸死难者，只是哀悼无辜死难的市民，仿佛战争是天上掉下来的，没有人反省这与战争加害者的因果。当时的我常常为此生气①，对 8 月的电视节目和媒体舆论深恶痛绝。

听了川村的话，我心中十分反感，忘记了自己是在座中最没有发言权的留学生，几乎是拍案而起，一反平日里的轻声细语，高声地驳斥川村："您觉得不是侵略是什么？攻占卢沟桥的日本军队难道不是侵略吗？一个国家的军队扛着枪没经允许到另一个国家的领土上去，不是侵略难道是帮着他们种大米吗？"

我的脸红脖子粗令川村有点意外，不过我的"种大米"的说法则逗笑了在座的许多人，我仍然激动："请考虑一下对方的立场，不管您怎么认为，但你们军队进驻的当事国家的人，也就是我们所有的中国人，都认为你们是侵略。您觉得否认还有意义吗？"

佐藤有些看不过去，声音也很高，便胡诌："关于日本军队的许多事情，中国方面的说法十分不准确，比如慰安妇问题。根本不存在，那些人吃不上饭自愿到军队工作，许多国家的军队都有这样的设施，美国军队里也有，但似乎只是在谴责日本……"

山本喝得有点儿多了，红着脸自顾自地嚷着类似的观点。

---

① 其实，当时的我对遭受原子弹轰炸的日本普通民众是有着一种"罪有应得"的想法的，所以对日本的哀悼活动十分不满：你们完全是自作自受，而中国人却是完全的无辜。后来静下心细想，无论如何，原子弹下大量平民的死亡都是一个悲剧，关键是现代人通过对这样的人类悲剧的反省，得出什么样的结论。南京大屠杀同样是一个巨大的悲剧，有人说南京大屠杀是国耻，有人说不是国耻而是国难，我觉得国难的说法也许更加容易理解，不论日本人怎样强调屠杀是因为军人的混入平民还是其他原因，什么样的理由都无法成为大量杀害无辜平民的借口，现代战争更加强调保护平民这一点。这也是我和日本人争论的焦点，我常强调南京大屠杀中平民死亡的悲剧性，听的日本人多表示理解。

其实，抗议有时候只是表示我们别无他法，所以举行国家公祭等举措胜过许多抗议。重要的是该干什么就干什么。

27

四个人吵成了一锅粥。

爱动感情的我眼睛有些湿润："我不知道慰安妇是不是自愿的，如果这些女孩子是我们的姐妹，或者是您的女儿，您还会这样说吗？"佐藤看着我的眼泪，有点儿动容，不知道该不该继续说下去。小川赶紧来打圆场："别吵了，王，其实你不知道，我们的将军们是最爱惜自己的士兵的，他们是最不愿意打仗的，鼓动打仗的是那些政治家……"

"是的，是的。"将军们忙随声附和，话题转移到政治家的野心上来。

稍微平稳了一下自己的情绪，我发现小川眉开眼笑，十分兴奋。我与将军们嚷嚷的时候，两个中国学者都没有插言，此时也搞不清是什么心态，新一轮的敬酒开始了。

日本人吃饭时不大吵，说话都轻声细气的，一般的餐馆都很安静，越是高级的地方声音越小，喝酒后高声说话的人都跑去便宜的连锁模式经营的居酒屋。小川招待中国客人的地方挺高级，但因为包了一个不小的房间，我们的大嗓门也并不扰民。

告别的时候，不免有点儿尴尬。川村和佐藤都过来和我握手，说："希望能够再见面！"小川在一旁说："大家都是好人……"

许是怕我再和他们争吵，小川以后提起三将军时，总和我说"大家都是好人"。多年之后我理解了他说的"好人"的含义，那便是：正直、可靠、忠诚和爱自己的国家。

事后问小川为什么我争吵时他那么兴奋，他回答说："我发现你特别适合上电视的辩论节目，非常合适……"对于日本是否侵略或者慰安妇这类的问题，小川觉得没有争论的必要。

这是我与三将军唯一的一次争吵。

其后不久，佐藤有一次演讲，小川有事，派我作代表去听。讲的是1979年中国与越南的战争，佐藤用了"中共"的说法。讲完后我去打招呼握手，他有些不好意思地道歉："对不起，刚才演讲用了'中共'……"

我与三将军交往十几年，他们对我说话时再也没有用过中国人不爱听的词。小川去世后，我领着他们去中国开国际会议多次，他们与中国方面的交谈，见解虽然不同，伤害中国人感情的话则很少说，不知是否是有意回避，但我将这当成是一种尊重。

八

因为和大家熟了，我去冈崎研究所时，山田小姐、小川和我的谈话渐渐轻松起来，聊天时便常常有笑声传出。冈崎的门有时候敞着，开始时小川也还提醒我们说话轻声，但冈崎似乎并没有要关门的意思，我们的谈话便也渐渐放肆起来。

偶尔的，冈崎有意无意地走出来找山田小姐，我便近距离地鞠躬，老先生礼节性地点点头，表情仍旧漠然。

小川将这一切看在眼里。

村山富市似乎仍在读小川的译文，我仍旧被邀请着去研究所玩儿。

当时，冈崎刚刚出版了一本书，名为《气功为什么有效》，摆在研究所进门的地方，重要的人便送一本，要不就自己掏钱买，收入归冈崎个人。

一天，小川拿了一本《气功为什么有效》和几篇冈崎的文章，笑眯眯地说："看看吧，了解一下大使怎么想的，将来说话方便。"

山田小姐偷偷告诉我："大使在泰国时得过白血病，很严重，但知道的人不多。当时工作忙，刚在后面打完点滴，拔掉针头马上就去工作"。

我听得惊心动魄：白血病，那可是血癌啊！

"后来怎样啦？"

山田小姐白了我一眼，语气平淡："后来怎样？后来就好了呗，你看，不是活得好好的？所以开始练气功。"

冈崎当时每周都去代代木①的一家气功馆练习，山田小姐作为秘书陪同。山田小姐对此很不满："那是我的下班时间……"不过，仍然买了气

---

① 东京的地名。

功练习券，硬着头皮跟着。

似乎山田小姐在气功练习场的表现让冈崎不大满意。

一天下午，冈崎走过山田小姐桌旁时，终于冲着鞠躬的我开了口："中国来的？"

小川赶紧介绍："王小姐正在研究大使的《气功为什么有效》。"冈崎探究的眼神望向我："气功来自中国。"

小川冲我说："大使的气功可厉害了，能将不锈钢汤匙弄弯！"

我由衷地惊讶："真的假的？"在中国我也只是听过气功的神奇，并没有看过，听说冈崎居然能将钢勺弄弯，不禁十分惊奇。

我的"惊奇"很真诚，冈崎略显得意之色，于是，小川蹿腾着山田小姐拿来咖啡勺。冈崎那天大约很清闲，兴致也高，我们几个兴致勃勃地围着他。

我从没见过气功表演，听倒是听过，总觉得那是离自己很远的东西，而且懂的人也应该粗犷一些，虽然金庸小说的主人公多风流倜傥，现实生活中一个这样的人还是让我十分惊叹。

因为冈崎是个学者，一个日本人，而且还是个白血病患者。

冈崎用右手攥住不锈钢咖啡勺，凝神静气，半闭着眼睛，过一会儿伸开手掌，两只手轻轻一顺，勺竟然像软物一般，把儿真的弯了过来。

冈崎的脸有点儿红，也许是用了力气的缘故，仍举着那勺儿，小川赶紧说："你快摸摸，是热的！"冈崎将手伸向我，我迟疑着探出一个手指：烫的！

不可思议！

我好奇心重，而且上大学时又读了不少金庸小说，虽然情节都忘了，但知道不少"术语"，提出的问题也显得内行，冈崎似乎遇到知音，微笑着和我探讨大周天和小周天，以及如何打通任督二脉。

气氛十分融洽。

小川笑眯眯地提议："大使是名人，快拜托大使和你照两张相，留个纪念，下次见大使又不知什么时候……"

我赶紧给小川的话捧场，拉冈崎摆好姿势，小川当摄影师，山田小姐偷偷地冲我吐着舌头，笑着说："快照吧，摆个漂亮的姿势……"

冈崎走到门口，从摆书的桌子上拿了一本《气功为什么有效》，小川忙说："王，大使的著作，快让大使签字……"

冈崎回到自己的房间，我迟疑着跟了进去，他戴上眼镜，用签字笔在首页上写上"王女史雅正，冈崎久彦"几个字，字迹很漂亮。

后来冈崎送过我许多书，他自己的著作以及别人的著作，这是他送我的第一本书。

道过谢后，我拿了书走出了冈崎的房间，喜气洋洋。因为一直盯着冈崎，他签字的过程中也没有抬起头，出来之后我发现甚至忘记了看一眼他的房间。

后来才知道，一眼没看，竟也入了冈崎的法眼。

留给冈崎的第一印象似乎很深。

过了两日，竟然接到山田小姐的电话，说冈崎邀请我和他们一起去练气功。

我对气功是真的感兴趣。

好像，我感兴趣的东西很多。

出国前，曾经学习过太极拳，打得也像模像样，到日本后因为无处练习已经很久不打了①，但基本招数和步伐也还对路。那一日，比画了几下，顿时让冈崎刮目相看，平日里严肃的研究所，充满了笑声。

小川不去练气功。

问他为什么，笑而不答。

冈崎下班早，自己坐电车先走了。我等山田小姐，她匆匆忙忙关好门窗后，嘟嘟囔囔地领着我坐电车往代代木赶。

日本将这种气功、跆拳道等的练习场所叫道场。

_____

① 中国人习惯在公园打拳、锻炼，日本人则不一样。在日本的住宅区，有很多小公园，有的真的很小，形状也不一样，但都很舒适，滑梯、秋千、沙堆基本齐全，可以散步，休息，但绝没有人在那里锻炼。我尝试过打太极拳，结果被当成了怪物，于是就不再去了。

后来我在冈崎研究所工作，因为研究所离车站有一段儿距离，我和小川一起往车站走的时候，他常给我讲一些掌故。小川告诉我，许多小公园都是长辈去世时，孩子们因为交不起遗产税所以房产便归了公，后来区里将房子推倒，建成大小不一的公园，供居民们休息。现任天皇皇后的娘家后来也因为这个原因归了公，许多日本民众表示遗憾，记得当时皇后还出来表示感谢，并说她家也不该是例外。

人不少，山田小姐领着我换衣服、脱鞋，冈崎已经在道场里，并不和我们打招呼，很认真地坐在地板上压腿。我跟在山田小姐后面，亦步亦趋。

道场不小，人也不少，山田小姐说"先生"（老师）很有名，学费也贵，似乎一次要五千日元。对于当时的我来说，五千元差不多是一周的生活费，一次两小时的练习，就要如此花费，真的够贵的了。

我问山田小姐："你来也需要五千日元吗？"她撇撇嘴："我还不愿意来呢"。

在"先生"的口号声中，学员们做了一些类似于冥想的动作，我混在其中滥竽充数。

最后，"先生"要大家排成一队，他弓着步，伸出手掌，学员们一个挨着一个走上前去将自己的手掌与"先生"的手掌对到一起，"先生"一发力，人们大都被"先生"推开、退后，有人退后一点儿，也有几个人被推得几乎摔倒。轮到我，"先生"一用力，我不觉倒退几米摔了一个很大的屁墩儿。这使我十分窘迫，脸红得几乎抬不起头来。想不到的是，冈崎竟然走了过来，高兴地说："太了不起了！第一次来竟然能摔倒！"

山田小姐更是赞不绝口："你太棒了！脑袋太好使了！"

有生以来第一次因为摔了一个大屁墩儿而受到赞许。我旁边的一个中年女性很羡慕，轻声说："这说明你的气很好，你很有天分。头脑越聪明的人被'先生'推得越远，摔倒了的更是了不起。我都练了这么久了，还不能摔……"

云里雾里，不可思议。

我的名声第二天便在冈崎研究所传开了，小川笑嘻嘻地打电话给我："王，大使今天不住声儿地夸奖你聪明，没想到你还有这两下子。"

我很困惑，不知道怎样回答，不过是摔了一个屁墩儿而已，上升到如此的"理论"高度，只能哼哼哈哈地回应。

"山田小姐也极力夸你。她真是喜欢你呀，向大使推荐，希望你代替她跟大使去练气功呢。"

我赶紧推辞："那可不行。我和大使还不熟，怎样沟通都不知道呢。"说完不禁好奇，问小川："你怎么不陪大使去呀？"

小川笑了："山田小姐也可怜，大使对人要求太高……我下班后事情比较多，不能陪大使去，而且女孩子心细……"

怎么都觉得小川说话别有深意，电话里看不见表情，便也不再深究。

小川又说："开玩笑呢。大使倒是说不麻烦你，不过山田小姐好像也不用再陪着去了，大使自己去……打电话给你，是因为我们可以见村山了。村山的秘书来信说，村山早就看完了你的序，只是人在老家，不知什么时候能见，所以没有回信。这两日已经来东京了，准备见我们。"

九

小川通知了大野克美专务理事和高桥常务理事，我们四人一起去拜访村山富市。

8月里一个炎热的下午，我们去永田町，村山将在社民党本部见我们。

日语"永田町"一词就像中文里的中南海，听的人绝不会会错意。永田町位于东京千代田区，自江户时代起就与政治关系密切，因为离江户城（现在的皇宫）很近，当时的许多地方诸侯都将自己在京城的住所设置在这里，是达官显贵云集的地方。

进入近代，永田町不仅成为国家政治的中心，也成为"国会"和"政界"的代名词，建成于1936年的国会议事堂是这里的核心建筑。议事堂左右对称，建筑物厚重古朴，左右两侧分别为参议院和众议院，除了召开国会还是著名的观光地，日本各地许多学校的修学旅行都选择这里。参议院在休会期间，除周末外全天对外开放；而众议院的参观在2009年前曾经需要有国会议员的介绍，2009年11月以后普通市民只要预约便也可以自由参观了。

内阁总理大臣官邸、众议院议长公邸、参议院议长公邸及议员们的宿舍——议员会馆等都在国会议事堂附近，各政党的本部大楼也集中在这里。这里还有一个建筑，按中国人的想法似乎与周围的氛围不大统一，那就是国会图书馆。

国立国会图书馆在日本非常有名，收藏保存着日本国内所有的出版物，是日本国内唯一一个法定纳本图书馆。不仅供国会议员查阅资料，日本国民也都可以查阅。我曾经去过，里面就像一座书城，借书、还书、复印等已经程序化，就像流水线一样，虽人来人往却井然有序，十分了得。

社民党本部大楼在国会图书馆旁边，我因为不认路，小川怕我迟到，便让我到冈崎研究所等他，他领着我去。大野和高桥与我们在约好的地方会齐了，一起往社民党本部走。

万座温泉社长大野克美大约五十出头，是个富人，人很随和，财团的相关人员若在外面见面，喝茶吃饭都由他出钱。①他是财团创始人加藤最得意的门生，是一个虔诚的基督徒。确切地说，东南亚文化友好协会的所有人，除了我和小川，都是基督徒。

大野家的温泉宾馆位于群马县，前首相小渊惠三和福田赳夫都在他的选区，大野家是两位政治家必争的重要选民，与小渊家和福田家的关系都非常好。明仁天皇的次子秋篠宫文仁亲王非常喜欢大野家的温泉，每年都会携全家光顾，届时便会和大野一家合影，高高矮矮，就像全家福。大野十分引以为傲，照片总是不离身，常常拿出来给我们看。听大野讲，他家的温泉曾经面临拆迁的困境，就是因为秋篠宫喜欢，才得以幸存。大野说的时候用了一个词"延命"，听起来似乎那旅馆仍在苟延残喘。

大野表弟在福田康夫竞选事务所工作，小川去世后，大野曾一度想将我介绍给福田当秘书，因为在群马县，离东京远些，女儿又不想转学，所以我始终犹豫着，最后也就作罢。

大野是一个少见的日本人，在美国呆过，但也没有待到忘记什么是日本习惯那么长久，可他真的不像日本人，日本人衣着整齐，这大野有时候一个裤脚竟会比另一个裤脚高，而且无论和谁说话都是普通的敬语，我曾经和小川聊起，小川说：在大野眼里，所有人都是一样，尊敬没有等级。

这时候的大野与我还不大熟，玩笑着说："没想到村山真的肯给题词。"小川与大野在美国相识，有大野在，小川便由着大野天南海北瞎说，笑眯眯地听。

我和高桥跟在大野他们两个后面，高桥是个谦谦君子，只是轻轻地跟我说："王，真是太好了！事情又往前进一步了。"他一直对我默默鼓励，我回给他的只是满脸灿烂的笑。

来自中国的我，对左翼代表人物村山富市有着天然的亲切感，从前在

---

① 日本社会尊卑分明，碰到一起吃饭等场合，公司或集体里地位高的人，需要表现出前辈或尊长的样子：掏钱。

电视上看他，只觉得他的长眉毛独特，没想到这个长眉毛的老爷子竟然十分认真地看了我写的东西，并且要见我。

说实话，很感动。

约好下午两点。

电梯里，小川看了看手表，一点五十分。他说："时间刚刚好。"

电梯在走廊的边上，走出电梯，远远地看见走廊里边有人影晃动，看见我们，迎了过来："小川？"小川赶紧应声："是的"，一行人随即加快了脚步。

"村山先生已经在会客室等你们了，快请！"

"我是村山先生的秘书，我叫河井"。

三个男人迈开了大步，我跟在后面小跑着走进了一间开着门的房间。沙发上，白眉毛的老爷爷正坐在那里。看我们进来，赶紧站起身，伸出手。三个人似乎在快步走的过程中已经将名片拿在手里，于是大野递交名片、握手，接着是高桥、小川，最后是我。

我以后多次见过村山，只有这一次拿到了名片。我曾将名片放入钱包里，结果一次回国，在北京站钱包被小偷偷走了，名片也没了。十分可惜，后来再跟他要，河井说他已经不再印了。

村山和我们隔着一张矮茶几坐着，微笑着问我们是不是第一次来社民党本部，接着便开始介绍一楼进门处的一个雕像：浅沼稻次郎。我不知道说的是谁，轻轻地用眼一瞟大野和高桥，觉得他们大概比我强得不多。小川很熟悉的样子深深地点头，我也跟着装模作样地点头。介绍浅沼便是在介绍社民党的历史，村山建议我们下楼时好好看看雕像，我们都点头说：一定，一定。

接着，大野简单地介绍了一些东南亚文化友好协会的情况，我发现一个有趣的问题，那便是他们这样的场合绝不提自己的宗教信仰。然后，便是我介绍书的内容，和自己对书的感受。

我落落大方。

我的态度十分明确，介绍说书的作者反省战争的态度让作为中国人的我感动，我看了这本书流泪了。但作者已经去世，在中国没有名望，我在中国也没有名望，虽然是好书，但出版了也不会有人买，您是中国的老朋友，应该也知道中国的这种现状，其实日本也是这样的。所以，我觉得需要一个中国人认可的人为这本书"做广告"。我说到"做广告"时，村山笑了，在座的所有人都笑了，我受到了鼓励，接着说。

"因为您对中国的友好（说实话，我当时并不知道村山到底对中国有多友好，我对中日关系史一无所知。因为以前回国时发现父兄们对村山富市都十分认可，因而觉得他一定是友好的），所以想借用您的名号，让这本反映日本人良知的好书被中国人认可。而且，我翻译的水平很高，外务省的官员已经给予了很高评价，说我'像鲁迅'，所以，推荐我，不会让您丢脸。虽然拜托您看起来有些'功利'，但请您一定谅解……"

村山眯着眼饶有兴趣地看着我，听得津津有味，似乎被我说服了，转头看向站在旁边的秘书："写点儿什么好呢？"

我有点发蒙，看了看身边的几个日本人，一直不发一言的小川急忙从皮包里拿出一个文件袋，抽出一张纸。我的眼睛不由得睁圆了看向他，他咧了咧嘴，俏皮地歪了歪脑袋。

竟然是已经打印好了的题词！村山签上名字即可。

小川将那张题词递给我，我放到了茶几上，并推到村山的眼前，此时我才发现，我们四个人坐在村山的对面，而我则坐在四个人的中间。

秘书递过来笔，村山很快题了名字，老先生的字很遒劲，题完了似乎意犹未尽，看向我："还需要写什么吗？"三个日本男人有点儿措手不及，我也没有什么准备，小川提醒我："王，拜托村山先生给你自己题个字。"我恍然，赶紧翻皮包，只有一个日常用的手账①，翻开，找一张空白的地方，村山举着笔耐心地等着我，写下了："为了中日友好与世界和平，加油！村山富市"。

满心喜悦的我举着小本本给我身边三个日本人看："快看，快看，了不起吧？"当时一定显得十分孩子气，村山笑了："如果需要，可以去找日中友好协会的理事长，还有日中文化交流协会的平山郁夫②，只要一提我的名字，他们都会帮忙。日中友好会馆也行。有什么事，找河井，他能找

---

① 记录日程、地址、电话等随身带的小笔记本。
② 平山郁夫是日本著名画家，为中国人所熟悉。

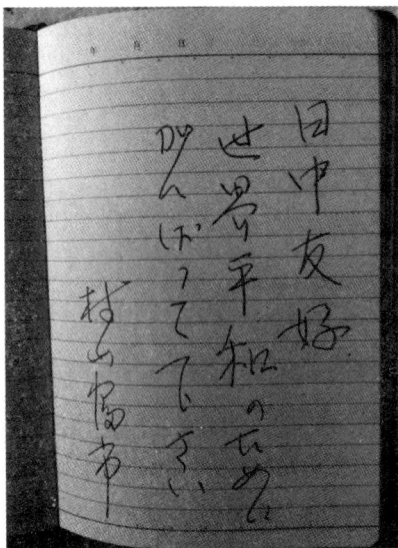
村山在作者笔记本上的题字

到我,"说着,用手指了指始终"服务"的秘书,"我进官邸的时候,他跟我一起去的,河井卓弥。"

河井深深地鞠躬,我们四个也赶紧鞠躬,河井后来有一段时间曾指导过我日语,他是一个非常认真的老师。当然,这是后话。

小川笑着对我说:"王,村山先生如此厚爱,你一定不要辜负了,书出版后记着要来汇报啊!"我赶紧说:"当然了,一定要来给您送书!到时候,要签上我的名字!"村山笑了,我们也都笑了。

我又转向河井,满脸严肃地说:"到时候我会打电话给您的,别忘记了我是谁啊!我叫王雅丹。"

人们又笑了,河井脸红了:"不会忘的,不会忘的"。

最后是合影时间,村山满脸祥和,十分配合,宾主尽欢。会面竟然持续了一个多小时,本来,这次会面原本约定的时间只有二十分钟。

四个人下楼之后,都有些兴奋,来到浅沼稻次郎的雕像旁,仔细看了看他的生平介绍,方知道浅沼是日本社会党的书记长,在五十年代末期访问中国时因为说了"美帝国主义是日中两国共同的敌人"而惹得右翼人士十分不满,后来被右翼青年刺死。

小川让我站在浅沼雕像旁,为我照了一张相。这张像后来在书出版时放在前面的彩页里。

回味整个访问过程,有一点让我感到十分奇妙。我们四个人是在永田町车站见的面,见村山的"操作流程"既没有任何预演,也没有任何说明,然而,四个人的配合真的可以说是天衣无缝。

大野代表财团先讲了几句,接着便让我讲,整个会见除了村山讲话之外,我成了主讲,高桥偶尔为我敲敲边鼓,例如我说看书后受了感动,他接了一句:"不用一个月就把书翻译完了",好像也就只说了这么一句。小川则将"秘书"工作做到了极致，不仅准备了题词，还带了相机、录音机，时不时站起身来拍照，发挥了一个尽职的"摄影师"的作用，必要的时候还提醒我该怎样做。整个会面过程，环环相扣，十分流畅，让我见识到这个团队配合的默契。

不可思议的是，这是这个团队的首次配合。

三个在日本社会拥有地位和信誉的成年男士簇拥在我身旁，对我全心全意的扶持也向村山无声地显示了我这个人的可信程度，这比任何语言都有效。而我本人的表现，据我对高桥出来后对我评价的考证，好像也算得上良好，因为高桥的原话是："知性而性感，得体。"

小川很感慨："村山真是一个人格高尚的人，有一句日语叫作'清贫'①，说的就是村山这样的人吧。虽然政见不同，我尊敬他。"他接着摇了摇头："唉，比自民党的议员强多了。"

其实，当时的村山富市在日本声誉并不是很好。自社会党（社民党前身）成立之日起，党内就存在着严重的左右派对立，右派战争时期曾经对军部亦步亦趋，而左派战后则主张非武装中立论，社会党数度因为两派观点相左而分裂。

1955 年以后，自民党开始长期执政，社会党一直是最大在野党。村山 1972 年首次当选众议院议员，之前当过数届大分市议员、县议员，有趣的是当选国会议员之前，他一直属于社会党左派，成为众议院议员之后便成为社会党的右派了。

1994 年 6 月，村山被自民党说服，在自民党的全力支持下就任第 81 代内阁总理大臣。7 月，发表施政演说时提出"自卫队符合宪法，坚持日美安保条约"等观点，从而引发巨大争议，社会党信誉严重受损，并最终导致了社会党消亡。1996 年，村山内阁总辞职后，改社会党为社民党，村山任党首，不久为了迎接众议院选举将党首之位让给土井贺子女士，自己出任特别代表，但已经回天无力，社民党终于成为只占几个议席的小政党。

作为政治家，村山富市当时在日本国内的处境十分艰难，小川就曾嘱

---

① 小川在此用了一句日语，写成汉字是"人格者"。日语"清贫"的意思是清廉的意思。

咐我：见村山的事不要让冈崎知道，因为冈崎颇瞧不起他。日本普通民众则更加单纯，因为村山内阁上调了消费税，所以对村山本人更是批判多于肯定。加上他延续了自民党的施政方针，外交上主张"坚持日美同盟"，并且承认自卫队符合宪法，这些与他做在野党议员几十年的主张完全背道而驰，这都让老百姓对他颇多微词。但是在日本各级工会等左派势力中，村山富市的地位始终屹立不倒，社民党更是将他视为骄傲。2000年6月，众议院解散时村山宣布不再参加竞选，退出政坛，任社民党名誉党首。

与村山实际见面，他的平和亲切和睿智练达给我留下了极为深刻的印象，我从心里喜欢这个慈祥的老爷爷。连来之前言辞谨慎的小川都表示钦佩，发自内心地说老先生人格高尚。

我后来又多次见到村山，与他的私交很好。有一次他"请"我吃饭，我、河井和他三个人，我曾经问他首相任内延续自民党外交方针的原因，他的表情甚至可以用庄严来形容："个人的名誉是小事，我是总相，必须考虑国家利益"。

也许真的是不当家不知柴米贵吧，同是一个人，执政与不执政的区别竟然如此之大。

小川很快便将照片洗了出来，按顺序放到相册里，并在每张照片旁都加了注释，有的俏皮，有的严肃，多年之后再看也能想起当时的情景。他还为每个人都翻录了一盘实况录音，录音带上写着：2000年8月，村山富市。

有一点，我觉得有交代的必要。

与自民党老牌议员林田悠纪夫和前首相村山富市的会面，按照中国人的想法，应该是小川人脉广的体现。事实上，小川的作用只是告诉对方：我们是一些值得信赖的人。确实，大企业博报堂是一个体面的公司，在那里担任一个重要职务本身就是一种信用，而东南亚文化友好协会的名号也不过表明：这是一个有信用度的社会团体。

仅此而已。

原因很简单：在日本，与议员的见面是一件十分稀松平常的事。

国会议员是公职人员，任何一个普通百姓都可以提出见他们，因为他们是选民选出来，会见选民并与选民沟通是他们重要的工作，从某种意义上讲选民是衣食父母。所以，小川作为一个选民给议员的秘书打电话或者写信，秘书都必须回复。因而，与议员（包括区、市、县乃至国会议员）见面并不是困难之事。故而，林田悠纪夫接到小川的信后，虽然完全不想"趟这摊浑水"但也不得不抽出时间见我们，以使自己的"搪塞"变得合情合理，免得坏了自己的声誉，"不亲切"的评价对议员来说可是致命的。

老牌议员因为有固定的选民，所以对普通民众的依赖程度不高，因而可以"常年"躲在议员会馆①里，避免见"讨厌"的民众，但若有人直接找上门来，也还是不敢拒绝的。

议员们的名片更是没有"含金量"，他们将这种一般都带有他们本人照片的名片到处发放，希望更多的选民知道自己，从而获得更多的选票。如果有人愿意合影，议员们更是"有求必应"，心甘情愿地摆出各种姿势让你拍个够。

就怕你记不得他！

有些中国人常常拿了一些议员的名片或者与议员的合影来显示自己在日本的人脉，其实，这种情况不能说明任何问题。关键是那些议员是否和这个人有更多更深的接触，而那接触又到了怎样的程度。

日本的许多民众是根本不屑于见议员的，如果在某种场合见着了，则是拿名片时客客气气，随后就不知将名片扔到哪去了。这时的客气大多是为着不失礼，因为失礼则是自己没有教养的表现，丢的是自己的面子。

山田小姐就对冈崎研究所进进出出的议员们十分不以为然："花着我们的税金……要不是为了工作，才懒得理他们呢。"

---

① 议员的宿舍。

※ 日本的纳本制度

图书等出版物出版后，出版者必须将出版物上交给国家图书机构的制度。国立国会图书馆是唯一一个这样的图书馆，所以资料非常齐全。举个例子说，如果你自己编了一本书，并印刷了一部分，虽然你只是想送送朋友，但如果送到国会图书馆，也会纳入收藏。

※ 日本社民党的历史

社民党是社会民主党的略称，前身是日本社会党，成立于1945年，以社会民主主义为纲领，反对共产主义，首任书记长是片山哲。自成立之日起，党内左右两派便长期对立，1951年，围绕"旧金山和约"两派对立加剧，虽然书记长浅沼稻次郎提出了赞成"和约"反对"日美安保条约"的折中案，仍然没有阻止局势的变化，1951年10月社会党分裂。1955年，社会党统一，铃木茂三郎任委员长，浅沼稻次郎任书记长，自由民主党也于同年成立，"55年体制"诞生，自民党开始长期执政，社会党成为第一大在野党。1959年，书记长浅沼稻次郎访问中国，在演说中发表了"美帝国主义是日中共同的敌人"的主张，引起日本政府和社会党内的极大不满。回国后，因为美日政府正在商讨日美安保条约的修订，主张废除安保条约的浅沼先生领导了著名的"安保斗争"，以废除"安保条约"为竞选纲领，意图获得执政地位，虽然最终迫使岸信介下台，但并没有影响到"安保条约"的修改。1993年非自民非共产的联立政权细川内阁成立，55年体制瓦解，社会党作为第一大执政党进入内阁。1994年，羽田孜内阁成立，社会党仍属执政党，6月，总辞职的羽田孜内阁意欲拥立自民党海部俊树前首相为首相候选人，试图分裂自民党。自民党派人说服村山富市，愿意支持他当首相组成自民党和社会党联立政权。随后，自民党议员在国会上全力支持村山富市，村山内阁成立。村山首相就任后在国会上发表演说：肯定安保条约、原子能发电站，认为自卫队符合宪法等。一系列与社会党一贯主张截然相反的举动，使日本社会党的信誉受到重大影响，并最终导致社会党分裂。村山内阁还在任内做出了将消费税从3%上调到5%的决定，遭到日本民众唾弃。1995年参议院选举只获得16个议席，2年后的众议院选举也全面败北。1996年1月村山内阁总辞职，同月改名为社会民主党，日本社会党消亡。考虑到单独竞选将很难获得选票，在鸠山由纪夫菅直人等人成立民主党时，社民党曾经考虑全体加入，但因为村山内阁的大藏大臣武村正义的入党请求遭到鸠山等人的拒绝，社民党撤回了全党加入民主党的决定，但仍有半数以上的党员（议员）以个人名义加入民主党，社民党议员人数锐减。村山等近半数议员留守社民党，选举土井贺子为党首，社民党随之成为小政党。

※关于浅沼稻次郎的"美帝国主义是日中的敌人"的发言

关于浅沼稻次郎的"美帝国主义是日中的敌人"的说法，我后来因为一个偶然的机会见到了浅沼当时的秘书酒井，他跟我说，浅沼访华的时候正是中日两国因为长崎国旗事件而全面断绝往来的时候，浅沼稻次郎准备的讲演稿里并没有"共同的敌人"这一句，后来发言时一激动就讲出去了。酒井当时很年轻，说："当时我们都傻了，担心国内会有反应，浅沼演讲之后回到宾馆，我们都问他：'怎么说出这样一句没有准备的话，在国外这样讲将使政府十分难堪'，浅沼说：'没办法，已经说出去了，没办法了，'……后来，在日比谷公会堂演讲，当时我就在台下，一个青年冲上台去，太快了，我们都愣了，浅沼大概也愣了，一点反抗都没有，刀子就那么扎进了身体，我看到浅沼捂着肚子，血出来了……"当时，我和酒井正坐在横滨的一个咖啡厅里，阳光斜斜地照到室内，酒井和婉的声音在耳畔飘，我觉得时光静止了一般，内心里生出一种对生命尊严以及人性的感慨，眼睛不觉湿了。

著名网络词典维基百科上记载的浅沼稻次郎生平中关于这一段有如下的记载："1959年访问中国时，浅沼发表了'美帝国主义是日中两国人民共同的敌人'的主张，在日本国内引起巨大争议。当浅沼戴着中国式工人帽从飞机旋梯上走下来时，不仅右翼人士反应激烈，连社会舆论和社会党党内都表示强烈不满"。后来，我研读中日经济交流史，看到中方文献对浅沼先生那段著名演说的记载，不禁想起酒井的话，想：历史真的存在许多偶然，也许那一天的浅沼确实是激动了，既忘记了给他的政府留颜面也忘记了党内的纷争，但那一句话应该是他心中理念在那一时刻的高度升华。上世纪50年代，日本国民的厌战情绪强烈，因此左翼进步势力具有很强的生命力，但即便如此，拥有社会主义理念的浅沼先生，原本也是不想不顾及自己政府的脸面的，可见，国家利益永远存在于日本人的心里。而他曾经的秘书酒井，40年后和我这个中国人提起这件事时，仍然非常自然地说"那句话不过是一时的激动"，可以想见浅沼等人归国后承受到的各方面压力。谁能否定40年后酒井的语气中没有辩解的意思呢。我将这种"辩解"理解为超出任何"主义"的无奈，也是作为一个日本人维护国家利益的义务。

而今，那个时代已经过去了，日本各派政治势力除了为自己及自己的选民谋利益，谋求的就只剩下国家利益了。我认为，"日本整个社会右倾化"的提法是冷战思维的延续，因为苏联的瓦解使日本人对意识形态不以为然，现实利益成了任何一个政治家乃至每一位日本民众追求的目标。所以说，不是日本社会右倾化了，而是整个日本社会更加现实主义化了，"右倾化"的提法很影响中国对日本政策及行为的正确判断。

有一个小插曲，浅沼稻次郎的悼词是后来的自民党总裁首相池田勇人念的，可见，政见可以不同，但却可以成为朋友。

十

几天后，我便回到了北京。

与中国青年出版社洽谈好出版事务后，我去从前的段祺瑞执政府拜访了中国社科院日本研究所的蒋立峰所长。

这是我与蒋所长的第二次会面。第一次是在东京的宴席上，我因为忙着与三个自卫队的退役将军吵架，并没有和他交谈太多。这一次，我希望他能为我翻译的书写个序之类的东西。

蒋所长很谦虚，说自己写不了，但可以介绍一个人，配村山富市也不会显得不平衡。

蒋所长介绍的人便是刘德有先生，当时的中华日本学会会长。

一个午后，拿着蒋所长给的电话号码，避开老人的午睡时间，我将电话打到了刘老先生的家。一个温和且透明的声音从话筒里传过来，一个"喂"字拉得长长的，让人听着十分舒服，不觉将自己的声音也放缓了下来。

正是刘德有先生本人。

冈崎去世的消息传过来的时候，我很难过，不觉惦记起我认识的老人们。因为回国搬家等变动，我把刘先生的电话号码弄丢了，故而已经很久没有和他联系了。前些时候找到一本从前的旧手账，发现里面记有刘先生的电话号码，当时就想"有时间的时候联系一下"，谁知想着想着就拖延了下来。

那一日，我拨响了那个从前的号码。

话筒里又传出了刘先生那拉得长长的"喂"字，温和而透明，和十几年前一样。我的声音不禁有些哽咽，还好，八十多岁了，听起来很健康。

老先生一听我报上名号，十分高兴，用漂亮的日语对我说："那一年，您帮了我的大忙"。

约好了我有时间去看他。

其实，那年我去北京谈出版的时候，并没有见到刘德有先生。那天午后我打电话的时候，刘先生已经知道我是谁了，蒋立峰所长似乎已经介绍了前因后果。当我说出希望他能帮忙写点儿什么的时候，刘先生笑着说："已经有了村山富市的题字了，我哪里还有那个资格！"

于是我就邀请他参加书的出版发布会，他答应，如果东南亚文化友好协会的相关人员来北京，他可以安排见面。

返回东京前我去拜访《产经新闻》中国支局长——古森义久，他是小川的朋友，小川说已经联系过了，让我去认识认识他。

北京的外交公寓门卫森严，据说要有里面的人来接才可以进去。我跟门卫说自己并没有见过要拜访的人，而且对方好像是个名人，大概不会下来接我。门卫很通情达理，看了看我的身份证就让我进去了，所以我来到古森办公室时，他还不知道我的姓名，也不知道为什么拜访他。

敲开了门，是一个大房间，里面有好多小房间连着，门口的年轻女孩儿叫来了古森，他听说是小川的朋友，很给面子地将我让到会客用的大沙发前，坐下来陪我。

古森没有问我是谁，只是说小川跟他提过，他在等我。然后便开始自顾自地讲话，我一听，原来是对我的批判。

古森说"我"对他的评价十分不恰当，他去过西藏，去过其他中国的地方，他的报道都是实事求是的，都是他亲眼看到的，他的报道确实是在批判中国，但现实的中国在他的眼睛里就是那样的，他尊重事实，他的报道是客观的。他是一个有着几十年报道经验的老记者，他相信自己的眼睛和感觉。所以，"我"是一个受共产党多年教育的人，"我"的眼光是偏颇的，等等。

我云里雾里地听着。来北京之前，我第一次听到他的名字，而且也不知道他都说过什么言论，我不知道自己什么时候批判过他，让他如此不满。但看古森根本没有停下来的意思，而且他的愤怒看起来还需要一段时间的诉说才会平息，我便安静地听他说着。

他看我不反驳也不插话，神情愤怒地问我："你去过西藏吗？"

"没有。"我老实地回答。

"那你有什么资格说我对西藏的报道是假的?!"他简直就有些忍无可忍了。

"是没有资格。"我仍然老实地回答。

"你看过我写的书吗？"古森咄咄逼人。

"没有，可是……"我本来想解释一下，但古森打断了我。

"你连我的书都没有看过，哪里有发言权呢？"我发觉自己根本没有解释的机会，便安安静静地坐着，听他讲。

古森终于讲完了，大约讲了二十分钟。他看了看一直倾听的我，也许觉得对我的教训够了，忽然想起了待客之道，劝我喝茶。我端起茶杯，他的声音比刚才缓和了许多："你今天来找我有什么事？"

我放下茶杯，说："我从东京来，想在北京出版一本日本人反省战争的书，小川和我是好朋友，嘱咐我到北京后拜访您，希望您能助助阵、帮帮忙。"

古森义久忽然觉得哪里不对劲，问我："你不是中国社科院日本所的那位女士？"我点了点头。我不知道他刚提及的究竟是哪位女士，但有一点绝对能肯定：那不是我。

古森黑瘦的脸变得比刚才愤怒时的样子更难看，有些不好意思地说："对不起了，我以为是……不过，如果能出版这样一本书确实是好事，有需要我的地方我一定尽力。"

这是我唯一一次见古森义久，终生难忘。

我返回了东京，时间已经进入 2000 年的 9 月了。

9 月的东京，不冷不热，只是台风多些，因而雨水也多。冈崎研究所正在组办沙龙，打电话过去给小川的时候，山田小姐正忙着写邀请名单，并按名单打电话或发 E-mail 确认出席的情况。听到我的声音，山田小姐很高兴："王，快点儿来玩吧！忙死了，也闷死了！"

小川也很高兴："来研究所玩儿吧，讲讲北京的情况。"

当我拿着雨伞出现在冈崎研究所的时候，每个人都十分高兴。冈崎竟然也从房间里探出头来，笑着问："你很久没来了，最近很忙吧？"

小川打趣地说："王去北京了，她的第一本译著就要出版了，就要成为名人了！"

冈崎看起来很为年轻人高兴的样子："那不错呀。"说完把头缩了回去，似乎也挺忙。

山田小姐也夸奖我，一边忙着接不断响着的电话。小川递给我一份名单，好几张纸，写满了人名，以及工作的部门。

"这是冈崎研究所沙龙准备邀请的名单，你也来参加吧。挺有意思的，会有许多朋友来。"

我翻了翻那几页纸，知道的名字并不多，但职衔都很吓人。

小川对中国青年出版社很中意，因为这是共青团中央所管辖的出版社，他对财团的理事们讲"能在中国政府的重要出版社出版本身意义就十分重大"。说实话，我不知道意义到底有多重大，不过出版社的名声不小，听起来挺不错的，我对此满意。

说到了拜访古森义久的事，我将古森的谈话内容告诉了他，原本就笑眯眯的小川不禁笑出了声。"古森真是太可爱了！你知道吗，前一阵儿流传着一个他的笑话。中国政府用日本贷款在北京修建新地铁线路，通车时他去采访了，发现车站里几乎没有人，地铁里也没有几个乘客，于是古森回来写调研报告：中国政府滥用日本贷款，建了一个根本没有乘客的地铁线，而且不是个别车站没有。他几乎每个车站都下车，每个车站都空空的，所以他说贷款使用十分不合理。古森的措辞十分激烈，可不久就发现，原来人家那是试运行，根本就没开放，当然没有人了……你去见古森，他都没有搞清楚你是谁，就开始批判，这倒是很符合他的风格。唉，古森可是《产经新闻》的重要人物啊。"

小川摇了摇头，对我说："古森现在正在《产经新闻》[①]上写关于中国的文章，有空你看看，我都不大相信他写的东西了。"

听说认识了刘德有先生，小川十分高兴："你总能做些出人意料的

---

① 古森义久当时正在《产经新闻》上连载《日中再考》，对中日友好持否定态度，认为所谓"友好"就是迎合中国。

事情。"听起来似乎不大是表扬，不过看他高兴的样子，想来也是一种赞许吧。

小川之后好像专门询问了他的朋友，反馈回来的意见是："认识刘德有先生非常不错！"

十一

冈崎研究所的沙龙春秋两季各举办一次，实际就是一次大聚会，说是为了感谢朋友们的帮助，请大家聚一聚，吃点儿、喝点儿，吃的也没什么，多是一些速食，最主要的大家聚一块聊聊天儿。也许因为既没人主持，也没人讲话的缘故吧，所以叫作沙龙。大家都站着，当时的冈崎研究所很大，容得下百十号人。小川去世以后，沙龙还继续举办，只是因为研究所搬了家，地方小，所以每次都借地方，并且改为每年一次，一般都在5月举行。前两年我的邮箱里还有沙龙的邀请信，想是当年的群发记录保留着，2012年以后便再也没有了。

我到的时候，已经有一些人在了。小川迎了过来，中国青年报东京记者站长也在，因为只是第二次见面，彼此的话也不多。冈崎是主人，身边围着一些人，我觉得无法近身，也不知道该不该过去打招呼。

一般的，参加这类聚会，都是自己拿着名片跟人打招呼，随后就近聊天。小川进进出出地忙着，看我有些生疏，便时不时地引着我到某个人的面前，将我介绍过去："王女士，大使的朋友，中国来的。"对方看到小川带人过来，已经热情地在掏名片了，待听到"中国来的"时候，名片已经递出，嘴里应着："是吗？"于是交换名片，小川为双方互相引见，等他一转身走掉的瞬间，我们这里便没有了话题，彼此尴尬地站了一会儿，便又各自走开了。

小川似乎也注意到了这一点，抽空就会到我身边来，领着我去和一些人说话。他还偷偷对我说："他们不是不喜欢认识你，因为不了解中国，不知道该和你交谈些什么。"

在这里，中国好像是个极为生僻的词。

来日本数年，数次参加聚会，第一次遇到这种情形。我已经明白，今天，我大概最不适宜打招呼的人便是冈崎了，虽然小川不知为什么已经将我变成了"大使的朋友"。

我很快发现一个规律，那就是小川引见给我的人，看表情大致和我相似，一般比较年轻，看起来拘谨，我心里暗暗揣测大概都是些社会地位不高之人，这些人大都站在离门近的地方，远远望向房间里面，我相信，冈崎周围的人大概对"中国"更加顾忌。

三位将军也来了，见到我倒显得亲切，但聊了几句客套话便也走到别处去。说实在的，除了客套话，还真没有什么可说的，而且，对于他们来说，这样的场合，与平时见不到的人多聊聊意义才重大。

山田小姐似乎没了踪影，只是进门时打过一声招呼。她领了两个男孩子，据说是大学生，临时雇来帮忙的，负责端茶倒水。但随着人越来越多，男孩子们也躲到角落里去，想喝东西的便都自己去倒了。

我在门边找了一个位置站着，几个冈崎练气功的"同学"和出版社的人聚在这里，大家说话倒也和谐。

一会儿，小川过来叫我，把我领到一个40岁左右的人面前，这便是当今日本媒体的红人，著名评论家，自称冈崎"门口打杂小伙计"的吉崎达彦。记得当时他还只是株式会社日商岩井的一个不起眼的经济分析师，小川将我领到他面前时，我看得出，这个拘谨地笑着的人在这个环境里待得并不比我舒服。

吉崎的出名除了他自身的努力和天分之外，我认为与小川的鼎力扶植有很大关系。

他们两个似乎在美国相识，后来小川便将吉崎引到冈崎研究所。小川在世的时候，非常关照提携吉崎。当时，吉崎开了一个博客，名叫"溜池通信"，这个博客现在已经很著名了，吉崎给自己起名叫"官兵卫"，常发表一些有关政治、经济方面的见解。小川极力推荐"溜池通信"，不仅见人就介绍，而且还把"溜池通信"的网名用邮件发给他自己和冈崎的朋友。吉崎勤奋，博客几乎每天更新，他文笔好，常常就有好句子，小川一旦发现便会立即在朋友圈里"疯转"，并要求别人转。我记得当时我的信箱里每隔几日便会有"溜池通信"出现，有时候，小川还打印出来给大家看，我就收到过好几次这样的打印件。

后来"溜池通信"终于与冈崎研究所网站链接，而吉崎也成为他所属研究所的副所长，并获得日本"正论大赏"，成为电视上的当红评论家，当然他还是冈崎研究所的理事。

吉崎提起小川，总是说："一个人的一生，在正确的时候认识一个正确的人是如何的重要"，文字里流露出感激。但在我这个局外人看来，小川在吉崎不知道的时候，比方向包括我在内的许多朋友推荐"溜池通信"的所有努力，吉崎本人大概并不完全清楚，因为当时的吉崎几乎没有任何社会认知度，而小川则将他推荐给了冈崎的所有朋友，我认为这对他的被认可起到了不可低估的作用。

后来有一次，冈崎研究所相关人员到北京去和中国社科院日本研究所开会，吉崎是成员之一。那是吉崎第一次去北京，因为他的一个同僚恰巧从美国转到中国任职，吉崎便要我和他一起去北京发展大厦，看他的朋友。

回来后我们两个在途中的一个星巴克喝茶。因为都是小川领到冈崎研究所的，说起来相识便自然地提到了小川。我当时正对前途感到迷茫，犹豫着回国还是留在日本，我说因为自己的理工科学历，在冈崎研究所这个圈子里很有自卑感。吉崎大约受了触动，说自己是学经济的，在这个研究国际关系的圈子里也有自卑感，而且，原本只是一个普通的公司职员，认识小川的时候正是人生的低谷，在公司里处境很困难，正犹豫着是不是辞职。后来经小川介绍认识了冈崎研究所的人，慢慢地人生就有了转机。所以，王也要坚持，人生总会有转机。

那天的谈话让我内心感到十分温暖。

再回到 2000 年 9 月。冈崎研究所开沙龙的那个晚上是我与吉崎的第一次见面，当时的吉崎看起来老实本分，就如同我认识的许多公司职员，许是因为到过美国见过世面，或者因为原本为人温和，所以即便听了我是中国人，也没有什么强烈的反应，很愿意接纳我的样子，我们两个聊了很久。已经记不得都聊了什么了，但小川看我们谈得比较和谐，似乎也放了心，转身又到别处去了。

后来，金美龄①就来了。

似乎如王熙凤的入场，一个女声响亮着飘了过来，周围有人窃窃私语："金先生来了，金先生来了"，我立即知道是一个名人来了。因为离门口近，很快便看到一个娇小的女人走了过来，醒目的白发直晃人眼，肤色白皙，面颊光洁得如少女一般，真的是鹤发童颜，好漂亮的女人！大家都望着她，纷纷打着招呼问候。

小川笑着领着她走过来，我也站在人丛里看着他们的隆重入场。小川看见了我，冲我招了招手："王，来！"这个中国姓氏让"金先生"停住了脚步，她微笑着看向我，和蔼地问："台湾来的？"我看了看小川，他眯着眼点了点头。当时的我并不知道金美龄的背景，她日语说得非常地道，几乎完全听不出外国口音，但听语气似乎是台湾来的，我忽然突发奇想，笑着回了一句："我是大陆来的，您是台湾来的？那我们是亲戚。"话音刚落，美丽的"金先生"脸色突然就变了，声线也提高了八度："谁跟你是亲戚！我们是敌人！"说完绷着脸转过身去，昂然向屋子里面走去。

她是名人，有声望的人都在里面。

她的高声让周围的人都愣住了，小川也不知说什么好，表情略显尴尬地笑。望着金美龄的背影，几个人看不过去地过来说："金先生太过分了，这样的场合，没必要如此作秀。"

中国青年报东京记者站长在人丛中望着我，眼神怜悯，我回了他一个微笑。

小川自此一直陪着我，见一个人便说："刚才王被金先生欺负了。"问过怎么回事之后，对方便都安慰我："金先生太不对了，不应该如此作秀……"我发现他们使用了一个共同的词："作秀"。

我就回答他们："我并没有说和她是朋友啊，我只说大家是亲戚"。

"对呀，到了欧洲，同是亚洲人也可以说是亲戚呀，金先生太小家子气了，scale 太小了。"

当时，我对大家嘴里这个"作秀"的体会并不深，也不知道"金先

---

① 金美龄是日本的名人，台湾人，入日本国籍，著名评论家，经营日本语学校。主张"台独"，民进党执政时曾经为陈水扁当顾问。长女是日本 TBS 电视台营业局长。

生"为什么要作秀,后来细想,其实,大家对我这个中国人的在场都感到了别扭,只是没有流露出来而已。而"金先生"的刻意表现,不仅显得不给主人面子,而且也是太突出她自己了。

这一天,我在他们嘴里听过多次英文 scale 这个词,日语将其直接作为外来语使用,说人的时候大约指一个人的心胸、度量。这个晚上,大家都在说金美龄心胸狭窄,scale 小。在冈崎研究所,有一个人的名字也会偶然提到,那是石原慎太郎,大家提他的时候,也基本上是说他 scale 小,只知道瞎吵吵,糊弄糊弄老百姓还差不多,不足以成大事。

当然,这种背后议论人的话说得很少,大约都是偶尔喝多了酒,或者在飞机上无聊时才说。

后来,不知道是不是大家的负面评价传到了她的耳朵里,还是她本人也觉得自己表现得不够风度,第二年春季沙龙的时候,金美龄特意拿了自己带来的台湾香肠走到我面前,和婉地劝我吃:"台湾的香肠最好吃,多吃几块儿!"小川看见了,偷偷地冲我挤眼睛。

过了几日,山田小姐打电话来,用疲惫的声音跟我说沙龙的收尾工作已经结束了,大家都累坏了,小川想让大家放松放松,邀请我来研究所玩儿玩儿,晚上一起吃个饭。

到了研究所才知道,原来山田小姐也知道了"我挨欺负"的事,小川是想安慰我才说请吃饭的。山田小姐很直接地说:"别往心里去,那个金先生是常上电视的,自以为了不起而已。"

我来了的声音似乎也传到了冈崎的耳朵,他走出来,正听见山田小姐点评"金美龄"。冈崎询问似的望向小川,小川忙解释说:"沙龙那天,王被金美龄先生欺负了。"听了小川讲了前因后果,冈崎表情很不以为然,摆了摆手语速很快地对我说:"你不要理她,她那是在'作秀',她这个人就习惯作秀……"又问小川:"王怎么回答的?"小川说:"王只是温和地笑,很有风度"。冈崎赞许地说:"这就对了,别和她那种人一般见识"。

冈崎说完,转向山田小姐说了句"代表到了叫我",便又回自己房间了。原来,冈崎那天正在等"台北驻日文化经济代表处"的代表,我问小川:"台湾代表来,我在是不是不方便?要不我到街上找个咖啡厅等你们下班吧"。

小川摇了摇头："没必要，大使他们在会议室谈，你又不进去，不用回避。"山田小姐笑嘻嘻地："这些日子我忙坏了，你和我聊聊天"，手里一边处理着桌子上的文件，一边和坐在她桌前的我说话。因为是工作时间，说的其实都是工作，诸如"冬天要举办国际会议了，自己英语说不好，联系起来不顺畅"等等。

山田小姐告诉我："一会儿，台湾的代表要来，其实就是台湾的'大使'。我得去接待，你坐在这里不要动，大使很重视这个客人的。"山田小姐说这些话时将嗓音压得很低。

台湾的代表终于来了，山田小姐招呼着把他引进了会议室，我压低了呼吸，努力把头缩到人看不到的地方。冈崎往会议室去的时候，漠然地看了我一眼，小川小跑着进去了。

山田小姐送好冰咖啡后，回到自己的座位上，和我说悄悄话，因为一会儿她还要去换咖啡，所以掐算着时间。这时，会议室的门开了，小川走了出来，山田小姐站了起来，小川微笑着说："山田小姐你去把大使的那篇文章找出来，王你帮忙换换咖啡吧。谢谢。"

山田小姐赶紧告诉我咖啡在哪儿，我迅速地倒好咖啡，端着托盘，款款地走进会议室。冈崎和来访者散坐在沙发里，小川坐在门边。我先走到客人身边，轻轻地蹲下身，小心地拿走已经喝了一半的杯子，放到托盘上，再拿一杯新的，缓缓地放到桌子上。屋子里的人谁都不说话，都盯着我换咖啡。

虽然没有在咖啡厅打过工，但山田小姐给我换咖啡的动作已经印在了脑子里，我自觉换咖啡的动作还算优雅。因为一心在换杯子的动作上，我始终没有抬起头，也没有看过任何人，微笑却始终挂在脸上。

我对自己换杯子的"流程"比较满意，觉得脚步和手的动作都算优美，而且流畅，一点儿也不拘谨。出了会议室的门，不禁有点儿自得，笑眯眯地冲山田小姐比画了一个"OK"的手势，可爱的山田小姐也笑着回了一个"OK"。

晚上，小川请我和山田小姐吃饭。

隔天，小川的电话来了。"王，研究所的工作最近有点儿忙，你有空儿就来帮帮山田小姐，做个临时工吧。"

我当然愿意，这是我到日本后最体面、最轻松的一个工作。文秘这类只需要接接电话的工作，因为语言的关系，外国人是很难有机会的。更何况冈崎研究所又是一个能够接触很多人的地方，财团的高桥理事曾跟我说："去冈崎研究所会使你获得许多机会"。

我没有拒绝的理由。

我心里甚至想："完全不懂英语的山田小姐都可以做得来，我的英语虽然忘得差不多了，但比起山田小姐来还是不知要强多少倍呢。"

我相信自己完全能胜任这里的工作。

小川不经意地夸奖我："大使说，王真是个聪明的人，知道该干什么，不该干什么，该说什么，不该说什么，该看什么，不该看什么，甚至知道自己应该站在什么位置上。如此年轻，十分了不得。"山田小姐后来偷偷告诉我："你给台湾'大使'送咖啡时，大使说表现得非常好，眼皮都没多抬，好像已经把耳朵给堵住了一样，知道会议室里的话自己不该多听……"

我不知说什么好。山田小姐又神秘地加了一句："他们好像总要说一些不想让别人听到的话。"

冈崎自此一直十分欣赏我，随着对我了解的加深，我和他的对话也越来越多。他常常对周围人讲："王是我一生中见过的最聪明的人。"

我在前面说过，日本男人不喜欢聪明女人，喜欢漂亮而头脑简单的女人。日本女人也努力将自己培养成漂亮而不聪明的人，山田小姐就对自己的"不聪明"十分自得。但冈崎却好像不大中意漂亮但却不喜欢思想的山田小姐，山田小姐似乎也明白这一点，所以一直对冈崎非常不满，并最终导致了她离开冈崎研究所，确切地说是被冈崎开除了。冈崎研究所前后几个秘书我都见过，只有山田小姐与冈崎相处得不好。冈崎研究所进出的女性不多，但几乎都是有思想的人。

我成了冈崎的秘书。应该说，在冈崎一生中，这是他唯一一次如此接近中国人。

小川让博报堂的人为我在山田小姐旁边添了一张桌子，正对着过道，冈崎每当经过时，就会过来聊两句，笑眯眯的。小川和山田小姐都打趣说："大使就像恋爱了一样，每次路过都要来看看王"，冈崎则笑着说："太老了，谈不动了"！

每日里沉闷的冈崎研究所那段日子笑声不断。

上班的第一天，冈崎走后，我们三个人一起下班。研究所在地铁神保町车站旁边，山田小姐坐地铁，很快就与我们分手了。小川和我要乘的地铁线路，离研究所最近的车站是御茶水车站，走路大约需要20分钟，于是我便和小川一起往车站走。

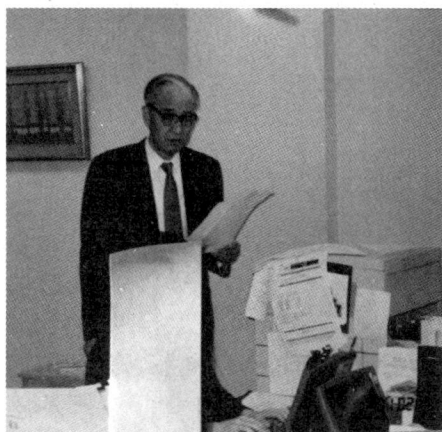

冈崎在工作

那段日子，小川若不忙，便总和我一起下班，两个人一块儿往车站走。一般的，小川都会给我讲一些周围的景致，遇到有历史掌故的地方便会停下来介绍一下。这样的日子虽然不是很多，但对我来说却实在是受益匪浅。

从神保町一路走去，沿途一直有餐厅。我上班的第一天，小川说："要为你庆祝一下"，这也算日本的规矩，于是我便跟着他进了御茶水车站附近的一个不大的西餐厅，是一处吃意大利面的地方。侍者为每人送来一个漂亮的高脚杯，小川喝红酒，我喝白水。

日本人从不强迫别人喝酒，无论是怎样的场合，愿意喝酒的就喝，不愿意或是没有酒量的便喝饮料，我在日本多年，参加了无数次宴会和大小PARTY，从来没有喝过一滴酒。

意大利面要吃得文雅，我认真而细心，忽然便听到小川叹了一口气，不觉抬起了头，小川端详着我说："没想到王竟然能那么入大使的眼……"

我笑了一下，看着小川一直眯眯笑的眼睛，坦率地说："我也没想到。其实，我知道你最初笼络我，是想通过帮我出版书，接触接触中国，当初对我的定位应该只是'一次性'的，绝没有更深接触的打算……"

日语的"一次性"比中文要直白很多，直译就是"用过就扔"的意思，因而若用在人身上听起来就显得有些残酷。

小川笑了，举起了酒杯，和我碰了碰："王，你是个人才。"

我也笑了："而且是个难得的人才。"

"你努力吧，我会支持你"，小川抿了一口酒。我端起了杯子："谢谢！我一定尽最大的努力！"我用了一个日本人表示决心时常说的词："一生悬命"。这是一个日常会话中常用的词，使用的频率很高，一般作状语，是竭尽全力做某事的意思，从字面上就可以看出一股"拼了命"干事的感觉。刚到日本时，常听身边的中国人说："日本人就是夸张，扫个地、涮个碗也要'一生悬命'，听起来怪瘆人的。"后来听习惯了，也说习惯了，但凡要表示努力便会加上这个词，因为这样说不仅显得日语地道，而且听的人也会很高兴。

我很自然地用了这个词后，小川摇了摇头说："你不要'一生悬命'，我最不喜欢'一生悬命'，那样每天多累！国际关系中要懂得顺应时事，要把握好力度地'努力'，一味地拼命那不成了使蛮力了吗？最讲究一个'余裕'（这个日文词的意思大约相当于中文的'从容'，是个名词）"。

我笑着说："确实很累，而且自己也紧张。不过，我也是习惯用这个词了，因为日本人凡事都在用'一生悬命'"。小川又摇了摇头，有些不屑地说："那些人都是蠢人。你知道吗，王，日本人是按1:9的比例划分的，10%的人是精英，他们聪明，识时务，懂得变通，有智慧，这些人从小受的就是精英教育，他们成为国家官僚或者政治家，制定法律、谋划国家大事。而90%的老百姓都是傻子，他们认真，认死理，照着'操作程序'（日本每个公司都有固定的操作程序）工作，没有头脑，10%的人说'你们应该这么干'，他们就那么干，所以日本人好领导。日本的命运由这10%的人决定，而历史从来都是由少数人创造。"

我第一次听到这种理论："怪不得我到了冈崎研究所，认识了您的朋友后发现就像到了中国一样呢。我们中国人都是那10%，每个人都有智慧、懂变通，所以我们不容易管理。"

小川点头："所以日本人若团结起来做一件事，力量就大。10%的人是日本的头脑，我们的头脑很聪明，而90%的身子则拥有强大的力量……归根到底，历史是由极少数人创造的。"

我加了一句："所以，战争时期，全体国民都跟着军部走了……"

小川喝了口酒，轻声说："是的。不过，征兵令来了，谁也逃不掉……"

我举起了杯子："所以，不能再有战争。"

"当然。日本和平了六十年了……国际社会秩序在发生变化……"

"所以，日本的头脑十分重要。那石原慎太郎算不算 10% 啊？"

"他？ 10% 里的一个吧，不过他 Scale 太小，目光不够长远，喜欢'作秀'似的说话，往往会坏事。举个例子给你，东京大学的学生，有三分之一的人是不学习就考进去的，有三分之一是努力了一点儿考进去的，另外三分之一则是拼了命才进去的，这些都是精英。不过，因为天赋不同，使命也不同罢了。这就是人类社会的构成，哪里都是一样，没有例外。"

我明白了他的含义，没有再问下去。因为小川本人也毕业于东京大学，我笑着转移了话题："那您是哪三分之一呢？"小川也笑了："我是那努力了一点儿进去的，而大使是那种不努力就进去的，所以我给大使当秘书。"

我们两个一齐笑了。

这是我一生中第一次听到"1:9 理论"。很多日本人看似矛盾的做法，以这个"1:9"的划分方法来理解，都能得到一个合理的答案。我们接触的都是普通的日本人，看到的一般是严谨刻板，但因为"头脑"的灵活和"身体"的顺从，日本民族便显得那么识时务、懂变通，既能踏实地工作，又对局势保持清醒的判断，因为"工作"的是"身体"，"判断"的是"头脑"。而"头脑"中似乎也分工明确，既有像石原慎太郎那样的前台表演者，又有出谋划策的冷静分析者，"表演者"负责"唤醒"或者"蛊惑"民众，往往"热血沸腾"；"冷静分析者"则"运筹帷幄"，一般"慢条斯理"。

最关键的是，这些"头脑"，因为小时候都受到了基本的教育，所以具备"作为身体应该具有的严谨与服从"等许多"功能"，长成"头脑"后，这些基本功能已经融到了他们的血液里，所以，这些"头脑"们能够在"身体"和"头脑"中自由出入，游刃有余。

※ 正论大赏

由富士产经集团主办，颁发给发表"有见地言论"的人。评选标准符合该集团的基本理念："为了自由和民主主义"。每年 12 月发表，获奖者或是在《产经新闻》上发表重要文章，或是活跃在保守论坛上的评论家。冈崎久彦曾经获得该奖，2000 年第一次正论新风奖获得者为樱田淳，小川彰为推荐人（后文将提到）。吉崎达彦 2013 年获第 14 次正论新风奖。

※ 有关日语的外国口音

日语是个十分难于掌握的语言，一个人若高中左右到日本，即便在日本受了正规教育，外国口音也无法完全消失。而成人之后去日本的人，无论日语说得多么流利与完美，发音都会带有外国口音，几乎没有例外。我在日本见过许多待了几十年的外国人，几乎没有一个不带外国口音。香港著名艺人陈美玲在日本待了 40 年，嫁给日本人，生了三个日本国籍的儿子，本人不仅在大学里当教授，又常常上电视，但日语中的外国口音仍然一听就能听出来。她上电视时电视台常常会打字幕。国内的一些电视剧常以中国人假扮日本人、甚至假扮成家人为情节设计，以我的经验，首先从口音上判断，剧情就已经无法成立了。金美龄在日本待了 50 多年，在大学里当教授，尽管日语十分地道，日本人还是一下就能听出她的外国口音。

十二

虽然说是来工作帮忙的，但大家对我都客气，我的工作十分轻松，因为有山田小姐在，我主要是帮她，打打杂。我知道自己的中国人身份，虽然没有人告诉我该干什么，文件之类的东西我是绝对不碰的，让看了，或者让我去复印了的时候，我才拿起来。有时候山田小姐不在，我也会接接电话，除了聊天，每天的主要工作就是给冈崎倒倒咖啡，客人来了打个招呼，送送饮料，走了洗洗杯子，等等。

有时中午也会陪着冈崎到附近的小餐厅吃个简单的工作性午餐。我来了之后，山田小姐似乎长出了一口气，因为她不用再一个人陪冈崎吃午餐了，有时候她甚至让我和冈崎两个人去，她稍后自己去别的地方吃。

冈崎吃午餐很简单，最喜欢吃一种类似于咖喱饭的饭食，吃得很快，吃好了便等我。一边等一边说："吃饭快是在外务省养成的，外事活动常没有时间吃饭，所以如果在外面看到一个吃饭特别快的人，那就极有可能是外务省的"，虽然冈崎不催我快吃，我还是十分紧张，心里多少理解点儿山田小姐为什么不愿意和冈崎一起吃饭了。

冈崎喜欢银座 Cozy 的泡芙，山田小姐便在冰箱里常备着，下午三点左右，拿出来大家一起吃，如果有客人来，便和客人一起吃。因为客人大都非常尊敬冈崎，吃的都很少，而且按日本的习惯，很多人都不会空手来，所以，研究所里天天有点心吃。

小川其实很忙，常常需要外出，在研究所的时候，也似乎要处理许多事务。偶尔的，冈崎有文章在《产经新闻》或者其他的杂志上发表了，小川便会让我把文章剪下来，并且要复印，山田小姐则会给冈崎的朋友打电话或者发邮件，告诉大家："大使的文章在某处发表了，请阅读"。

有时，富士电视台会来采访冈崎，记者来录像的时候也是悄悄的，一般来两个人，一个摄像，一个女记者提问。我们也都当普通客人对待，摄像完了，一块儿吃两块儿点心。过些日子，电视台会有信息来，说某日某时将播放节目。于是，山田小姐便打电话或发邮件，告诉应该告诉的人："大使将在某日的某时有一档节目，请大家届时观看"。

日子过得悠然，有条不紊，冈崎仍然去练气功，他对我仍十分推许，邀请我，我推辞了。因为在日本，女孩子随便受人钱物，是会遭到议论的，冈崎请了我一次，之后便不会再请，再请就不合日本的礼数了，就出格了。而一次5000日元的练习对于我来说则绝对是消费不起的奢侈，我说道场离家远。

冈崎点头认可。

其实冈崎和小川对我的理由心知肚明，大家都装糊涂。聪明的日本人对好多事即便是心知肚明也绝不会显出半分，因为那是体谅，其实哪怕是心照不宣有时也会失礼和伤人。

我的工钱不知道是哪里出的。小川是博报堂的员工，研究所是博报堂的一个下属机构，山田小姐也是博报堂雇的，他们三个都从博报堂拿工资。而我的加入并没有经得博报堂的任何人许可，所以应该是他们自己的经费里出的，不是很多，小川始终说是给我的"零花钱"，只是不知这笔"零花钱"是怎么入的账。每个月，小川和山田小姐都会腾出时间贴票据，车票、饭票等等，十分认真。那光景让我想起小时候常出差的爸爸报销差旅费的情景，亲切而熟悉。

一般的，我绝不探头探脑，钱、票这类东西，离得越远越好。但凡有我能够参加的活动，小川便带我一起去。

某日，小川被人请去做报告，讲安全保障问题，主要是日美同盟。这个时候，我已经知道冈崎的主要主张，每日里在研究所无事的时候，我便会读冈崎的著作，有很多生字，只能硬读，有时反复读几遍，总有进入脑子里的，渐渐地对一些词也懂了。

那天，我虽然一起去了，但基本是坐在前排听，学习日语。他们是三个人一同做报告，兼回答参会者的问题，参加的人并不多，加上我们一共也就十几个人，还有媒体的人。可活动一经报纸报道，便显得十分有声势，看起来好像是个盛会一样了。

另一个主讲人是个残疾人，年龄不大，二十几岁的样子，看起来像得过小儿麻痹症，走路说话都显得痛苦，但言辞犀利，语气似乎比健康人还强硬。这是樱田淳，后来我在冈崎研究所的沙龙上也见过他，但没有说过话。大约是有些自卑，他总是独来独往。

日常表现上日语从不讲"残疾人"，因为似乎是一种言语歧视，"残"这个字不能随便乱用。谈到"残疾人"时要说"身体不自由"，眼睛"不自由"，耳朵"不自由"等，透着小心，从不讲"身残志不残"之类的话，看似鼓励实际上已经将人划分等级了。

小川在会议上对樱田十分谦让，很尊敬的样子。

回来的路上，我对小川说："樱田似乎很有名呢！"小川说："是个不错的年轻人，很有思想。"看得出对樱田的赞赏。

几日后的一个下午，小川在房间里写东西，我去送茶。问他："忙吗？不忙就把茶端进来。"

小川笑眯眯地说："不忙，正在推荐'正论大赏'的获奖者。"看出来他并不避讳我，我走了过去，看他正在一个表格上填东西，填的名字是"樱田淳。"

"您打算推荐樱田？"我问到。

小川说："是呀，推荐樱田吧，他今年在《产经新闻》上发表了不少好文章，应该能获奖，所以就不推荐大使了"。我十分奇怪："您是大使的秘书啊，怎么能推荐大使呢？"

小川一副少见多怪的表情："为什么不能推荐？我不推荐他，他总不能自己推荐自己吧？再说了，谁有我了解他呀，我最有资格了。"

我真的是少见多怪："也能自己推荐自己吗？"

"为什么不能？只不过大使如果自己推荐自己那就没面子了。去年我还推荐大使了呢，不过没评上。"

"那您今年再推荐大使得了，为什么推荐樱田呢？"

小川瞪了我一眼："这还不明白！樱田有先天不足啊，肯定能评上，我选大使反而不识时务了。"

那一年，樱田淳果然获得了正论大赏。

借着这个话题，我忽然想起一个事儿，问小川："您认识田中明彦吗？"

"认识啊，怎么了？"

我十分想读一个文科的学位，便对日本的学者进行了一番调查，东京大学教授田中明彦是研究国际关系的重要人物，对中日关系也研究多年，差不多是日本数一数二的学者，有许多独到见解，我很想去他那里读个博士。我将自己的想法告诉了小川之后，他很不以为然地说："你完全不用再读书了，你的见解是许多人没有的，你将来往评论家方向发展……先在研究所待些日子，你文章好，很快便会上路的。"

"可是，我没有受过专门教育，在专家面前便显得无知"。

小川说："我最讨厌专家了，大使也讨厌，我们都不是专家。专家什么都不懂，只会掉书袋，死记硬背一些理论，没有一点儿见地，写的文章看起来吓人但基本条理不清。他们知道的那些东西，书上都写着呢，用的时候一查就知道了，还用他们背吗？最让人受不了的是因为多背了几本书还特别自以为了不起。你看，冈崎研究所进出的人有几个是专家？大使本人是外务省的官僚……你的特点是有见解，有见解的人越是外行越能看出问题的关键来。"

我思索着小川的话，说道："日本有句话叫'重返初心'，是不是就是这个意思？人到一定时候就会成为'专家'，看问题就会因循前人或自己以前的观点，所以要重返'初心'，保持'外行'时的敏锐？"

"太对了！王就是一点就透！和你说话不费劲。"小川表扬我。

"那，田中明彦①是不是专家呢？"

"田中基本上属于专家，但是专家中比较优秀的那一种，不过，终究是专家。"

"那您什么时候把我引见给他吧。"

"行。必要的时候一定引见。"说到这里，小川笑了，"不过，田中是条大鱼，要在必要的时候用，一般的情况下不能随便使用，那样会浪费了的。"我深以为然，不住地点头。

---

① 田中明彦，日本的国际政治学者，历任东京大学教授、副校长、日本国际政治学会理事长，现在是独立法人日本国际协力机构理事长。日本政府各种审议会、研究会的主要参与者之一，国家"安全保障法基础再构筑恳谈会"委员。

我知道，当时日本政府里有个日美贤人会议，专门讨论日美关系等重要问题，田中明彦是重要成员，所以他当然是大鱼，冈崎对他也十分尊敬。前文提到，小川之所以去中国社科院日本研究所开会是被根本安雄带去的，而和他们同去的还有田中明彦。

小川去世后，冈崎曾介绍我去田中那里，我在田中那里听了一段时间他的讲座，那是他当东京大学副校长前的一段日子，我觉得他人很和蔼，通晓人情世故。田中对冈崎介绍一个中国人去他那里显得十分意外。冈崎当时社会威望很高，外务省工作期间因为天分高为人傲气且严厉，对部下非常苛刻，一般不大会推荐人，再加上我还是一个中国人，这使田中十分好奇，曾经多次拐弯抹角地问我是怎么认识冈崎的。

田中是个非常练达的学者，他有一句话给我留下了很深的印象："学文科的人要想创新很难，你如果发现了一个有意思的表达方式，哪怕只有一句话，你先说出去你就创新了，那句话也就是你的了。"因为我的专业离他的专业太远，要想靠进去得需要很多时间，田中很知心地对我说："能帮你的我会尽力，按东京大学的规定，你怎么也得从硕士读起，再读我的博士，时间太长了。"我见过他的博士生，大都读了很久，一个韩国来的男孩子当时已经读了八年，田中说他仍然无法拿到博士学位。我到田中研究室去听讲座时是2003年，当时的日本，文科博士很难拿到学位，几乎不大给学位的样子，最近因为一些专家抱怨许多大学教授几十岁了都无法拿到博士学位，部分大学才开始颁发一些文科的博士学位。

我觉得田中说得中肯，算算我即便努力拿到学位也得花个十年八年的时间，便放弃了在他那里读博士的念头，渐渐地也就不去参加他的讲座了。算起来，不见田中也有好多年了，现在的田中明彦是日本国际合作机构①的理事长，似乎在日本的社会威望更高了。

---

① 独立行政法人国际合作机构设立于2003年，归日本外务省管辖，是实施政府开发援助（ODA）的机构之一，对欠发达国家和地区的经济及社会发展提供援助，其前身是成立于1974年8月的国际协力事业团。

　　※ 关于贤人会议

　　所谓"贤人会议"是日本政府为了探讨解决某个特定问题方法而设置的会议。由对该问题具有丰富知识和经验的人组成，包括以解决日美经济问题为主的日美贤人会议，受日中、日英、日韩政府委托的各种委员会等。

十三

　　三将军偶尔会来研究所，每个人看到坐在桌子后面的我都似乎会愣一下，很快便会露出笑脸："王，有段日子不见了，你好吗？"绝口不问类似于"你怎么坐在这里的"话，好像我就应该坐在那里一样，这使我对这些看起来十分耿直的军人心生佩服，不动声色也是他们的言传身教之一。笑眯眯的小川总会在大家笑语连连时若无其事地说："王现在是大使的秘书了，是来研究所帮忙的。"听的人于是便明白了我在研究所的地位，谈话更加自然而随和。

　　一天，小川说台湾的一个重要人物要来，似乎是"总统府"的什么顾问、参谋之类，我对这类的日语还不是很娴熟，许多时候第一次都是囫囵地听了，再慢慢消化理解。他因为那天有事，要我代表他去参加欢迎兼报告会。

　　我心里没谱。

　　每次参加这类活动，都是小川带我去的，虽然不认识什么人，因为大家对小川的认可，也总会给我一点儿面子，待起来总不至于太尴尬。那天不同，到一个人也不认识的地方去欢迎某个人，而且明知道那些人不欢迎自己，心里很不舒服。

　　我去晚了。

　　一定要去晚，这样便可以少一些尴尬。

　　那天有风，会场在一个写字楼的会议室里，下班后，大楼空荡荡的，我找了一会儿才找到会场。进去的时候，报告会已经开始，有人在台上演讲。

　　光头的佐藤守。

　　他讲的是 1979 年中国与越南的战争，投影仪上是地图，看起来像作战指挥一般，一种十分奇怪的感觉在我心里滋生。"对越自卫反击战"是我从小听惯了的说法，一个第三方的人对那场战争的评判让我十分新鲜。佐藤讲"中共"的布兵，进攻的特点，我恍如看电影一般，对面屏幕上的"敌方"将领正在讲作战局势。

参加会议的大约有二十几个人，我是唯一一个女性。掌声是热烈的，佐藤脸色红润，很是开心地请台湾来的客人讲话。一个近七十岁的人走上了讲台，让我惊讶的是他的日语，完全没有外国口音。那人很激动地讲来到日本的高兴，讲台湾海峡对日本的重要性，讲台湾"独立"对日本的必要性，说希望在座的日本朋友多为他们宣传，因为支持台湾"独立"就是支持日本自身。

他的演讲结束后，这场欢迎会也就结束了，人们开始互相交换名片。其实，二十几个参会人员也并不都是政见相同的人，总有一些是去认识人的。佐藤看见我，热情地走过来握手，有些不好意思："王，对不起，我刚才演讲提到中国的时候，说的'中共'，请原谅……"他这样一说，周围的人便都知道我是中国人了，佐藤赶紧将我介绍给他身边的人："中国来的王"。我便和大家握手、交换名片，这时用的仍然是东南亚文化友好协会的名片，冈崎研究所没有给我印名片。

有一个人给我留下了很深印象，听说我是冈崎研究所介绍来的，便老是没话找话地说一些不着边际的话，我当时没有经验，心里一直在纳闷："来这里的不都是反对中国支持'台独'的吗，他怎么对我这么热情？"第二天问小川，小川不屑地说："每个集会都有这样的人，是去换名片认识人的，不要理就可以了"。

交换完名片，大家也就散了。零零星星的几个人从空旷的写字楼里走出来，很快便在夜色中消失了。走在静悄悄的大楼里，我有一种奇怪的感觉，仿佛自己参加的是某一个地下组织的集会一般。

这天的聚会没有叫媒体的人，如果有媒体的人来，便会多一两个人，第二天或者过一阵儿便会在某个小报或者杂志上登上一段儿关于会议主要内容的报道。

在此我想说的是：这是 2000 年的秋天，台湾的"总统府顾问"来日本也不过是某个写字楼里的几个人的集会，完全是民间性质的，没有任何影响力，代表日本亲台势力的冈崎研究所派出的人竟然是我——一个刚刚去的临时工。虽然主持和参加聚会的人都想扩大自己的影响力，然而，一般的，主流社会或主流媒体是不会理睬他们的，无论主持集会的人是否有社会地位。

不久后，李登辉想来日本，没想到惹起了很大风波，中国政府的强烈反对，曾使小川十分困惑："王，李登辉只是退休的'总统'，他来日本，我们都不大会理他，他在日本没有影响力的，中国为什么那么反对？"我无言以对。

不过有一点我可以证明，中国的反对使日本的一些人很感兴趣，并开始以李登辉访日做文章，后来还成立了日本李登辉友人会，这是一个财团法人，当时对李登辉访日没有任何兴趣的冈崎久彦后来竟然受邀成为该协会的副会长。而李登辉本人其后的每次访日都受到各方注意，很有一种越做越大的感觉，连许多日本友人都说：李登辉是"中国反对"的最直接受益者。

2000年的冈崎每天在气功上花的心思比较多。

我很快将他的《气功为什么有效？》看完了，当时的我日语阅读能力有限，看这种类似于"科普"的书还比较容易一些，而冈崎的其他著作因为专业词汇太多或者由于我对背景太生疏，所以读起来十分费劲，很多时候不过是将书放在桌上做个样子，偶尔翻两页，有的时候即便日语懂了内容也不懂。从小爱读书的我尚且觉得枯燥，山田小姐的痛苦可想而知。

考入东京大学的人其实不论学的是什么专业，文理科的基础都非常棒，按中国的说法，冈崎是个学霸。他在书中用电学理论解释了气功的机理，主张气足了的两个人被大力分开甚至摔倒是因为人体细胞已经变成了一个个小电荷，并按照同样方向排列，所以手掌相碰时便因为电荷的同性相斥而被分开。

日本人对气功十分生疏，我相信出版社对冈崎的理论完全不明白，这本书的责任编辑是个女士，在研究所的沙龙上见过，冈崎对她十分客气，我觉得出版这本书很像是个人情。

那天晚上，三将军来了，冈崎和我们一起吃饭。日本人吃饭简单，不像国内那样左一道菜右一道菜，大家围着冈崎，因为冈崎喜欢吃那种咖喱饭，所以大家也都奉承着一起吃。等上菜时，川村建议冈崎表演一下气功，大家又谈到了冈崎的书。川村说："王是中国人，不如把大使的书翻译成中文吧。在中国出版了也是很好的事情啊。"大家都说好，冈崎也很期待的样子："王怎么看我的书呢？"

"我觉得很有见地。您把气功解释成电荷的想法非常有创造性，我很认可。"老先生很高兴，环视了一下周围，其他人都没有反应，我想大概谁都没有认真看过他的书。冈崎说："不过，有件事我觉得奇怪，写书的时候怎么也没有想明白，所以就没写。我觉得既然是电荷，那么男女就应该不一样，为什么不论男女，有气的时候手掌相碰都会被撞开呢？"大家又随声附和："是呀，真的不可思议呀！"我灵机一动："那有什么，道理很简单呀。"冈崎疑惑地望着我："为什么？"

"您的电荷理论是以人体细胞为单位的，既然已经具体到细胞，那么所有的人体细胞都是同样的，细胞是没有性别之分的，当然无论男女的气相碰都会分开的呀。"

冈崎的眼睛发出了奇光："王，你简直太了不起了！我想了很久的问题你帮我解决了！"于是，大家为我干杯。我很得意地对川村说："怎么样？我聪明吧？"川村忙点头："聪明！聪明！"眼睛透出的是："真拿你没办法！"

大家都笑。

我和川村也成了朋友。

十四

因为小川 12 月份要到北京去参加中国社科院日本研究所的国际会议，我们便将出版纪念活动定在了 12 月，小川跟大野克美、高桥秀雄说好，他先去开会，随后大家去北京与他会合。

中国青年出版社对我们很热情，几次电话联络，答应说：书一定会按时出版，并积极配合出版纪念会的举办。我跟小川讲明：中国与日本不同，几乎没有商业出版，所以，包括出版、发布会在内所有的活动都需要花钱，他很理解，大野们也都表示同意，说好他们来北京的时候，一并把费用带来。

我和小川前后脚来北京，他去开会，我去出版社。我在中国青年出版社不远的地方住下，原以为这里离中国社科院日本所不远，找小川方便，没想到小川竟然住到了海淀区的一个宾馆。据说是四星级的，但看起来并不怎么样，后来，大野和高桥也一同住进去，大家的反应都是："为什么住这么远？而且酒店也不大高级……"我第一次说出这句话时，小川笑得十分暧昧："这宾馆是金熙德帮助订的，挺贵的。"

金熙德是中国社科院日本研究所的研究员，很有名气，有一段时间中央电视台的日本评论几乎都让他一个人垄断了，后来成为该研究所的副所长，几年前因为间谍罪被判了刑。我后来随冈崎研究所的人去中国开会时见过他几次，很能喝酒，喝了酒说话就有些多，不过当时并不认识他。

听小川介绍宾馆是他帮助订的，我便想当然地说："金先生是个学者，一定是个书呆子，你让他帮助订宾馆，还不是多花钱还办不好事吗？"笑眯眯的小川笑得眼睛更加看不见了："多花点儿钱没关系……你知道吗？金先生的夫人是开旅行社的，这宾馆是由她夫人订的。"我睁大了眼睛，小川盯着我，表情意味深长。

我们不再谈论这个话题。

大野等人来了后虽然也抱怨宾馆太偏，小川听了只是笑，在我面前没有再提过金熙德夫人帮订房的事，背后说没说我就不知道了。

后来听说金熙德因为间谍罪被抓时，我的眼前不知怎么便浮现出小川那意味深长的表情来。心中自有一番感慨：一个如此爱钱的人怎么会不出问题呢？小川的表情中其实应该有着许多不屑吧。

约好了见刘德有先生。

12月的北京天很冷，刘先生当时是中华日本学会会长，张自忠路的中国社科院日本研究所楼前也挂着中华日本学会的牌子，刘会长在那里见我。

一个普通的中国老头。

眼睛很大，人长得很精神，穿着厚厚的黑色棉袄，臃肿地坐在日本所的会议室里等着我。对这样的老人，用汉语应该形容矍铄，我觉得有点儿俗，所以不用。

他气质挺好，平和，还透着那么点儿洋气，不知哪里有些像冈崎，看起来像是见过大世面的人。当时，我对这个老人的历史知之甚少。

小川介绍给我的日本所的P女士也已经回国，听说我要见刘先生，她说自己从没见过刘会长，想一同见见，我征求了刘先生的意见后，P女士就一同来了。

所以见面时是我们三个人。

刘先生讲他在日本待了15年，讲一些趣事，他声音和缓，像讲故事一样，真的是娓娓道来。日本所会议室有点儿暗，厚而模糊的窗户透进了些许冬日里钝钝的太阳光，那老人坐在对着窗户的圈椅中，阳光并没有照到他，他似乎躲在光影中一般，说着他从前的日子。那情景让我产生了一种错觉，仿佛这老人已经将我带到了另一个时空。

刘老先生的平和让我感受到一股人格魅力，一股让人亲近的魅力。

我后来仔细想过我认识的这几个老人的特点：他们年龄差不多，冈崎与刘先生差一岁，村山富市稍微年长几岁，可以说是同一时代的人，他们都经历过战争，经历过中日两国关系的对立，经历过中日两国的20年

"友好";冈崎虽也平和,但也许因为天分太高或者因为始终坚持自己国家利益第一的主张,所以神情中总有那么一点儿孤高,正如他自己的座右铭"鸷鸟不群";村山则是平和之后的大气,是一种鸟瞰全局、一切了然于胸的大气,我曾经同他的秘书河井谈过这一点,河井感叹说:"毕竟曾为宰相!"

而刘德有先生则是一种谦和,一种谨慎之后的内敛,我想这与他自1964年起长达15年工作在日本有直接关系,在日本工作的后期是新华社的首席记者,他到日本不久,佐藤荣作开始执政,中日关系出现严重对立,身处其中,一切都必须仔细分辨,谨慎当是最重要之事。我后来翻译刘先生的回忆录,感觉到他为人最大的特点就是谨慎。

我对刘先生的叙述表示了极大的兴趣,说:"下次您到日本来,东南亚文化友好协会一定接待,我来给您当翻译!"我之所以说给他当翻译实际上是客气话,因为东南亚文化友好协会的人都不懂中文,我想表达的是"您不要不安,有我呢"的意思,其实这也是一个玩笑,人家刘先生3岁就上日本人开的幼儿园,后来又给毛泽东、周恩来当日语翻译,当然不需要翻译。

我这一句话一出口,P女士就略带嘲笑地说:"刘会长的日语怎么还需要翻译?!"这是她在会面中说的唯一一句话。

第一次与刘德有先生的见面

我很有一点儿下不来台,脸有点儿红,刘先生似乎也愣了一下,但看了我一眼后,很快就接口说:"好啊,好啊!"

谈话愉快地结束。

刘先生说大野等人来北京时他将在文化部接待,是否出席出版发布会再谈。

我和小川去首都机场接大野和高桥,高桥

第一次来中国，据我所知，那是他唯一一次到中国来。见到我，高桥眼睛湿了："王，太棒了！"

我们紧紧握手。记忆里，认识高桥多年，似乎也就握过这么一次手。

文化部的接待规格不低。

我们四个踩着红地毯步入文化部的接待大厅时，连大野都屏住了呼吸。西服领带的刘德有先生风流倜傥，身材高瘦且挺拔，一点儿也不像七十几岁的中国老头，让人眼睛一亮，坐在鲜红的国旗前面，深蓝色的西装衬着他，真的是流光溢彩。

大野与刘先生交换中日关系的意见，其实，大野根本没什么意见，他一点儿也不了解中国，他还是那样介绍着财团反省战争的理念，或者介绍他知道的名人轶事，他家的邻居：前首相小渊惠三和福田赳夫等。但是他的谈话很拿得出手，因为对战争的反省总能唤起中国人的共鸣。

我介绍了《现在，是我们赎罪的时候》的出版，并将书赠送给刘德有先生，希望他帮忙推广，并批评指正。

高桥在我介绍自己的翻译过程时加了一句："王说她感动得哭了。"除此之外没再说第二句话，小川则始终微笑。

会见庄重而和谐，很是让人难忘。

我们从中国青年出版社拿来了三百本书，我因为要回老家，所以他们三个要带回东京。大野居住在群马县，那里是日本著名的圆白菜产地，小川便调侃大野，让他负责打包，将书装在几个纸箱子里，因为"他有捆绑圆白菜"的经验。在大家的嬉笑声中，这几个平日里也还庄重的男子，撸胳膊挽袖子地将书装了几个纸箱子，大野说："偷运大概也就是这样的吧"。

每个人都非常开心。

在中国青年报的协助下，《现在，是我们赎罪的时候》召开了出版发布会。来了十几家媒体的记者，我和三个日本人坐在台前，我虽然是译者，但因为书是财团创始人加藤亮一的遗著，内容是财团的精神理念，所以财团专务理事大野是主要发言人，我则是翻译。

这是我第一次在如此公开的场合做翻译。好在日本朋友们都支持我，也还不是很紧张，但是国内记者的提问却让我常常不知如何翻译。

　　当时的我对新中国成立后的中日关系史几乎一无所知，很多人名和事件连听都没有听过，可以说我对中日关系的了解一点也不比大野他们多。

　　大家说的多是日本的侵略，当然也问几个日本人对战争的态度。于是大野仍然介绍财团的理念，介绍加藤的反省。记者们对低着头表示反省的日本人表示欢迎，语气也渐渐柔和，但是我却遇到了一个大麻烦。

　　大野按照日本人的习惯，说了一句："当时给中国人添了很大的麻烦，实在对不起。"（その節は、中国の人々に大変ご迷惑をおかけしまして、本当に申し訳ございません。）

　　熟悉新中国成立后中日关系史的人都知道，1972年田中角荣访问中国实现中日两国邦交正常化的时候，日本外务省准备了一篇发言稿，其中有一句类似的话。日本外务省在准备日语文稿的同时也准备了中文译稿，当时外务省的官员便将这句的"ご迷惑"翻译成了"添麻烦"，由此引起中方强烈不满，双方为此争吵很久，这就是中日关系史上的"添麻烦"事件。

　　人尽皆知。

　　可惜，对中国几近无知的大野不知道，我也不知道。

　　但大野说出这句话之后，凭直觉我觉得不应该将其直接翻译成"添麻烦"，以我不深的中国文学底子，我知道中文"麻烦"在人们心目中的分量；而以我学习几年日文的经验和对大野人品的了解，又觉得大野此时的"大变ご迷惑"比中文的"添麻烦"的程度深了许多。

　　这是一句道歉时的客套话，日本人用熟了的。

　　大野说完这句话后便低下头行礼，表示道歉，台下的记者们都看着我，等着我的翻译。情急之下，我找不到更合适的中文词，只好将其翻译成："战争时日本人做了许多对不起中国人的事，我对此表示深深的歉意。"

　　一个年轻的记者站了起来，简单地说了几句田中角荣的讲话，表明了中国方面对"添麻烦"事件的认识，严厉地抨击了日本政府对战争的态度，并对东南亚文化友好协会各位先生的诚恳态度表示欢迎。

我惊出一身冷汗。

我将年轻记者的话翻译成了日语，大野有些迷茫地看了看我，我知道他不明白年轻记者嘴里的"ご迷惑"和我翻译过去的"ご迷惑"有什么不同，便低声告诉身边的小川结束之后再解释，小川将话传给了他。

出版发布会很成功，大家对我的译者序十分赞许，对财团法人东南亚文化友好协会反省战争的态度表示认可。

高桥讲了几句财团现在给留学生发奖学金，其中也包括中国学生的话，博得了大家的掌声。

小川自始至终都是配角，没有讲话。

他负责照相，负责拿东西，见记者时他用了东南亚文化友好协会评议员的名片，后来，干脆说名片用完了。

我小声跟他说："可以把名字写在我的名片后面。"他摇了摇头："我不希望自己的名字出现在报纸上。"

虽然不明白他的意图，我相信他一定有充分的理由，所以也就随他。

记者招待会后，大野问我"ご迷惑"出了什么事，我因为也是刚刚听说，就把记者的原话告诉了他，并将自己将他的"ご迷惑"翻译成的中文解释给他听，他连连点头："王翻译得对，我就是那个意思。不是一般的'ご迷惑'"。小川似乎对中日两国之间的风波有过耳闻，听完我的解释后说，外务省的翻译可以说是"世纪性的误译"。

第一次翻译经历给我留下了十分深刻的印象，它对我以后的翻译生涯影响至深。

北京之行很圆满。

十五

返回东京已经是第二年的一月，仍旧在冈崎研究所帮忙。小川显然对在北京的经历十分满意，当我在邮件中告知他到东京的时间时，他竟然玩笑着将回信的题目写成了"王凯旋"。

大野他们三人不知费了怎样的心思和力气，将近三百册《现在，是我们赎罪的时候》运到了东京，而小川在回东京之前，还特意拿了几本送到中国社科院日本研究所，请他的中国朋友帮助宣传。

冈崎研究所一进门的那个总是放着冈崎著作的桌子上，不知从哪天起并排放上了几本我的译著，封面鲜明地写着村山富市的日文题词。有人来了，小川一般都会介绍一下，有的人也会不待介绍便自己拿起来翻翻。看过之后，大家的反应一律是夸张的夹杂着惊讶的赞美。

很日本式的赞美，很难说到底有几分真诚。

外务省的石塚要我签了名送书给他，小川打趣说："可得写得好点儿，将来王的签名可是不得了的。"山田小姐听了只是不置可否地笑。

冈崎对我表示祝贺，不过我始终不知道冈崎是否翻开过那本书，但是小川介绍村山富市给我题词的事似乎不大背着冈崎了。

冈崎研究所里似乎飘荡起一股从前没有过的味道。

带回东京的书大部分都让"擅长捆圆白菜"的大野拿到群马县去了，下了飞机，直接装上了他家的车，小川和高桥因为要乘电车回家，所以每人拿得不多。中国国内发行的部分据说很快也就卖完了。

虽然有王婆卖瓜之嫌，但我仍然想说，《现在，是我们赎罪的时候》真的是一本好书，为了将一些日本人反省战争的感情传达到中国，包括日本的前首相在内，许多人都出了力。这在行政权力有着局限性的日本是个相当不容易的事，更何况当事人们都对中国充满着疑虑。

上海国际问题研究所的吴寄南先生来到了东京。小川说是去中国开会时认识的，对方想和冈崎研究所搞学术交流，因此希望见见冈崎。

冈崎同意见面。

我其实并不知道自己为什么要去，小川只说介绍一个中国专家给我。见面地点是个很安静的地方，我们三个人坐出租车去的。冈崎研究所一般的饭局都是在附近的餐厅，这次见面看起来规格不低，显而易见，小川对客人比较重视。

客人已经等着我们了，一个榻榻米房间，一个50岁上下的男人拘谨地坐着，见到小川后忙站起来握手，并对跟着进来的冈崎表示了极大的敬意，我跟在冈崎后面。

冈崎招呼吴先生落座，我也跟着坐了下来，小川笑眯眯地指了指我："中国的王。"吴先生眼睛亮亮的，透着新奇：这儿怎么还有一个中国人？这一点，吴先生就没有进出冈崎研究所的一些人深沉，人家真的是不动声色。

大家坐定之后，小川介绍说："吴先生是中国的日本问题专家，很著名，这次来日本，非常希望见到大使。"

冈崎用湿毛巾擦着手，语气轻快地说："那很好。你觉得我们有什么共同点？什么是我们可以合作的，找找看。"

这句话对我影响巨大。

通过这一段时间的接触，我已经基本知道了冈崎研究所的性质，也了解了冈崎的理念，知道他主张坚持日美同盟，赞成台湾"独立"，经常给《产经新闻》写一些强调中国是假想敌的文章，因此我在心里觉得他应该不愿意接触中国方面的人，虽然我是中国人，也许因为生活在日本所以是个例外。

但是，他在见到一个有着中国官方背景的人之后，却能立即欣然同意"寻找共同点"，听了他的这句"找找看"，我脑子里立即反映出的是周恩来总理50年代参加万隆会议的情形，领悟到所谓国际合作其实许多时候都是在"寻找能共同做的事"。

我觉得这是冈崎高明的地方，他始终在寻找为了某个目的能和自己合作的人。

我想到了毛主席提倡的"统一战线"。

吴寄南先生反应很快，日语也很流利："我知道冈崎研究所最近在研究海盗的问题，包括马六甲海峡等等，那也是我们中国运输的重要通道，海盗是我们共同的问题，我们上海国际问题研究所想就海上安全问题和您进行交流。"

谈话进行得十分顺利，双方说好要共同举办中日安全保障对话，具体事宜再由小川和他们商定。

这是其后每年一次的中日安全保障对话的发端，冈崎研究所和上海国际问题研究所共同举办，每年一次，会场在东京和上海交替设置。后来，中国方面又加入了中国社科院日本研究所，冈崎研究所的成员便先去北京再去上海，轮流与这两个研究所的相关人员开会。

我个人的体会是上海方面更重视这个会议，后来的所长杨洁勉先生（杨洁篪的弟弟）还亲自去过东京，与冈崎见面。现在这个会议仍然在举办着，上海每次会议都会请同声传译，接待的规格也很高，吃的住的都很好。而冈崎研究所就显得简朴，翻译嘛，一般就是我，住的也很普通，经济型宾馆（这与冈崎研究所在小川去世后经费困难有关）。北京的中国社科院日本研究所则显得冷淡，只参加了几次，一般就在研究所隔壁的和敬府宾馆找个地方住，吃的也没有中国式的热闹，而且这项似乎并不大入他们眼的交流在"李春光事件"后便中断了。

吴先生终于按捺不住，在和冈崎聊完正事之后，问我："你是冈崎研究所的吗？"小川笑着回答："王刚有译著在北京出版，是大使的朋友。"

吴寄南先生表情仍然好奇，不过也不好再问。一般的，有冈崎在，我们的饭局时间都不会太长，该说的话说完了，冈崎吃得快，我们也就该起身了。

小川去算账，我和冈崎在餐厅的大堂里等，一个匾额挂在墙上，非常漂亮的书法："平等即不平等"，是一个什么名人写的，于是两个人一起感叹。

冈崎问我："你长在中国，那是一个社会主义国家，不是信仰共产主义，要求人人平等的吗？"

我回答说："人怎么能够平等呢？平等不过是个理想，您天生那么聪明，和不聪明的人比本身就是不平等。我若和您拿一样的工资，您就会觉得不平等了。"

冈崎点头。他时不时就会考考我。

吴寄南先生始终面带不可思议的表情看着我。

十六

　　小川勤奋，每天都工作到午夜，他发来的电子邮件时间一般都在凌晨2点左右，所以我知道他一直到那时都没有休息。

　　山田小姐每天上午9点来上班，冈崎一般10点准时到，小川则中午以后才来。

　　我比山田小姐晚一点儿到，这样不至于等她。她开了门，我也就到了，她整理一下新到的报纸和杂志，接着便打开电脑查邮件，并且回复。

　　那天的邮件充满了兴奋。

　　山田小姐边看边说："王，布什当选总统了。"我凑过去看，小川群发的邮件开着，邮件名处写着"共和党回归！"

　　"怎么说'回归'呢？什么意思？"我不解地问。

　　"谁知道呢。"山田小姐对小川邮件的兴奋很不以为然。"这些搞政治的人说的和做的完全两个样子，谁知道他们的真正意图呢？"山田小姐说话越来越直接，言语里明显地含着不屑，她已经将冈崎研究所的人划分到搞政治的人中了。

　　然而，小布什的当选，似乎对冈崎研究所带来了不同于其他日本人的影响。

　　那几日小川的邮件几乎都是对小布什的期待，我心里多少有点儿不理解：共和党有那么不同吗？怎么就跟亲戚似的？

　　事实证明的确存在着不同。

　　1月的东京差不多是一年中最冷的时候，冈崎研究所却躁动着一股莫名的兴奋，小川的脸上似乎总是泛着红光，气色真的好。山田小姐更忙了，眉头也常常皱着，因为忙显得有点儿急扯白脸。

我小心地在兴奋与不兴奋间寻找着平衡。

一个国际会议要召开了。

15日中午，赤坂阿库森大厦的20层，小川领着我和山田小姐正忙着准备会场，会议将在2点25分开始。因为与会的人不少，另外雇了两个大学生帮忙，我和山田小姐负责接待。

其实，前期工作前一年便开始准备了，与会人员的核实工作大约从两周前开始，英文联络、日文联络、电话联络、网络联络、小川联络、山田小姐联络，他们两个热火朝天一般，我则在一旁默默地递递茶水，复印一些交给我的文件。

冈崎越加和蔼，常常走到我的桌旁和我说说话，或者谈谈天气，偶尔还会聊聊发型。小川听到了一般便会冲我笑笑，山田小姐笑是笑了，脸上却很是不以为然。私下里跟我说："王可不要被骗了，你看大使似乎很和蔼的老爷爷一样，其实，可不好说呢。他本来和夫人年轻时经过了轰轰烈烈的爱情才结婚，夫人是个大美人，可是在韩国使馆时却找了一个韩国情人，后来，那韩国情人追到使馆的宿舍闹，很让他丢脸呢，他夫人从那时起便不再理他。王可要小心大使的为人。"

山田小姐单纯善良，她的话让我不知如何回答才好。这个时候的我，在判断一个人时已经不再考虑他个人生活的"污点"。

因为那是两回事儿。

而且直觉告诉我，此时冈崎的好情绪绝不是山田小姐想象的那样色彩斑斓，应该与小川的兴奋有关。

据说原本例行的会议，因为布什的当选，会有一个重要客人参加，这个人似乎和布什政府关系密切。小川显得有些亢奋，走起路来风一样的快，看着就像手舞足蹈一般。

这个重要的客人名叫迈克尔·格林，13号刚刚结束对中国的访问来到东京，14号已经与日本学者进行了非公开讨论。

会议大约来了一百多人，与以往小川带我参加的任何一次会议都不同，不仅人多，规格也高。防卫大学的校长也来了，还有许多知名的学者，会议还专门请了同声传译。

小川已经显得从容，走路不再带风。

他和我们一样站在门口，重要的客人来了，便亲自引着进入会场，其他人则到山田小姐那里签名，之后自己走进会场。两个大学生帮忙打打杂并负责行礼。

NHK[①]电视台的记者也来了，媒体的采访一般是两个人，一个负责摄像，一个负责采访。

会议前两日，我和山田小姐正做着相应准备的时候，小川叫住我说：会议进行到后期是自由提问时间，如果有人提问的话，要我将话筒递过去，要机灵，不能太慢了，这样会冷场，他说到时候会提示我。

说到这里，小川似乎想起了什么，笑了："山田小姐你想啊，王在场上拿着麦克给发言人，这样NHK的镜头就会照到，日本全国不是一下就都看到了，于是我们的王就上NHK了，成明星了。"

知道他在开玩笑，山田小姐和我都笑了。

我答应他保障不掉链子。

小川仍然将我介绍给他认为适当的人，当然不包括国防大学校长这样的大人物，可是这些不大的人物似乎对我这个中国人的出现觉得诧异，交换完名片后很快就进去找座位去了，我便留在门口继续站着，跟着大学生们一起接待。

迈克尔来的时候，屋子差不多已经坐满了。

这是一个年轻英俊的美国人。

身材挺拔的冈崎比迈克尔来得早些，神情略显孤傲地飘进了会场。

我认识冈崎多年，发现他的神情很多时候都是孤傲的，因而他身边的人都很敬畏他，换句话说就是"敬而远之"。我看过他的自述，知道他小时候曾经因为口吃而十分自卑，过高的天分又使他十分自傲，所以，越是正式的场合，我越能在他见人的第一时间发现他的一丝无所适从，并因而将胸挺得更高，脚步于是就显得有点儿"飘"。

小川和几个有影响力的人众星捧月般把迈克尔迎进去以后，门口便清静了很多，小川没有再出来。

---

① 全名日本放送协会，归日本总务省管辖（邮政省），日本唯一一家公共广播电视机构，相当于英国的BBC。

　　山田小姐和我仍然站在门外，因为也许还会有人来，虽然日本人守时，但偶尔也会有晚到的。我惦记着"传递麦克"的工作，将门打开个缝儿往里瞧。

　　冈崎正在致开幕辞。他对布什的执政表示了高度肯定，对迈克尔的到来表示了诚挚的欢迎，并开始讲国际形势和日美关系。"共和党"多次出现在他的讲话中，冈崎说布什时代将是日美同盟的新时代，语气中既有肯定也有期待。

　　对国际关系完全外行的我基本听不懂他讲话的具体内容。

　　迈克尔的讲话很长，他用英语讲。据说他的日语也很不错，但整场会议他都用英文，人们都在听耳机里的翻译。我坐了进去，山田小姐说自己不想听，所以坐在了门外。

　　我拿起耳机，发现自己英语日语都听不懂，于是装模作样地坐着，琢磨着迈克尔讲完后谁会提出问题，而我怎样去拿麦克风。我开始在场内张望，看见小川坐在主席台下面的最前排，频频点头，表示对迈克尔讲话的赞赏。

　　虽然我听不懂他们的英语和日语，但迈克尔谈话的主旨我明白了：布什新政权将更加重视美日关系。

　　我有一个小本事，即便是完全听不懂的话，也常常会根据说话人的动作和表情猜透他们要表达的意思，这个小本事曾使我在后来担任翻译时屡屡渡过难关。

　　冈崎虽然比较深沉，但场内所有日本人的反应，都让我感觉到：这个美国人传达的来自美国新政府的信息让他们兴奋，人们的脸色变得柔和，时时还会发出对迈克尔讲话心领神会的笑声。

　　那是一份和谐。

　　我后来多次参加冈崎研究所的沙龙或者聚会，美国大使等使馆官员来的时候，双方谈论日美、中日美、日本与我国的台湾，以及其他双边或多边关系时，我总能感觉到他们之间的这种不被外人知道的和谐。

　　终于等到有人提问了，一直坐在最后面的我伸长了脖子，为了让小川看见我。但是，站起身的小川却将麦克递给了他后面的人，人们一个传一个地把麦克递到了发言人的手里。我考虑了一下，觉得小川既然没找我，这样郑重的场合还是不要轻举妄动好。

有点儿不安。

不知道是不是因为自己坐得太靠后，以至于小川没看到，所以才自力更生的。

会议结束后，人们在隔壁的餐厅吃饭，照例是自助，大家都站着。我站在山田小姐附近，离冈崎和迈克尔很远，我想，自始至终，迈克尔也许都不会知道曾经有一个中国人参加这次会议。

其实，迈克尔当时的身份并不高，不过是研究东北亚问题的一个并不重要的学者，小川的高兴让我有些不解。

现在想来，当时的中日关系和中美关系都比现在好，中日两国之间虽然也偶有摩擦，但基本处于蜜月期末期，冈崎很寥落，每日里研究些气功打发时日，冈崎研究所虽说不上萧条，但不断强化"日美同盟"终究不是政府的主流声音，研究所相关人员也不如现在风光。应该说，搞日美同盟的人在当时是很能感觉到世态炎凉的。

迈克尔的来访虽然不能说有一股强心的作用，但毕竟为大家带来了希望，因为迈克尔深受美国国务卿阿米蒂奇的重视，而会场上每个人提到阿米蒂奇时脸上都写满了崇敬。

小川那一次的喜悦给我留下了深刻的印象。

会后，我向小川道歉，说自己不知道该不该去传递麦克风，小川笑了："本来是想让你去的，因为你是中国人。可是后来一想，这样的时刻，中国人的你参加这样的会议不知是否合适，毕竟有 NHK，一放出去就是全日本甚至全世界都知道，想了想还是放弃了这个念头。"

小川说得坦白，我不再多虑。

回到家，打开电脑，发现这天凌晨两点，小川已经发过来一个名为"重要内容"的邮件，也许是怕时间太晚我看不到，也许是基于别的考虑，小川同时将邮件发给了山田小姐和冈崎研究所的网络系统管理者，并在信里要山田小姐一定通知我看。

信的主要内容便是不想让我在会议上递麦克风的原因及想法，小川足足列了 7 条。

但山田小姐并没有告诉我，所以，会议期间，我一直心中忐忑。

　　小川在邮件里首先解释说，邀请我参加这次会议只是希望我坐在角落里学习，如果成为递麦克的工作人员，将有以下诸点问题。

　　"首先，因为有 NHK 的采访，录像将面向全日本，而如果在探讨台湾问题时，王递麦克风给台湾驻日代表恰巧被录了下来，那么中国方面将会误认为她与冈崎研究所是同路人，这是万万不可以的，王今后要与刘先生等中国方面的人士接触，将成为冈崎研究所与中国接触的桥梁人物。王在公开场合必须充分体现她爱国者的立场，她可以在冈崎研究所主办的会议上自由地批判任何人，但不能在今天的会议上递麦克风，她应该给大家留下一个类似于'机灵的客人'这样的印象。14 日召开的非公开会议上，从北京过来的迈克尔的谈话与我之前发表在《日经新闻》上的文章观点不谋而合，随信附上，望做参考。希望山田小姐在会场上向大家介绍王，说她是'一个中国的爱国者，是常和冈崎大使一起练气功、一块玩儿的朋友'，美国人一定吃惊不小，回到华盛顿后会到处和朋友说的。我还邀请了日本共产党机关报《赤旗报》的记者，他也一定会对冈崎研究所拥有与中国联系的渠道而震惊。另外，我办公室书架上有王的译著，带上五六本，发给大家……"

　　邮件是写给山田小姐的，同时抄送给我。从语气上看，小川在开头的时候似乎有将"递麦克"一事说成是山田小姐提议主导的感觉，多少带了一点责备的意味儿，所以她肯定心里有些不舒服。

　　也许是因为这种不舒服，也许是觉得没有必要，也许是因为忙没有顾得上，总之，山田小姐并没有立即将邮件之事告诉我。

　　多年之后，在研读了许多国际关系和历史书籍之后，回想起当日小川彰改变主意，心里不觉十分慨叹。作为以主张"日美同盟"为使命的冈崎研究所，在 2001 年初的国际形势下，其实已经动了"考虑"中国因素的想法，而我"入驻"冈崎研究所，绝不应该只是小川一个人的想法，多年"不得志"的冈崎内心里不知纠结着怎样的矛盾呢。

　　我在冈崎研究所"帮忙"不久，东南亚文化友好协会的高桥秀雄理事曾经问过我的感受，并说小川曾经跟他们谈起过我，对我的评价是：绝对是一枚好棋子。高桥在说"棋子"两个字时一直盯着我的眼睛（日本人说话以不盯人眼睛为礼貌），我迎着他的目光淡定地说："其实，我们每个人都是别人的棋子，只要这'棋子'的使命你自己承担得起。"

高桥始终没有透露小川意图将我这枚"棋子"放到哪里，也许，小川并没有具体说明，但 2001 年里，我感受到了小川对我这个"棋子"的培养。小川去世后，他夫人曾经和我说："其实，我先生并不是完全无私地培养你，他是有目的的，你不会介意吧？"我搂着那个失去丈夫后将一个人独自赡养公婆、抚育四个未成年孩子的柔弱寡妇，含着眼泪说："但是他从来没有强迫我做任何事，你先生非常尊重我，而且知道我'肩扛小红旗'的底线，他对我的影响使我获益良多。"小川夫人将她过世的母亲留下的一块有些破损的玉坠儿送给我，说自此和我是亲姐妹①。

会议前，小川曾经设想用我在镜头上的出现传递一个信息，但听了前一日迈克尔的讲话，他的想法变了。因为迈克尔带来了美国新政府的重要信号。也许，从某种意义上说，"传递麦克与否"体现着小川如何选择中国的权衡。

迈克尔的访日预示着国际形势将出现重要变化。

虽然，我相信小川和冈崎当时都没有意识到，至于我，当然更不知道。

---

① 小川夫人将她母亲的遗物赠送给我表示的是对我的真心认可，日本人如果将自己长期使用的东西送人，是一种重视对方的表现，因为自己喜欢，所以才一直使用。

※ 迈克尔·格林

美国政治学者，美国政府智库战略国际问题研究所（CSIS）的东北亚问题专家、日本问题专家，现在是战略国际问题研究所的副理事长。擅长日语，曾留学日本，并担任过自民党众议院议员椎名素夫的秘书。冷战结束后一直主张强化日美安保关系，克林顿政权时期因为熟知日本的安全保障政策而担任国家情报会议东亚问题分析专家，积极主张"日美安全保障再定义"、"日美新防线的策划"。美国前副国务卿阿米蒂奇为强化日美同盟而概括的《阿米蒂奇报告（2000年）》和《阿米蒂奇第二次报告（2007年）》的重要执笔人。2001年4月—2004年1月，担任布什政权"美国国家安全保障会议（NSC）"的日本·朝鲜部部长，2004年1月—2005年12月担任该会议亚洲高级部长，与安倍晋三关系密切，布什政权时代曾在布什与安倍之间频繁往来，是日美两国政府重要交往联络人，对布什的对日政策产生了重大影响。

在日本的历史认识问题上，主张日本应该采取更加稳健的态度，认为安倍如果希图改变现有状况，包括对河野谈话（有关慰安妇的日本政府认识）的修正、首相的靖国神社参拜、在钓鱼岛设置公务员常驻机构等举措，将可能给包括日美关系在内的日本对外关系带来不良影响。迈克尔认为《河野谈话》的修正将影响日韩关系，给美国的东北亚战略带来不良后果，并使企图分化周边邻国的中国渔翁得利；钓鱼岛的公务员常驻则使日本与美国和周边国家（包括菲律宾、澳大利亚等国）的关系复杂化，而这些国家则是日本应该与之合作的，因而建议安倍在设置常驻机构问题上要慎重。

※ 日美贤人会议

这次会议的题目是《探讨21世纪日美同盟的具体形式》，由社团法人国际经济政策调查会、冈崎研究所、美国太平洋论坛CSIC主办，美日财团赞助。会议并没有引起太多人的注意，NHK电视台也只是在当周的周五晚上11点做了5分钟的简单报道。但2天后的1月17日，《产经新闻》登载了首相森喜朗为了强化日美同盟，已经于1月16日（也就是前1天）确定成立"日美贤人会议"（暂名），"轴心人物"是这次会议的主要参加者，包括东京大学教授田中明彦、北冈伸一以及冈崎久彦等人。这一次的"日美同盟"会议被称为第二期，第一期开始于1995年，共持续2年，结束于1997年1月。冈崎在1月15日的会议上说："中曾根、里根时代是日美同盟的蜜月期，而当时美国的决策者将随着小布什政权的诞生重返华盛顿。"冈崎本人则在NHK上露面30秒钟，据说是第一次。而这次会议是日美关系变化的一个重要标志。

　　※《赤旗报》
　　《赤旗报》是日本共产党的机关报。那位记者到达会场时，小川特意将我介绍给他，正如小川在邮件里预想的那样，那位记者十分震惊，因为他诧异的程度让我吃惊，我现在仍然清楚地记得他的名字。记得那之后他还打过电话给我，问我为什么要到冈崎研究所去，怎样认识冈崎的，好像小川介绍我时说的是"大使的朋友"，所以，无论我怎样解释说不过是去玩儿的，他都不相信。有很长一段时间，他都会偶尔发过来一张明信片，询问一些冈崎研究所最近有什么活动之类的事。我不喜欢探听别人的事，对他话里话外的好奇感到别扭，所以回信就显得冷漠，有时干脆不回。渐渐的，那个人也就不再联系我了。

十七

2月底，一个来自北京的邮包让我出了一身冷汗。

刘德有先生来的，邮包里是一本书，他写的回忆录，商务印书馆出版的《时光之旅》，厚厚的一册，60万字。题着"王雅丹女士雅正"，书中还夹着一封信。

刘先生十分客气，说我翻译的《现在，是我们赎罪的时候》他已经拜读，觉得文字非常好，而且，我们第一次见面时我曾经提出要给他当翻译，正好他的回忆录出版了，因此将书寄过来，希望将书的翻译工作正式交给我。

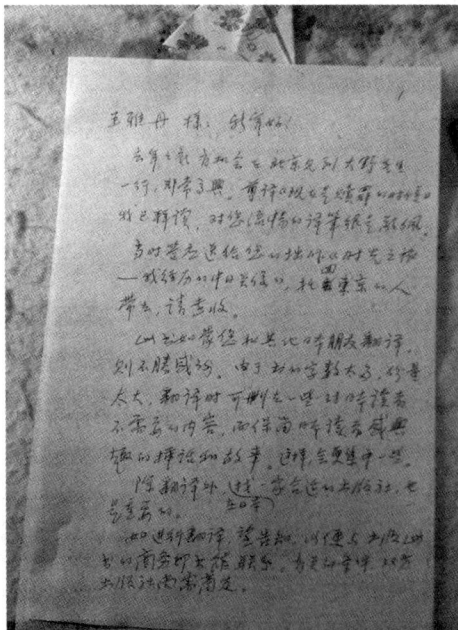

刘德有先生写给作者的信

当初不过是一句玩笑话……

我都快吓哭了。

读日文书尚且不能完全摆脱字典的我，要将中文翻译成日文，岂不真成了"玩笑"？虽然我始终相信实践能够促进认识的飞跃，但总要有一定的基础才可以呀。

我将书拿到了研究所。小川兴趣十足："我马上去外务省找石塚，让他看看这本书的内容。"

山田小姐对我翻译书籍很支持，认为是很正经的工作。看着坐立不安的我说："要是石塚说能翻译就好了，王就又有工作可做了。"

她不知道，我其实并不想翻译。

日本人对工作有着发自内心的尊敬，无论是怎样的工作，只要付出了努力，这份工作就是神圣的。还没有去日本之前，我曾经在国内看过一部电影，一个来自乡下的男孩子到东京去学摄影，不放心的父母到东京去探望儿子，在一个摄影师的工作室里，儿子正被摄影师呼来唤去地打杂学徒，偷看后的父母亲十分欣慰："看到你这么努力工作，我们就放心了。"

当时不是很理解，后来知道这是日本人很典型的对待工作的态度。

这点与中国人不同，中国的父母如果看到宝贝儿子如此的"不被当人"，肯定会说：孩子，咱们不干了，在这儿受这种气！

在日本，只要你努力，周围的人都会帮你，你会碰到许多贵人。

知道山田小姐是真的为我高兴，咧着嘴的我觉得自己的笑满是苦味儿。

半个月后，石塚的回信来了："这本书值得翻译，有许多一级史料。"

小川眉开眼笑："王，赶紧给刘先生回信，说你接受他的委托，并说东南亚文化友好协会将全力协助你，请他放心。"

我满心盛着不安：怎么协助？翻译的不还是我？ 60 万字……

但信却回得及时。

刘先生很快来信说其实一个日本人给他写信，希望翻译他的书，他经过考虑，觉得虽然没有看到我的日文，但一个中文如此好的人，日文功底应该差不到哪里。刘先生同时寄来了那个日本人翻译的一部分文字。

日本翻译家勤奋，已经翻译了几章，我觉得人家的日语真的地道，所以心情变得不好。小川看了几行那人的翻译后便不屑地把那一摞纸甩了："王，这个人的日文非常不好，你不要在意。"

作为一个外国人听了小川的话后，我觉得十分不解："他是日本人，怎么可能日语

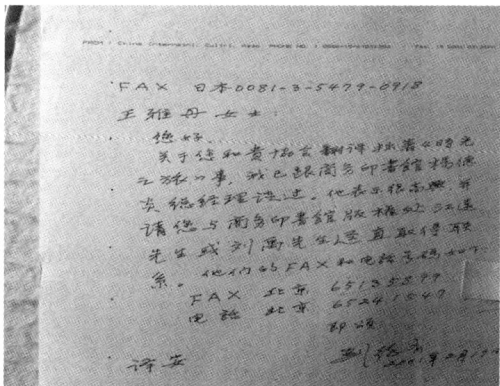

部分刘先生发给作者的传真

不好？！"小川仿佛被我气着了："王是中国人，中国人的文章难道都漂亮吗？"我明白自己陷入了一个误区，是呀，同是中国人，文章好的人也不是很多呀。

其实，这是许多人都有的一个认识误区，以为在一个国家待久了便了解这个国家，以为会说外国话便可以当翻译，其实，情况绝非如此。一个认识存在偏差的人反而带来了错误的信息，使不了解情况的人被这些错误的信息引导而在这个误区里越陷越深。

上世纪末出国的中国人，一般在日本生活得都不是特别舒适，生活圈子十分狭窄，根本接触不到日本社会的太多层次，因而认识上存在许多偏差，一些人做生意生活虽然稳定，但接触面也大多限于生意领域，对日本社会的认识很不全面。国内的相关人员去了，则更是一头扎进冷战时建立的人脉圈子里，即便与普通日本民众交往也不会很深，所以中国的许多人对日本的认识都是想当然，或者根据表象来判断。

而且，日本人多不愿意讲真心话，互相交往常常只讲"建前"而不说"本音"，"建前"翻译成中文便是表面的客气话，而"本音"则是真实的想法，所以，许多人在日本待了许多年甚至不知道人家对自己的真实想法，更谈不上对日本人深层意识的认知了。中国人对日本人心理的认识大多是从日本人自己写的书中得来，总结一下，加上一些自己在日本的见闻就成了日本问题专家了。

曾经读过一篇文章，说中国人对日本的认识自100多年前起便没有多大进展，很有同感，文章说："上世纪初，梁启超就曾经说过'中国人寡知日本，不鉴，不备，不患，不忧，以至今日矣'。百年来，'中国'这个庞然大物，已被日本人放在解剖台上不知解剖了多少次，但是直到今天，还没有一本中国人写的关于日本的书能超过美国人60多年前写的那本《菊与刀》。"

的确，《菊与刀》实在精辟，中国许多日本问题专家现在写文章仍然会摘抄《菊与刀》的原文，但60年后的今天，日本究竟是什么样的，实在需要我们重新认识。

那几日我拿着日本翻译家的译稿看，想从其中学点儿翻译的技巧。

小川忙完他自己的事发现我正在翻看那摞纸，十分好奇："王，你看什么呢？"

"我想参考参考，毕竟从来没有翻译过……"

小川的脸色变了："快点儿把那玩意儿扔了！参考也不能随便选这样的东西，要知道，低级的、错误的指导还不如没有指导，会把人引到错误的方向上去。那么烂的文字，你看了自己文字也会烂的！"

我吓得手都哆嗦了，赶紧扔了那译稿。

我知道小川说得有理。直至今日，我仍然喜欢美文，不漂亮的文章，一般都不沾，害怕自己本来不算过硬的文字被污染了。

而且，刘德有先生拿到日本翻译家的文字后，将原书和译稿一起寄过来，可知精通日语的刘先生显然也对译文不满意。我看过刘先生的日语，不愧是在幼儿园时打下的功底，非常地道漂亮。

我翻译的刘德有先生著作，受到了日本读者的好评，他们说："读起来流畅，思路连贯，没有历史书的僵硬"，我对刘先生著作原文脉络进行了梳理，甚至将一些前后文的位置进行了调整。刘先生看后，开始有些不满，想改过来，后来对我说："我想了很久，还是觉得你的翻译好，所以就按你的做了。"刘先生对我的翻译评价极高，说："我说的话她替我翻译了，我想说而没说的话她也替我说了。"

《时光之旅》很长，记录了刘先生参加的新中国成立后中日两国的许多交往，他是毛泽东、周恩来的日语翻译，1978年邓小平访问日本签订《中日和平友好条约》时，他是邓小平发言稿的日文执笔人，是中国首批派驻日本的记者，是新华社驻日本首席记者，在日本工作长达15年……

太多我不知道的历史、太多我不知道的历史人物、还有一些历史事件都在这本书里，我将原著读了三遍，记了厚厚的读书笔记，有时候一整天泡到图书馆里，查阅可能找到的日文资料。

真正开始翻译已经是2001年底了，此时小川已经离开了人世，他只看到了序言。

拿到刘德有先生的著作后，小川开始策划再访村山富市，因为村山题词的书已经出版，而且据出版社的反馈，似乎卖得不错，说好了的汇报回访也到了时候。

日本的规矩大约如此，求过人之后一般都要汇报一下结果，既显得合乎礼节又为以后的交往留下了伏笔。对方如果是一个工作忙的人，那么打个电话或者写封信就可以了，愿意和你深交的人便会安排时间再见面。

村山愿意和我们见面。

一同前去的有大野克美、高桥秀雄、小川和我。

我将北京之行讲给村山听，老先生看到印有他题词的书时很是高兴，说："这下好了，你终于了却一桩心事了"。我愁眉不展，用埋怨的语气说："这都怨您，我这下麻烦大了！"村山一愣，原本看着手中书的眼睛望向了我。

财团法人东南亚文化友好协会的理事与村山

"您看，不是您的责任是什么呢？我从来没有想过要涉足翻译，但翻译了这本书后大家都说好，您又给题了字，在北京似乎也挺受欢迎。这是中国的刘德有先生的书，60万字呢，委托我翻译成日语，您看，麻烦是不是大了？要是没有您的题词，肯定不会这样的，所以您可得继续帮助我，鼓励我，要不我肯定完不成的……"村山被我的歪理逗乐了，伸出手来："是吗？把书让我看看……"翻看着书里的彩色插页（多是刘德有先生在毛泽东、周恩来等人身边的照片），村山笑眯眯地继续说："你好好努力吧。有需要帮忙时就去日中友协等团体找他们，就说我让来的。好好翻译，出版后我请你吃饭。"

见过村山之后，小川便和大野商量，我们四个人开始走访日中友好协会和中国驻日本大使馆。

小川笑眯眯地查了查日中友好协会的地址，顺带着将与中国相关的民间团体打印出来给我看。

第一次听说了日中友好七团体。

查阅中文网站，关于这几个团体有如下记述："日中友好七团体是由日中友好协会、日本国际贸易促进协会、日中文化交流协会、日中经济协会、日中友好议员联盟、日中协会、日中友好会馆等七个致力于中日友好的民间团体组成，包括了日本政治、经济、文化和学术等各界人士。"

关于"致力于中日友好民间团体"我想做一个解释说明。这些民间团体大都成立于上世纪50年代，当时西方国家对中国封锁、遏制，日本政府不承认中华人民共和国，中日两国没有外交关系，两国处于敌对状态。但是日本的一些中小企业自战前起便依赖中国的原材料，所以，与中国的贸易是日本不愿意放弃的，于是日本的一些内阁成员谋求与中国的"政经分离"，民间更是成立了许多旨在促进两国关系正常化以达到促进贸易的团体，主要形成了七个团体。到20世纪60年代末，日本的一些大企业也都开始了与中国的贸易，这些团体都被贴上了"中日友好"的标签。

其实，提倡"中日友好"也是中国政府当时所处的国际形势决定的，1972年前，与中国方面发表共同声明、表示支持一个中国、主张中日友好是当时许多日本贸易团体签订贸易协议的先决条件。有日本人被问及在中国的情形，曾经直言："去了中国就得说日中友好，这样才有生意做，回来了，我就不管友好不友好了。"

按中国的老话儿说冈崎嘉平太是中国人民的老朋友，他与周恩来总理关系密切。这个冈崎是日本财界大亨、政界要员，自20世纪50年代中后期起一直处于促进"中日友好"的先锋位置，中国方面对他的评价极高。

我先生与冈崎嘉平太从前的秘书关系很好，谈到冈崎对中国的态度，这个五十年代还十分年轻的秘书说，冈崎嘉平太曾经告诉他：与中国做生意，价钱不是主要的，面子才是主要的，你要让中国人觉得有面子，你的目的才能达到。

我请教他冈崎嘉平太对"中日友好"的态度，他很模糊地说："冈崎是日本的保守力量，他不赞成共产主义，他觉得不与中国交往使日本经济利益受损，总得有人来中国，所以他来了。"

这就是一个在中国人眼里德高望重的"中日友好人士"，冈崎嘉平太的确德高望重，但是他是一个日本人。

所以说所谓"致力于中日友好"，其实更应该看到"中日友好"的背后是什么，也就是说因为什么而"致力于"。接受过共产主义教育的中国人一想到友好，一般都会上升到"理念、精神"层面上去，而许多日本人的"友好"，从前便多是为了利益而表现的"友好"。冷战时期，毛泽东、周恩来"求大同存小异"、不计利益的做法使受西方国家封锁围困的中国杀开一条血路，21世纪的中国，在不能给"中日友好人士"更多经济利益的情况下，这"中日友好"将怎样维持，实在应该重新考量。

日本中国友好协会位于神田，大野、高桥、小川和我四个人，在小川联络了理事长村冈久平之后去拜访他。

日中友好协会成立于1950年，早期致力于促进两国邦交正常化和中日贸易，1966年，围绕对中国"文化大革命"的评价分化成两派，两派现在都叫日中友好协会。主流派赞成"文化大革命"，称"文革"的外交路线是"世界革命"。

村冈做了多年协会的理事长，与刘德有先生甚是熟稔，谈起中国来更是话题很多。当时似乎刚好捐款修复南京城墙①，所以村冈谈了战争中日本人对中国的破坏和对战争的反省。

① 南京的城墙建设于600年前的明代，抗日战争时期有1/3遭日军破坏，1995—2000年，南京市政府决定修复古城墙，日本成立了"南京城墙保存修复协力日本委员会"（日中友好协会会长日本著名画家平山郁夫任会长）组织捐款活动。

财团法人东南亚文化友好协会也在反省战争，但大野们的反省无论怎样听起来都是日本人在反省，而村冈的反省让人听起来，就不仅是在反省，而是在批判日本政府。说实话，从某种意义上讲，村冈的讲话语气很像中国的愤青。

我看了看听他讲述的大野等人，三个人都静静地听着，没有人表态，来日本多年，我终于听到了倾向中国的声音。

村冈是左派社会活动家①，在他面前，大野等标榜拥有良知的日本人显得右倾而保守。

村冈笑容可掬，批判完日本的军国主义之后答应尽一切可能支持我的翻译。

我们告辞。

从日中友好协会走出来的四个人，静静地走在去车站的路上，没人开口说话。

我试着打破沉寂："村冈先生似乎和中国很熟。"

小川笑了："这就是所谓的'日中友好人种'"。大野和高桥似乎和我一样，第一次听到这个词："日中友好人种？"

"对呀，这些人靠搞'日中友好'吃饭呢。你们没觉得他完全站在中国政府的立场上吗？"

小川脸上的表情透着一股说不出来的味道，但听了他的话，两个日本人都沉默了。我感觉到，这两个既不激进也不保守的普通日本人并不喜欢村冈。

其实，村冈这样的日本人并不多，我在日本呆了近8年才第一次碰到，说实话，我也有一股说不出来的感觉，一个爱中国超过爱日本的日本人（至少他的讲话给了我这样的印象）让我不知如何是好。但有·点可以肯定，许多中国人一到日本便受到友好七团体人士的欢迎和包围，听到的

---

① 社会活动家就是专门从事社会活动的人，这些人往往组成一些社会团体，支持或反对政府的一些政策，并要求改善社会现状、解决社会问题等。"日中友好人士"中有相当一部分人是左派社会活动家，在日本，无论是左派还是右派，社会活动家并不是一个数量很大的群体，典型的右翼社会活动家常常开着铁皮宣传车，放着高音喇叭，或在街道上呼啸而过，或者去东京的新桥（地名）喊喊口号。

都是对中国政策的赞美，自然无法听到日本普通民众的真实声音。

我们再也没有去过日中友好协会。

其实，现在的许多"日中友好人士"仍然是毛泽东、周恩来时代积累下的财富。我后来认识一个70多岁的日本老婆婆，14岁进入解放军四野后勤部，参加过中国的解放战争，毕业于中国人民大学，是中日建交前"友好商社"的经营者，这一时期的中日贸易不仅为她带来了巨大的财富，也使她对中国、对周恩来充满感情。

日本社会等级观念严重，自小所受的教育又使他们对别人的态度十分介怀。日本人集团思想严重可以说是一种众所周知的说法，也有人说日本的文化便是"耻"文化，因为在集团当中生活，与大家保持一致不在众人面前丢脸几乎成了日本文化的中核。我也十分认同这样的观点，日本是个国土面积狭小却人口密度很大的国家，地震、台风等自然灾害频繁发生，而防震的木制建筑又使火灾成为重大隐患，日本史上最大的震灾"关东大地震"死亡人数达到14万人，大多数都是震后火灾的受害者。所以自古以来，地震、台风、火灾便与日本民族相伴，而应对这样的自然灾害使得他们不得不依靠集体的力量。脱离开集体的人是很难生存的，这与中国传统的小农经济特点完全不同。严格的等级观念支配着日本人的集团生活，应该说，这是严酷的生存环境中形成的"达尔文"模式。

然而，每个个体人其实都有着被认可的需求，这种需求在日本人身上体现得更加具体和细微。普通的公司职员下班后大多会去居酒屋喝酒，而且常常会去一个固定的地方，因为这个店的老板或老板娘熟悉自己，记得自己的名字，所以感到一种尊重，有时还会带着朋友去，一进店门的一瞬间，老板或老板娘的一声亲热的呼唤，将使自己的自尊心在朋友面前得到极大的满足，哪怕只是默默地坐在那里喝一会儿小酒，白日里在公司中低声下气的心理不平衡也便消失了，而这些是在妻子面前体会不到的，因为酒店的老板是社会中的其他人，所以这是一种来自社会的认可，而妻子的认可则没有任何意义，因为妻子是自己人。

1972年中日两国建立正式外交关系前，许多日本中小企业主随着经济代表团访问中国时，都会受到周恩来总理的接见，周总理热情，待人和气而平等，始终称他们是朋友，许多原本只是想"做买卖"的人因而成了中国总理忠实的粉丝，开始为中日邦交正常化奔走呼号。而且除了总理，中国的各级领导人对他们也十分亲热，这使他们非常有面子，于是就成了中国的朋友。前首相中曾根康弘1985年8月15日参拜靖国神社时，遭到了中国方面的猛烈批判，从此没再参拜的中曾根因为没有坚持理念而多次受到追随者的指责，他总是辩白说：因为自己和胡耀邦是朋友，不能给朋友添麻烦，所以以后就没有再参拜。不管真相如何，我们还是能看出这句"朋友"在日本人心目中的分量。

田中角荣是自民党著名的保守派，思想右倾，迫于国际形势访问中国实现了中日邦交正常化，毛泽东主席曾经对他说自己喜欢和右派打交道，因为左派长时间解决不了的问题右派很快就解决了。多年访问中国的日本左派团体当时很是失落，精明体贴的周恩来总理跟他们说："吃水不忘挖井人"，这句话不仅是对毛泽东"喜欢"右派言论的折中，也安慰了许多日本人的心，成为他们其后继续做中国朋友的精神支柱。

我认识的这个老婆婆至今仍然十分怀念那段受到中国政府热情对待的日子，她从不否认自己和日本社会格格不入。

然而，岁月流逝，这些靠中国政府要员的人格魅力交下的朋友已经不多了，冷战的结束也使社会主义的信仰者急剧减少，靠着共同理念而结成的思想同盟已经瓦解，现实便是：所谓的"日中友好人种"并不被东南亚文化友好协会的理事们——也就是日本的普通民众认可。

其实，"日中友好"还有另外一个背景，20世纪50年代的日中友好人士一般都是中小企业主，大企业家十分少见。日本资源贫乏，战前起便对中国的资源十分依赖，能源问题是日本政治家和大企业家心中恒久存在的一个心结。就像冈崎研究所在中美关系良好、中日关系良善之时仍然要探讨海上运输安全一样，因为那是日本的生命线。1959年9月大庆油田的发现对日本政治家和经济界大佬的影响是显而易见的，1960年代初期，中国开始了大庆油田的建设与开采，而日本与中国的交往则从这一阶段起发生了重要变化，日本政府对经济代表团的支持渐渐明朗，中日关系历史书籍将这一时期称为："半官半民时期"。之后，经过了十余年的苦心经营，中日关系终于达到了正常的状态，中国向日本第一次出口原油，数量虽然很少，但周恩来总理甚至亲自审查了油船的调度，可见中国政府领导人对日本人的需求心知肚明。

建交后的 20 多年中日关系良好，有学者称之为"蜜月时期"，中国出口了大量原油。我的一个朋友是日本第四任驻华大使佐藤正二（任期1977 年——1979 年）的妻弟，是做石油生意的，曾经对我回忆起当初从中国进口石油的情形，感慨地说：真是一个美好的时代。

他和我说这话的时间大约是 2006 年，那时他已经不再从中国进口石油了，自然的，人也不去中国了。他和我的关系不坏，是一个忠厚的人，和自民党关系密切，至少我认识他的时候他不是一个"日中友好人士"。

我很理解他，生意人总是以经营为主，中国方面的生意少了，交往自然也就淡了，能留下好感已属不易。

人如此，国家亦如此。

日本曾经给予过中国大量的日元贷款，无论动机如何，这些贷款帮助了中国的建设。我先生的一个好朋友上世纪 80 年代在日本金融厅工作，曾经参与审批了多项对华贷款，他对参与三峡大坝贷款记忆深刻，因为他曾经为此被当地政府邀请参加建成剪彩。一次闲聊，曾经和他谈起现在日元贷款的对象国，我灵机一动猜了一下："是不是东南亚的印尼多些？"他露出惊讶的表情："你怎么知道？"

我真的是猜的，因为我知道印尼有着大量的石油……

※ 关于日本政党的"左翼"和"右翼"

　　其实，"左翼"或者"右翼"此刻都是中国的说法，日本人对这两个字十分反感，日本人习惯将其说成"左寄り"（字面上的意思就是"有点儿偏左"），或者就说一个"左"字，说明这个人是左派，一旦到了"左翼"的程度，就有了极端的感觉。同样的，我所认识的来往于冈崎研究所的人对别人称自己"右寄り"（字面上的意思是"有点儿偏右"）或者"右"能够接受，如果有人说他们是"右翼"，一定会引起他们的反感，因为这些"右寄り"的人也十分讨厌"右翼"的人。我在下面的注中写的那些开着宣传车高呼"皇权永世"的人才被称为"右翼"，而这些人是不被"右寄り"的人视为同道的。

　　日本的报纸也分为政治上的左中右，日本共有主要五大全国发行的报纸，《读卖新闻》《朝日新闻》《每日新闻》《日本经济新闻》《产经新闻》，几乎所有的日本人都知道，《朝日新闻》是偏左的、《产经新闻》是偏右的，《读卖新闻》是中立的，所以如果想要得到对某件事的正确信息，最好是去看《读卖新闻》，而《读卖新闻》也是日本发行量最大的报纸，早报大约950多万份，晚报320万份，其次是《朝日新闻》，早报700多万份，《产经新闻》发行量最小，早报大约只有160万份，比日本共产党机关报《赤旗》还少。

十八

一个阳光明丽的日子，我们来到了中国驻日大使馆，进行礼节访问。仍然是我们四个人。

所谓的礼节访问便是拜访对方，交换名片，表达希望以后多多联系的心意。这在日本十分普遍，只要是一个正当的团体，无论是公司还是其他的组织，都会得到对方郑重的接待。

因为刘德有先生曾经是文化部的副部长，我便把电话打到文化处，文化参赞是刘先生的部下，对我们表示了欢迎。

双方的见面很是拘谨，参赞先生听了大野对财团的介绍，看了刘德有先生的书，收下了《现在，是我们赎罪的时候》之后便似乎再也找不到其他的话题。

于是我们便合影，照片里的参赞，至今看起来，表情仍旧是僵硬的。

与日中友好协会不同，我觉得大野等人内心里十分想亲近中国大使馆，然而，双方似乎共同话语不多，身为外交官的参赞对大野等人的来意也像是根本没有意识到。

中国大使馆每年举办数次宴会，我参加过几次，发现参加者都是大使馆抑或是中国交往多年的老朋友：友好七团体或者与中国有业务来往的人以及一些华侨，像大野这样与中国关系疏远的人是不会获得邀请的，所以每次的使馆聚会看到的总是那些彼此熟悉的面孔。

虽然从中国大使馆出来之后大家的表情还算晴朗，但每一个人似乎都明白：东南亚文化友好协会以后需再找理由才有可能访问中国大使馆，那里离他们的距离还远得很。

小川对访问中国大使馆其实很重视，曾经专门询问过与中国关系密切的国会议员，在我联系访问事宜期间更是给我发了数次传真，将日程和访问内容确认了几遍。访问中的小川仍然话不多，但离开后的表情也透出了失望。

无法亲近也许便只好不亲近。

小川请我去他家吃饭。

小川的父母就住在隔壁，那一日，两位老人也一起吃饭。

小川父亲是一个油画家，用他儿子的话说就是一个画画的，没有什么名气，业余时间教教小孩子，如他儿子一般笑眯眯的，很善谈。知道我是中国来的，便给我讲他年轻时的故事。

原来，这对老夫妇曾经在日本社会党工作过。

"年轻时相信社会主义，血气方刚，认为人类社会应该实现大同。"

我好奇得不得了："您儿子在搞日美同盟啊！您怎么看？"

"我 80 岁了，当然不再相信人人平等的话，日美同盟是为了日本国家利益。"

小川插话说："其实，我小时候正赶上安保运动，那时候，全日本都在反对安保啊。我们这些小屁孩儿，举着拳头，玩儿的时候都在喊'反对，安保！'"

小川父亲笑着说："那时候反对安保是潮流啊，不反对的男孩子连女朋友都找不到。"

对于这个说法我比较相信，后来在电视里看过一个采访安倍晋三的节目，他笑着回忆自己小时候曾经跑到外祖父岸信介的办公室，举着拳头喊"反对，安保！"，安倍说当时祖父的表情十分难看，当记者问他现在的感受时，安倍说："现在理解外祖父了，所以想向外祖父道歉。"

我在前面曾经写到过日本社会的集团性，其实除了已经提到的一些表现之外，集团性还体现在对异己分子的绝对排斥上，所以日本人最怕的就是和周围人不一样。战争时许多人的剖腹和自裁，有一种原因不能否认，那就是：一旦选择了生还将无法在"江东父老"中生存。

日本的小孩子非常害怕转学，不是教学质量如何的问题，而是因为一旦转入新的环境，新同学绝不会为了迎接他（她）而改变原有的交往格局，而且转入者还会带进一些不同的习惯，这是原有集体所不能容忍的，所以转入者便有很大的可能被孤立以至于被排挤。众所周知，日本人的英语学习在世界上很受非议，发音完全是日本式的，提及日本人英语能力的低下，人们常提到的是日语发音的单调，殊不知另一个不容忽视的原因却是：一旦有人发音漂亮便会受到同学的排挤。受同学排挤在日本的学校是一件非常可怕的事情，严重者甚至自杀。所以，发音好的孩子宁愿说日本式英语也不说漂亮而正确的英语，因为这样才会安全。

很多因为父母工作的原因生在国外的孩子回到日本后都无法融入社会，这些人被称为"归国子女"，他们中的大多数人一辈子都很孤独。所以，当我听到"日本社会整体右倾化"的说法时不知怎么就想，也许很多人并没有什么固定的想法，但在媒体和舆论、特别是周围人的引导下也就具有了某种观点了。

我曾在东京的原宿地铁车站看到络绎的人群向某个方向去，各个年龄段的女性居多，其中竟然也有提着公文包的公司职员，跟着队伍走到源头，却原来是一家店铺，门前排着长长的队伍，保安人员在维持秩序，问过保安之后，才知道是因为有电视台报道了这家店铺的商品，所以全国各地的人都来了。

居然是一家杂货店。

这在日本是很常见的事情，日本人称之为"××boom"，来自于英文，翻译成中文就是"某某热"。不管喜欢与否，因为大家都在做所以自己也要做，与周围人一致是这种"热"多发的根源。而当年日本国内轰轰烈烈的"安保运动"不知怎么经小川父母一说，竟然也给了我一种"热"的感觉。

小川的母亲也很健谈，70多岁了，按中国的说法，是居委会的老太太。

"当时社会党好啊，参加了就可以去苏联旅游了，我们去过两次苏联呢，全是国宾待遇，不用花钱……"。

"您相信共产主义吗？"我惊奇得不知说什么好。

"不大懂啊，不过，战争刚结束，大家都反对战争，所以就加入了社会党，为了以后不再有战争，当然也反对安保，日本没有主权，而美国有原子弹……"

"您支持儿子搞日美同盟吗？"

老太太笑了："苏联有原子弹，中国后来也有原子弹了，想想，日美同盟也不坏……"

老太太对中国十分好奇，对我说："听说共产主义教育很可怕，不讲人性，可是看王却很有人情味。"

她老伴儿对她的话很不屑："共产主义不过是一个信仰，应该说是'马克思教'，就像创价学会①一样，枉你还参加过社会党……王人好，是因为她有头脑……"

对这种问题，我一般不愿意深谈，不过"宗教"二字让我想起一个事儿来。我对在旁边一直笑眯眯地听我们聊天的小川说："东南亚文化友好协会的理事们都是基督徒，只有您和我两个人不是。高桥常和我谈论《圣经》，还特意去银座的书店买了一本中文的《圣经》送给我，我现在有时间就翻翻。说实话，我觉得《圣经》完全可以说是一本教人处世的经书。但有一个地方，从小受共产主义教育的我无论如何接受不了。大野和高桥等人都是人格高尚的人，也许如果没有那个让我无论如何心里都过不去的地方，受他们的影响，我说不定会皈依基督。"

小川母亲好奇得不得了，身子向我倾过来，连声问："什么地方？你快说。"

这个开朗的老人，年轻时一定非常可爱。

我有些沮丧地说："我从小接受辩证唯物主义教育，是无神论者，我可以欣赏民族起源的神话，但对圣母生育耶稣一事怎么都无法理解，因为这不符合科学。当然，宗教与科学是对立的，可是，我可以赞同《圣经》的语言，但让我成为信徒，则从物理意义上讲通不过。"

小川母亲笑着说："那就不信。日本人最有意思，信的神灵多了去了。按信仰划分的总人口，超过了一亿，比实际总人口多许多！"

我没有理解："什么意思？怎么会比实际人口多呢？"

几乎所有的成年人都笑了，异口同声地说："因为一个人可以信好几个宗教，可以既信佛教也信神教，还可以……"

---

① 日本公明党的母体。

我张大了嘴巴。

一直默默地听我们说话的小川夫人笑着插话："日本人出生的时候去神社，那里是神教；结婚的时候去教堂，好像信基督教，当然也有人举行佛教式的婚礼。死的时候因为都要埋到寺庙里，所以都举行佛教式的葬礼，取一个佛教的号写在排位上。不过，大家实际上对宗教都不十分认真。"

于是大家想起一个笑话，老太太说："某某家的女儿最近嫁到一个和尚①家去了，晚上睡觉害怕，常常回娘家。她父亲是个医生，是个有名的庸医。大家都说：'他们两家的联姻好啊，老丈人把人治死了，直接就送到公公家的庙里埋了，照顾了公公家的生意呀。'"

大家听了都笑。

我也想起一个事来，说："前一阵子，一个演员出家了，电视上还演了他受戒的镜头，我当时心里直惋惜，觉得他太想不开了。可谁知他从庙里出来后，仍然与妻子儿女住在一起，仍然继续演戏，日常生活没有发生任何变化。我就不明白了，那还出家干什么？"

老爷爷和老奶奶又一同回答："出家是心灵的需要！"说完，两个人互相看了一眼，俏皮地一笑。

可爱的老爷爷、老奶奶。

小川夫人接着说："当然也不是所有人都相信宗教，我丈夫就不相信任何宗教……"

小川玩笑着说："我死的时候可不希望举行佛教式的葬礼，也不想埋在庙里。"

也许死亡看起来离这个壮年人很远很远，他说起自己的葬礼竟是那么的轻描淡写，大家也都不以为意。

几个月后，小川离开了人世，因为他不信宗教，夫人不愿意违背他的意愿将他葬在埋着他祖先的寺庙墓地，骨灰很长时间都放在家里。后来听他夫人念叨，终于还是买了一块墓地，入土为安了。

---

① 日本的寺庙一般都是家族式经营，寺庙的前面住人，后面便是坟墓。和尚可以结婚，和尚的孩子很多都继续当和尚，因为收入很高，且受人尊敬。

小川显然对我无法信仰基督的话有些介意，将大家岔开了的话题又引了回来："王说自己无法相信基督，那就不要勉强自己。宗教主要是教人向善，你已经足够善良，你自己就是基督，你只要这样想心里就坦然了，其他都是形式。"

小川一家老少都笑眯眯地对我点头，表示让我相信小川的话。

人情温暖。

刘德有先生发来了传真。

说那个希望翻译书的日本人将译文寄到了刘先生的一个日本朋友那里，这个朋友是个多年从事中日友好的人，与刘先生交往几十年了，姓藤山。藤山对出版十分热心，已经将译文送到一个叫藤原书店的出版社了，出版社社长藤原是日本著名左翼进步作家野间宏的朋友，而野间宏又是刘先生的朋友。藤原已经表示愿意出版此书，刘先生希望我能与藤原取得联系。

我拿着传真来到冈崎研究所。

小川很高兴："有人出版就好，省得我去找人了。"

日本的书籍几乎都是商业出版，出版社一旦决定出版，作者除了等待拿版税，一切都不用管。小川曾说过，刘德有先生的著作属于专业性很强的"硬"书，读者群很小，而且字数多，又是中国人写的，出版社需要承担很大的风险，所以一般都十分谨慎。小川似乎已经找过几家出版社，大家都还没有回音。

刘先生自己敲定了出版社，这消息让小川兴奋。

我却不兴奋。

因为，藤山拿到藤原书店的是那个日本人的译稿，我的译稿还不知在哪里呢。我觉得去和藤原书店联系没有优势。

小川不理会我，忙着给大野和高桥打电话，约好一起去藤原书店登门拜访。

四个人又出门了。

早稻田大学附近有许多小的出版社，藤原书店便躲在一座小楼里，是一个只有几个人的小出版社。

小川说藤原书店不错，别看不大，但常出版一些"硬性"书籍，是个有力度的出版社。

藤原社长 50 岁上下，将我们让到会议室里。藤山已经来了，是一个细眼睛的老爷爷，看我们的眼光十分挑剔。

藤原社长开始介绍自己，介绍出版社和藤山的关系，进而说到和刘德有先生的关系。

原来，藤原社长是已故的作家野间宏① 的忠实粉丝，并且是"野间宏会"的事务局长。野间宏与中国关系密切，与刘德有先生关系也密切，许多作品被翻译成中文，刘德有先生就曾翻译过野间的小说，所以二人交往颇多。

野间去世后，包括藤原社长在内的一批粉丝发起成立了野间宏会，每年都会举行一两次活动，吃吃饭、讨论讨论野间的小说，年长的则回忆一些野间的旧事。野间夫人一般都会参加，我也参加过一次，野间夫人 90 岁了，颤巍巍的，言语仍然犀利，举止像钱钟书先生的夫人杨绛。

藤原对野间宏十分尊敬，说："由于野间宏先生，我和藤山先生聚在了一起，现在又决定出版刘先生的书，而刘先生的书又把诸位带来了。所以说，我们都是因为野间宏先生才聚在一起的。"

日本有一个很有意思的社会现象。

一个名人，如果在一定程度上得到社会的认可，便会有固定的粉丝，这些粉丝相聚的时候最常说的话就是"因为某某先生我们聚在了一起"，即便是这个名人离开了人世，大家仍坚持他的理念，并会追本溯源，只要是公开场合，绝不忘提及这个人。

比方说东南亚文化友好协会，因为创始人加藤亮一而聚集了一批人，这些人至今仍在坚持加藤的理念，后任的理事长们谁也不会贪功，凡事都

---

① 野间宏，日本左翼进步作家，京都帝国大学法文专业毕业，大学时期便参加反战学生运动，1941 年应征入伍，曾到过中国和菲律宾战场，后因感染霍乱归国。1943 年，因为曾经参加社会主义运动被日本宪兵关进大阪陆军监狱，后被释放。日本战败后加入日本共产党。代表作有《真空地带》等。

说"因为加藤先生的开拓，才有我们的今天"这类话，后来人无人逾矩，看起来有恩有义。

再比方说，冈崎研究所的三位将军第一次去中国是小川带去的，那么每次访问中国，他们的开场白总会说：因为多年前已故小川彰带我们来到中国，所以才有了今天与诸位的见面，等等。

到了藤原书店，这是另外一个圈子，他们崇拜的人是左翼作家野间宏，于是，藤原社长在公开场合的讲话一般总会围绕着野间展开。这天的藤原社长便说："由于野间先生冥冥中的指引，我见到了刘先生的书，所以今天才与在座的诸位见面"，等等。

我觉得，这是日本社会交往中的一个十分重要的特点。一个圈子有一个精神领袖，活着的时候提及，去世了以后仍然提及，既是他们感恩的一个具体表现，也使大家交往时有个共同的话题，而这个话题的中心人物因为是大家都尊敬的，所以不会引起争端，于是这个圈子便会维持很久。

因为意识到这一点，所以在与日本人的交往中，我说话时总是不忘将带我进入该圈子的人放在前面，这使我与他们相处融洽。

看得出来，藤山十分想让找他的那个日本翻译家翻译，对我们不算客气。

藤原社长倒是没有成见，在大野等人介绍完我方背景后让我谈谈对翻译刘先生书的看法。

我知道小川志在必得，所以无论多么没有自信，也只能中干外强。

我说自己还没有开始翻译，仍然处于对原著的研究阶段，我觉得刘先生书中有很多中国人才懂的表现，一个对中国文化不了解的外国人是很难理解其表现的微妙的，更因为书中涉及众多外交场合，此时的中文表达更是精妙，所以我觉得由外国人来翻译将很难达到理想效果。

藤山不以为然："翻译不需要那么高的要求，只要把意思翻译过来就行了，直译是最重要的。而直译成日文，你这个外国人则找不到精确的日文词了。"

藤山语气中的不屑让小川无法忍受："日文不成问题，我是评论

家，您可以查到我的文章，我会全权负责（責任を持って）①将翻译做好。"。

藤原社长不动声色，但对藤山的翻译只需要直译的说法表示了异议。他说自己现在经营出版社，从前也是文学青年，所以才追随野间宏，曾经翻译过东西，认为翻译不是简单的直译。他说着转向我："你怎么认为，你觉得翻译只是将作者的文字转换成另一种文字的操作，还是再创作的过程？"

我直言不讳："翻译如果是直译的话，那么将失去很多美感，因为虽然人类的感情是共通的，都有喜怒哀乐，但各个民族的表达方式是不同的，所以我觉得翻译是在把握原作者的心理之上，将作者的感受从一种文字转换为另外一种文字的操作，是一个再创作的过程，决不可直译。如果直译将糟蹋了原文的美。"

藤原社长点头："我也觉得翻译是再创作，虽然没有看到你的东西，但我希望看到你的再创作。"

按照小川的嘱咐，我将刘德有先生的信件和传真都带来了，刘先生字里行间的意思，我相信藤原懂。

我想起小川曾说过那个日本翻译家的文字"很烂"，心里偷偷想："也许已经看过译稿的藤原社长也不看好他的文字，虽然不知道我的水平，但也许有赌一赌的必要吧。"

藤原社长说："出版风险很大，说不定没有人对中国一个文化部原副部长的东西感兴趣。"

藤山似乎仍有些不甘心，说刘德有先生并没有跟他讲已经委托给我。我将传真和信件给他看，并把文字翻译给他，他虽然看不懂，但他相信我不会撒谎。

---

① 事后我曾经就翻译之事与高桥交流过，我说自己很没有自信。高桥说："你应该记得当时小川讲过'責任を持って'这句话，这是一句日本人绝不轻易说出口的话，它代表了很多内容，有一种以自己人格担保的含义在里面。王应该知道担保在日本的意义。所以，不用有任何担心。"

我确实知道担保的意义，日本人最不愿意为别人当保证人，因为那是要负连带责任的，真的是以身家性命担保。听说过这样的例子：一个富裕的人突然破产了，只因为为某个人的银行贷款做了担保，借钱的人还不起了，连带保证人便把身家都赔进去了。

出版的事就这样定了，四个人告辞。

小川对大野说："出版了刘德有先生的书，财团和中国的关系将得到重大发展。"

这话很吸引大野。

每当东南亚文化友好协会召开理事会，如果提到中国，人们总会说："那是一个我们旁边的遥远国家"，"我们完全不了解"。

看得出来，他们中的许多人对中国很是向往，也有去旅游过的，但都是观山看景，对于重视别人看法的日本人来讲，没有中国的朋友，便很难产生具体的亲近感，所以中国仍然是和他们无关的国家。因此，即便多次到中国旅游的人也始终觉得中国遥远。

因为文字的相同、长相相似、再加上日本人学习了一些中国的习惯等原因，中国人每讲起日本，常常会说"同文同种"，以示亲近并很容易互相理解（当然，也有人就此表示轻蔑，说日本完全没有自己的东西）。然而，通过大野等人，我发现"同文同种"的说法完全是一个谬误，这个谬误对我们正确认识日本产生了很大的误导作用，使得中国人在考虑日本时常常按照自己的臆测来想当然，并进而忽视了日本是一个地地道道的外国，在文化上存在巨大差异这一事实。

但日本人不同，普通的日本人，从来没有想过与中国同文同种。的确，日本人写汉字，但那是因为没有文字，所以将中国的文字拿来用，可表达的思想内容却是日本式的；日本人也读《论语》、学唐诗，但那仍然是拿来主义的一个具体表现。而这些，对于日本人来说都不过是对人类文明成果的分享，如同引进西红柿、茶叶的种子一般，算不得亲近的理由。

所以说，也许从人类史上看，中国和日本算作"同种"，但彼此绝不"同文"。

在日本，我认识的几乎都是中间派的普通市民，他们不信仰什么主义，只关心自己的衣食住行，对国家、对政治不感兴趣，就像冈崎研究所的山田小姐。这些人几乎占了人口的80%，内阁换了几届都和他们没有关系，许多人甚至不知道总理大臣是谁，他们只知道"不劳动不得食"。

在他们眼里中国绝对是一个外国，一个很大很大的、他们完全不了解的外国。

山田小姐的父亲去世了，小川嘱我代表冈崎研究所去她的故乡参加葬礼。

因为是第一次参加葬礼，完全不懂礼节，而且也没有衣服。向小川借他夫人的，小川说："不是不借给你，一是王的身材比家内①高，衣服穿出来一定难看；二是王应该自己拥有一套礼服，葬礼可以穿，其他正式场合也可以穿。"

日本的礼服很有意思，婚礼、葬礼都可以穿，只是婚礼或其他喜庆的时候（比如孩子的入学典礼、毕业典礼之类）配一些表示喜庆的物件、葬礼时佩戴丧葬的物件即可。日本男人有时候更是偷懒，同一套西装，婚礼时用白色领带，葬礼时用黑色领带就可以解决问题了。

想想小川说得有理，我便花了一万日元买了一套黑色套装。

这套礼服至今仍挂在我的衣柜里，一共只穿过两次，一次是山田小姐父亲的葬礼，另一次则是半年后小川自己的葬礼。

世事难料。

小川随后便教我如何去商场买葬礼用的白色信封，如何将礼金放进去，葬礼上如何行礼等等。我内心里其实很不想去，嘟囔着："我从来没参加过葬礼，而且是一个不认识的人的葬礼，有点儿害怕……"小川鼓励我："没关系，日本人连小孩子都不害怕，而且，你特意前去，山田小姐会对你十分感激，你和她的关系就更好了呀。"

费用由博报堂出。

我第一次报销差旅费。

日本人的葬礼没有哭声，流出来的眼泪都是默默的，葬礼上的山田小姐温婉哀怨，美丽无比。未亡人的礼数十分周全，整个葬礼似乎就是来访者向亡者行礼，再与家属互相行礼，除了念悼词的时间，一切都是默默的。

如此的井然，完全没有中国人的随意恣肆。面对死亡，我看到了这个

---

① 对妻子的谦称。

民族的从容。

两天后，山田小姐重新出现在研究所里，仍然微笑着，只在有人对她表示哀悼之意时才会略略红了眼圈。她的父亲刚过五十岁，算是英年早逝，山田小姐自此常对周围人说："要去医院体检。"

我很怀疑她父亲的去世让小川警醒，以至于三个月后小川腹痛，便去医院检查，谁想这一检查便再也没有走出医院，他当时已经是肠癌晚期。

小川去世前的那几个月，气色很好，每天忙得容光焕发。

自从我开始钻研刘德有先生的回忆录，我就不再去冈崎研究所"帮忙"了，省了他们的费用。

而我仍然常常出现在研究所里，我会隔一段儿时间将自己读刘先生书的体会讲给小川，看得出来，小川对能如此亲近刘先生感到高兴。

一个星期天，小川找我，让我赶紧到上野车站旁的一家餐厅，说要带我见一个人。电话里，小川笑嘻嘻地说："又是一个老爷爷"。

我明白小川话里的含义。

这段时间以来，在小川的斡旋下，我先是见到了冈崎，之后又见到了村山富市，接着又去北京联系了刘德有先生，几个人都超过了70岁，见过之后，老爷爷们对我的印象似乎都不错。

记得最后一次见过村山富市，我们几个人从社民党本部大楼出来的时候，小川只是嘻嘻地笑，笑得我和大野他们都莫名其妙，大野问他原因，他眯着眼睛说："我发现，我们的王是个爷爷'杀手'"，大野也笑了："对呀，最近见的人，只要和王有关，都是老爷爷，看样子，王很有'爷爷缘'呢"。

高桥也露出了笑意："这也是一种能力呢"。

我歪头想了想："这说明我心态很老，只能和这些爷爷们谈得来。"

几个中年男士觉出了我语气中的沉重，赶紧安慰我。小川说："我们大使可不是一般人，学富五车，一向缺少谈话的朋友，认识王后，话多了许多。可见王的优秀"。大野笑了："冈崎就是年龄太大了，要不，如此和王密切接触，早就传出绯闻了。"

高桥向来稳重，似乎对小川"爷爷杀手"的说法有些微词："我始终觉得，王和我见过的其他女孩子不同，你可以和她进行成年人的对话。"

高桥和我提过多次，我知道他所谓的"成年人"的对话便是理性、成熟的意思。

所以，小川电话里提到"又是一个老爷爷"时，我知道他是在调侃我："爷爷杀手"，又一个老爷爷来了。

我到的时候，小川正和一个大眼睛的老爷爷说话，显得十分恭敬。

这便是前文提到过的根本安雄。

根本也和蔼，但语气凌厉，身板硬朗，都80多岁了，眼睛还是大大的，因为皮肤白皙的缘故吧，看起来就很秀气。

秀气的老爷爷？

这表述似乎有些奇怪，可是真的是这种感觉。

小川说："这家规模不小的西餐厅是根本先生开的，他一个月来一次，每次都会和我吃饭，今天让你也认识一下。"

听说根本常去中国，我感到很是亲切，小川告诉根本："王现在正在翻译刘德有先生的著作"，根本笑了一下："刘德有啊，我熟得很。"

我感到有点儿意外，因为不知道根本的来历，所以便说："您认识刘先生？他可是毛泽东、周恩来的日语翻译，据小川的朋友说，他的书具有一级史料价值……"

根本不置可否，对刘先生的著作没有做太多评论，只是说："我是他儿子的保证人，和他认识很多年了。"

"是吗？"我很感兴趣，希望能够从书外了解刘先生。"我在读刘先生的著作，对于我来说就是一个学习中日关系史的过程，我发现他是一个十分了不起的人，简直可以说是'完美'……"

根本露出一个淡淡的微笑："你这词用得好，'完美'，刘看起来的确完美，可是一个人怎么能够完美呢？我不多加评论，时间久了你会自己了解刘的为人。"

说心里话，根本这样一个熟知刘先生的人，对于我的翻译却如此的"不热情"，这让我感到有些不解：日中友协或其他的部门表现得可都是热情洋溢啊。

根本将头转向了小川:"将来你会发现,刘德有是一个不值得交往的人。"

根本安雄、小川彰与作者,摄于根本家的餐厅

　　小川抬了抬眉毛,根本的大眼睛看着他一眨不眨,小川领悟般地点了一下头转移了话题:"王,根本先生和中国社会科学院日本研究所关系很好。"

　　老先生似乎对这个话题有兴趣:"是呀,我跟他们很熟,常常去。你认识那里的人吗?"

　　我点了点头,捡了一个最大的说:"蒋立峰所长,还有……"

　　"蒋立峰啊,不过是一个毛孩子。"根本说得轻描淡写。

　　我在心里吓了一跳,琢磨着这个老爷爷到底是什么来历。日本人但凡提起一个人,总要加上一个"桑"字,这与喜欢与否无关,直呼其名不是关系太好,如发小同学之类,便是无比轻蔑。我看不出根本对日本研究所所长蒋立峰先生的真正看法,但从如此的称呼中可以看出根本从前肯定地位不低。

　　这是一种居高临下的称呼。

　　后来才知道,根本曾是日本经济界大佬。

小川和我陪着根本吃饭，吃根本先生家餐厅的意大利面，不记得味道怎样了，但侍者的恭敬却印象深刻。

告辞时，根本给了我一个小信封："年轻人，好好努力吧。"

根本的手指纤细而白净，握在手里却冰一般凉。我狐疑地看向小川，小川点头示意我接着。

"这是你的车票钱。我习惯这样，日本所的人来了，我都要给他们钱，也是这样。你拿着吧。"

"那您觉得我还需要不需要翻译刘德有先生的书？"

"那是你自己的事，自己决定。"

我也觉得自己问得唐突，感觉怪怪的，将信封接在了手里，道过谢后与这个老人告辞。

信封里是一万日元。

数年后，我去过一次根本在神奈川县的家，那时他的夫人刚刚去世，根本原先挺拔的身子变得佝偻，每日里都到夫人的墓地去坐一会儿。我去之前打过电话，电话中的根本还算热情，但见面后却显得态度冷漠，嘴里不停地嘟囔着："二百多平米的家太大了，只有我一个人"，显见得是有些忘记事儿了，但仍不忘记带我参观他显得空旷的家，告诉我他的孙女经他的安排已经进了日本电视台工作，在做天气预报员①，不知是在炫耀还是在诉说对年老的不服气，整个人透着一股寂寞中的乖戾。几天后，根本寄给我一个厚厚的信封，里面除了信之外，都是他和亡妻的合影。

告辞时根本递给我一万日元，说："车费，你拿着"，表情冷漠而坚决，同时还拿出一个小本给我看，上面记满了人名，许多中国社会科学院日本所的人的名字都在上面，人名后面是数字。根本告诉我："日本所来人看我的时候，我都给钱，给了之后，便记在这里，你的名字我也记着呢。"

每当回忆起与根本安雄的这次见面，我总有一种诡异而沉重的感觉。

我后来在电视上看过根本小姐，长得十分漂亮。前些日子去东京，发

---

① 石原慎太郎的二儿子不如他的长兄深沉能干，在长兄已经成为自民党重要议员时还有些不务正业，于是，便考了一个天气预报员的资格，当上了某电视台的天气预报员，从此走入大众视野，常常参加一些综艺节目，现在已经变成了一个名人。

现她已经上到综艺节目里去了。

可见，天气预报员是个不错的出路。

见过根本安雄之后，我打电话给小川，问他还要不要翻译刘德有先生的书。小川很干脆地说："根本先生与刘先生的交往和我们与刘先生的交往不同，根本先生认识太多的中国人了，而我们除了刘先生谁都不认识。"

我明白，小川认为翻译书可以亲近刘先生和中国。

※ 日本的保证人制度

日本入管法规定，凡外国留学生必须有日本人任身份担保人，并且对保证人的年收入有规定，年收入一定要超过一定数量。保证人还被要求对留学生的行为承担连带责任。所以许多日本人不愿意做保证人。

十九

　　冈崎这段时间正在撰写《外交官及其时代》评传系列，做了一辈子外交官的冈崎对他的前辈外交官的功过进行了认真的思考，因而他对日本近代史的认识并没有停留在对"侵略"的承认与否上，而是上升到执政的层面上，包括与谁结盟，如何维持同盟关系等问题。这也是他担任小泉内阁和安倍内阁顾问后极力主张行使集团自卫权的一个重要原因，有媒体说他是安倍晋三的家庭教师。

　　在认识冈崎之前，我接触的都是日本的平民，即便是比较保守的人士，甚至是主张"日本从来没有侵略"的很右的人也都显得很"单纯"：承认侵略的人一般诚恳地道歉，不承认侵略的人对中国满脸鄙夷，思路简单得很。然而，认识了冈崎，我才彻底了明白了什么是统治利益集团。

　　我曾经问过冈崎对日本侵略中国的看法，他看了我一眼："我眼中的王对中国历史很熟，有句话你不会不知道：'春秋无义战'"。冈崎说完这句话，看了看我："不过，现代战争的定义已经不同，以后的日本不会再像以前那样愚蠢。"

　　这是我唯一一次和他讨论侵略战争，这一句"春秋无义战"让我失去了所有的语言，因为在这句话里根本就没有"正义"，更无所谓侵略了。这句话让我彻底明白了统治阶级与普通平民的区别，明白了在统治阶级面前一切都大不过国家利益。

　　我虽然不清楚"以后的日本不会再愚蠢"的真正所指，但我明白这"愚蠢"的内涵包括了太多。比如，他认为二十世纪日本最大的失误就是放弃了"日英同盟"而与德国结盟，认为这是所有失败的根源。

　　从国家利益上考虑，我承认他说得有理，如果日本不放弃日英同盟，那么大概就没有后来的太平洋战争，也就没有广岛、长崎的原子弹，在世界格局的制定中日本的地位也许真的会不同。

而这其中，根本就没有日本是否侵略中国这个问题。

冈崎出身世家，他的祖父冈崎邦辅于日本第一次众议院大选时当选，之后做了几十年的国会议员，曾经于1912年与犬养毅等人共同创办立宪政友会，掀起了宪政拥护运动，1928年被册封为贵族院议员。老先生不仅是一名著名的政治家，同时也是一名著名的企业家，是京阪电气铁道公司的创始人。

冈崎邦辅是当时政界知名的谋士，祖父的政治生涯对冈崎的影响是显而易见的，冈崎曾经对我说起他最崇拜的人便是汉高祖的谋士陈平。冈崎本人，虽然在日本当代社会体制下做了一辈子公务员，最高也做到了大使级，但退休之后却一直努力将自己塑造成为一个谋士，并最终以首相的谋士盖棺定论。

冈崎对《史记》了如指掌，我因为家兄熟知中国历史而且喜欢向我讲述，所以对《史记》的故事也略知一二，偶尔同冈崎聊天，他大喜过望，为此，小川在我回国时还特地嘱咐我买一本《史记》回来好好研究研究，以便和冈崎有更多的话题。

2001年的夏天，冈崎研究所的学术气氛非常浓。冈崎脸色柔和，小川情绪也是异样的好，竟然提议要和我学习中文。

没人的时候，在冈崎研究所那宽大的会议室里，我们两个还真学了两回。

山田小姐对兴致勃勃跟我学中文的小川表示了极度的轻蔑。

对于冈崎，山田小姐早就在我面前或多或少地说些不阴不阳的话；对于进进出出冈崎研究所的人，她则表示了不屑：因为玩政治，所以当面一套背后一套，虚伪；对于小川，因为面试时小川录取了她，开始的时候她还常常说些感激的话，后来虽然不说了，但也没有说过坏话。到了小川和我学中文这会儿，不知她心理发生了怎样的变化，语气中竟然带着十足的恶意。

待小川和我学习结束从会议室出来，看看周围没人，她压低嗓门对我说："王，你真教他中文？"

我没有明白山田小姐的意思，奇怪地看着她那眼白儿多起来的眼睛："怎么啦？小川刚才学得很好，他从来没学过，竟然能看得懂中文！要不，你也一块儿学学？"

天性热情的我说这话时根本没有考虑是否有好为人师之嫌，也许因为和山田小姐很熟的原因吧。山田小姐也没有介意我的过分热情："谢谢，我以后跟你学。不过，你可得小心小川，他干嘛忽然要和你学中文呀？"

我仍然不大明白山田小姐的意思："那倒没想过，不过，大家感情这么好，小川要学中文，我总不至于要钱吧？"

山田小姐低下头，一边整理桌上的纸张，一边撇着嘴说："他肯定不是什么好人。你想想看，一个男人竟然能够生四个孩子，怎么会是一个好人？！王就是太单纯！"

我终于明白了山田小姐的意思，但对她这样的说法很有些不以为然：她刚才的话听起来已经很有些人身攻击的意思了，弄不好反而让听的人对她心生反感。但看着她为我着想的样子，点了点头说："我注意就是。"

山田小姐那天的情绪似乎很不好，说完了小川，又开始说冈崎："大使这个人，你别以为看起来很亲切，其实对人很刻薄的，他在外务省的时候没有一个人说他好话。你知道吗？他儿子都不和他来往，据说早些年，和他关系不好得了精神病，好像现在还住在医院里。你别看他在外面好像如何受人尊敬，现在他们家，夫人也不理他，儿子也不理他。他呀，是'自作自受'呢"。

日语有一个成语类似于中文的'自作自受'，是一个十分怨毒的词。日文骂人话本来很贫乏，所以这句话的恶意远比中国人想象的要深，因为说话的人大抵都不顾自己的脸面了。

2001年的夏天，冈崎研究所的秘书山田小姐——一个普通的日本女孩子，似乎已经对除她之外的两个同事——日本的谋士忍无可忍了。

她到这里工作不过一年。

后来，我曾在冈崎研究所的沙龙上见过一次冈崎夫人，的确如山田小姐所说，是个大美人，七十多岁了，看起来就像民国的美女胡蝶老了一般，当时不知怎么就想起山田小姐说的关于她的一些传说，因而就有些愣愣的。冈崎取笑我日语都快忘记了，连和夫人打招呼都不利落，应该找个日本男朋友复习复习日语。冈崎夫人很是体贴地替我打了圆场，让她丈夫不要"欺负"我……

冈崎去世的时候，我在网络上看到丧主写的是夫人的名字，知道夫人还健在。不知怎么便想起那一年沙龙上碰到的那个美丽夫人：干练、大方，今年总也有八十岁了吧，不知是否仍然美丽依旧。

人的一生，究竟会有多少恩怨与沧桑呢。

我相信山田小姐说的那些冈崎的故事都是真的，因为刚刚进入冈崎研究所的山田小姐至少对冈崎是尊敬的，正是因为这些故事和冈崎日常的行事让这个普通的女孩子对他产生了鄙夷之心。

冈崎的《外交官及其时代》系列共分五部，其中四部都写于这一时期，分别为：《陆奥宗光和他的时代》（2003年3月出版）、《小村寿太郎和他的时代》（2003年7月出版）、《币原喜重郎和他的时代》（2003年5月出版）、《吉田茂和他的时代》（2003年11月出版），每部都分为上下两册，总有四五十万字。

可见，冈崎是十分勤奋而多产的。

冈崎每写完一部分，便会找来一些大学的相关专家，冈崎研究所会召开一个"大使著作研讨会"。大家一段一段地读，逐字逐句地分析，小川将大家的意见记录并录音。

我参加过一次这样的研讨会，评的是《币原喜重郎 ① 和他的时代》的一部分，其中有一些关于东京审判的记述。

那天下午，冈崎研究所宽大的会议室里坐满了人，全国各地赶来的大学知名教授，差不多有四十多人坐在冈崎面前。

一个十分严谨的学术会议。

冈崎静静地听着，态度十分谦虚。多数人给出的意见都是赞美的，这也符合日本人不批评人的特点，然而，一个教授显然对冈崎的文字有些不

---

① 币原喜重郎曾于1945年10月9日至1946年5月22日担任战后内阁首相，在盟军占领期间执政的币原内阁曾经提出了宪法修正案，后来被否定。

满："冈崎先生的这段文字非常不客观，因而显得很幼稚。您写的是**客观的历史**，但这段文字听起来就像新桥车站前高呼口号的右翼分子，水平非常低。您是知名学者，应该尽量使您的观点客观。"

冈崎连连点头，小川更是下笔如飞。坐在后排的我心里十分震撼。

小时候写作文，常常拿给父亲看，那文章总是被父亲批得体无完肤，有时候还会被批哭了。但因为能换来语文老师的表扬，所以虽然觉得自尊心受到了损伤仍告诫自己要忍耐。

冈崎家学渊博，却能如此地接受同道者的批判。虽然，据小川说冈崎本人对这些学者的死板很不认可，但如此虚心的态度实在让人心生敬佩。

当然，山田小姐告诉我教授们都是拿钱的。

给钱请人批评更是令人钦佩。

教授们走后，冈崎心情良好。我因为也拿了他原文的复印件，所以也装模作样地看了几页。

老先生竟然踱到我的面前："王，有什么意见吗？"

我还真的有点儿意见。

在描述东京审判的一节里，我发现了一些读起来十分别扭的文字。对内容的描述，我觉得自己是中国人，观点说不说意义不大，但冈崎为了表示对东京审判的不服，在那一段文字中加了好几个副词，这些副词的加入使他的文字读起来多了很多怨气，看起来十分情绪化。

我对冈崎说："这几个副词的加入，让我这个中国人读起来十分别扭，多了辩解的意思，也多了怨气。不管您后面的论述多么有理有据，读到这儿，我反正是不想读下去了。所以我希望您改过来。"

冈崎看了我一会儿，回自己房间去了。

书出版后，冈崎每部都亲笔题了词送给我，想起曾经和他的对话，我翻到讨论的那一部分，发现我说的那几个副词都被去掉了。

我无法不对这个老人心生敬意。

说实话，我并没有仔细阅读他的那几部外交官系列，但许多日本评论都一致认为比较客观。

※ 关于日本东京新桥广场集会

　　在东京市中心的新桥车站前有一个小广场，这里是日本著名的演讲地点，遇到选举，各个党派都会派人前来，平时有事也会有人来此演讲。右翼的铁皮宣传车更是常年在那里放着高音喇叭或者发传单，日本人大都见怪不怪。因为高音喇叭扰民，有时候宣传车会静静地停在广场旁，车里大约有一两个人在休息，据说里面的人常常是雇来的。日本人一般认为这种右翼的宣传层次不高，因而对其评价也不高。

二十

　　山田小姐因为已经熟悉了工作，所以这一次的冈崎研究所沙龙办得有条不紊。

　　五月，阴冷的梅雨季节，连绵的雨下得淅淅沥沥的，冈崎研究所里暖洋洋的，气氛和谐。

　　因为好些人已经习惯了我的存在，与半年前相比，我呆得自然了许多。

　　参加的人不多。

　　这是我第二次参加冈崎研究所的沙龙。

　　去得早些，可以帮帮山田小姐。

　　一进门，山田小姐看见我，马上露出了灿烂的笑容，迎上来招呼我，同时低声告诉我："王快看，那两个坐在桌子后面的是内阁府的间谍。"

　　顺着山田小姐的手指，我看见两个年轻的公司职员模样的人站起身来向我行礼，山田小姐介绍说："这是王，中国人，大使的朋友"，"王，这是内阁府的客人。"

　　我的内心也很好奇，想着：既然是间谍，为什么还要公开身份？这间谍是干什么的？

　　跟在山田小姐的身后去准备碗碟儿，悄悄地问："他们的职务是间谍吗？"

　　山田小姐笑话我："哪有公开写明自己是间谍的？这两个人是内阁府的，小川告诉我他们是专门做间谍的。"

　　那两个人似乎对我很是戒备，眼神十分冷峻，那冷峻与自卫队的三位将军又不同，透着一股子挑剔找碴儿的味道。

　　沙龙开始了。

人一多，我便把"间谍"来的事儿给忘了，待我想起来用目光去找，却发现这两个人已经没了影儿，好像没和任何人交谈，便早早地走了。

金美龄变得和蔼，如一个老祖母般劝我多吃台湾的香肠，曾经看过她"欺负"我的出版社女编辑拍了拍我的手臂，轻声说："王，金美龄变了，多好啊！"

我对着她微笑，为着她的善良。

三将军已经和我很熟，大凡冈崎研究所有活动，他们都会参加，见面的次数很多。

川村正和一个四十左右岁的人闲聊，我走过去自我介绍，对方说自己是潮匡仁。

潮匡人是后来《产经新闻》的重要评论家，日本语也叫论客，当时的名气还不算很大，只能说崭露头角。

小川也过来凑趣。

潮匡人很不客气："中国人？怎么来这里？中国可是我的宿敌。"

我和小川相视一笑。

见识过金美龄的大吵大嚷，我和周围的人对潮匡人的"宿敌"说法已经波澜不惊。

几年后，潮匡人与冈崎研究所的接触越加密切，他曾随着我多次去北京、上海，从不再提中国是宿敌。

记得一次去上海参加上海国际问题研究所主办的会议，上海方面很会做人，会议开始之前便给日方学者发钱，每个人都笑逐颜开，没有拿到钱的潮匡人把我找去："王，快问问，为什么我没有钱？"

原来，同行的人都预先写好论文并发给了中方主办者，而潮匡人只是当日才将自己的 PPT 带来。待我将原因打听明白，潮匡人的表情很是失落。

我知道他不是为了那几百块人民币，而是为自己的劳动是否被认可。

我觉得那次的潮匡人人性十足，十分可爱。

小川笑着对我讲潮匡人的"家史"，应该也算来自统治阶级的人吧。

我和潮匡人们聊得正欢，一个头发半秃，一边的头发将秃顶盖住的人走了过来，眼睛很大，但眼白很多。小川忙介绍："王，这是《正论》的总编大岛先生。大使对他十分尊敬。"

大岛信三很客气，端详着我的名片，随后又端详我，夸张地说："王的日文这样好，比我的发音都好。"我赶紧说："过奖过奖，哪里话。"

日本人常夸外国人日语好，即便是好朋友，也不会有人纠正你日语中的错误，所以很多人在日本居住很久，日语都没有进步，连国际婚姻中的夫妻都很少会教对方语言，当然如果你沟通都存在问题情况则另当别论，这时候他们是会教一些单词或基本句子的。可是如果已经能够沟通，多数人的日语便始终停留在一个水准上，除非自己时刻注意学习，否则怎么也无法变得地道。类似于大岛这样的夸奖我已经听了不计其数，知道只不过是礼节性的应酬。

不是日本人不知道你的错误，我以为他们不纠正的原因至少有两个，一是日本人不习惯直接指出别人的错误，不干涉别人是他们的常识；二是他们觉得外国人说成这样已经不错了。所以如果有人回国说日本人夸他日语说得好，一般情况请不要太相信，当然肯定可以沟通自如，至于好不好那就不好说了。

大岛对我兴趣十足。

他说自己毕业于早稻田大学，是从乡下来的。我表示了惊讶，说早稻田大学在中国名气很大。

身边的日本人都觉得不可思议，大岛信三甚至觉得我在骗他。

其实，在日本，早稻田大学固然是一所名校，但绝不可能和东京大学比肩。日本大学分为国立（包括公立）和私立两种，东京大学和京都大学是国立大学的翘楚，私立大学则以庆应大学为最高，庆应大学的男生被称为"庆应 boy"，绝对是成绩一流，家世一流；从前的贵族则都上学习院大学，从幼儿园开始，天皇家的孩子都在那里上学。

大岛是新潟县人，所以他说自己是乡下人，说实话，早稻田大学确如他所说，有许多乡下土财主的孩子。

大家一起叹息信息流传过程中发生的不真实。

笑眯眯的小川似乎不经意地转了话题："大岛先生的《正论》常登一些批判中国的文章。"

　　大岛对小川的介绍有些不适应，脸竟然有点儿红了。我不以为意，问他："那么大岛先生必定常去中国，对中国非常了解啦？"

　　大岛说："真不好意思，我从来没有去过中国。"

　　这让我十分惊讶："现在去中国那么方便，您天天写中国，竟然没有去过？这太不可思议了！赶快去中国看看……"

　　小川也随声附和："对呀，以后我带您去。"

　　大岛似乎一直想去中国看看，小川去世后他曾经找过我，希望能为他安排去中国采访的事情。后来，我将这事儿跟中国社科院日本研究所的李春光提过，他曾尽力斡旋大岛与当时的中国社科院李铁映院长的见面，但因为大岛的采访提纲有些地方比较敏感，他的正式访问终于没有实现。

　　大岛十分遗憾，只得自费参加了一个旅游团，和夫人一起去中国走了一圈，回日本后还写过一个明信片给我：说中国之游非常好。

　　对大岛印象深刻，是因为有一次他请我吃饭。吃着吃着，突然对着我说："你是不是间谍？"我抬起眼睛看着他，他开始自言自语："你一定是间谍！"说完，低下头自顾自吃饭，表情严肃，看起来像一个十足的老学究。

　　我不禁莞尔。

　　这个自始至终认为我是间谍的人在以后的冈崎研究所沙龙上对我一直敬而远之。

　　现在想来，这也不能怪他，《正论》的总编，说白了不过是一个公司职员，为了自我保护，与中国人交往要考虑的因素自然很多，这与冈崎等人不同。

※《正论》月刊

《正论》是产业经济新闻社发行的月刊杂志，创刊于 1973 年，是日本右派杂志的代表。以亲美、反共、肯定大日本帝国为宗旨，多刊发批判中国、韩国、朝鲜、俄罗斯的文章。大岛信三自 1990——2006 年一直担任总编。大岛信三对日本社会右倾化持否定态度。

二十一

小川让我参加一个聚会，他因为忙，让我和铃木邦子代替他去。

小川笑着说："本来我一个人去就行了，但王的实力有限，所以你们两个才能顶我一个。"

我至今也不太清楚那是怎样一个聚会，只知道主办者是个女士，大约近二十人参加，有许多美国人，包括主办人在内都说英文。似乎是讨论国际政治问题的，有几个美国 CNN 的记者在，也有美国使馆的秘书官。后来，国会议员河野洋平的儿子河野太郎也来了，他的英语很漂亮，本人说是留学学来的。

这是我与铃木邦子第一次见面，她的英文很好，没有日本人的口音，而且，因为是政治学专业毕业的，专业词汇很丰富。大家似乎在讨论日本所面临的国际形势，铃木就靖国神社问题与美国人展开争论，我半懂不懂地听。

休息时，美国人纷纷前来交换名片，我的英语不大够用，但人家说偶尔回几句也还能够支撑，铃木和我握手，互相说"久仰大名"。

我的确听过她的名字，因为她是山田小姐的前任，所以，冈崎研究所偶尔会提到她。

但我们的交谈并不多，日语的交流在这个场合不大适合。

我认识了美国使馆秘书官斯科特，一个长得很像贝克汉姆的年轻人。

回家后，斯科特的电子邮件就来了，他似乎对我与冈崎研究所的交往十分感兴趣。

我有心练习英语，对他的热情没有回绝。因为我的英语无法自由沟通，所以我与斯科特的联系只有电子邮件，从来没有打过电话。其实，我的邮件也都是短短的，因为学了十几年的英文几乎都忘光了。

一个周末，斯科特约我去美国使馆参加派对。

我没有拒绝，在日本参加美国人的聚会也是一种体验。

所谓聚会其实是斯科特在宿舍里举办的小型朋友聚会，大家吃吃喝喝，像极了电影里的画面。因为斯科特的地位不高，他的宿舍十分狭窄，只有一室一厅。

我曾经在脑子里设想过美国使馆的豪华与神秘，去了之后才发现，因为美国驻日使馆人员众多，使馆内有好几座高层公寓，低级官员住的地方条件非常一般。

喧闹到半夜 11 点多，我才与众人们三三两两去了车站。因为沟通的不顺畅，我觉得有点无聊，以后便不再接受斯科特关于聚会的邀请了。

斯科特常常写邮件来，我一般回得简单，但他似乎并不以为意，仍然常常写信，比方说最近回美国度假了，比方与家人团聚了等等。

有一次，刚从美国度假回来的斯科特说有礼物要带给我，因为涩谷有一家很好的中国料理店，想在那里请我吃饭。

无法拒绝他的好意，我按时赴约。

礼物倒没什么特别，美国的巧克力。斯科特似乎会一点儿日语，但我们两个仍然主要以英语交流，所以会话十分艰难，基本上是他在说，我点头，或者说"yes"或者说"no"。我问他为什么会一点儿日语，他说这经历让他抬不起头来，因为几年前曾经在日本做过英语教师，是那种短期培训班的外教，所以会一点儿日语，后来回国，参加了外交官考试，才又回到了日本。

他看起来是那种普通人家的孩子，说他通过外交官考试后，老父亲十分高兴，很以他为自豪，所以他会认真地工作，回报父亲。

这话让我想起中国那些望子成龙的父母，原来美国也有这样的情况，这有点出乎我的意料。

我只能瞎聊，无法进行深入交谈，只得找自己会说的单词或单句提问，让美国人回答，这样就不用说话，还不至于冷场。斯科特仍然会问一些冈崎的话，我将自己与冈崎研究所的渊源说给他，说着说着，我们谈起了法轮功。

我出国的时候法轮功还没有那么显眼，所以对许多细节并不清楚，但大致明白是怎样的一个情形。斯科特似乎对中国政府在此事上的态度非常不满，说中国政府压制人权，中国没有宗教自由等等。因为他的英语好，我无法插言，只好听他演讲。我前面曾经提到，即便是不大懂的语言，根据一些单词和说话人的手势语气，我也能将谈话听个大致。所以连猜带蒙，我对斯科特的话大致也听了个七七八八。

听他告一段落，我问他："如果在美国出现了类似于法轮功这样的宗教组织，政府会是什么态度？"

斯科特还是年轻，不假思索地回答："当然不允许这样的组织存在！会被当作邪教灭掉的。美国政府绝不会手软。"

我点头。

如果他懂更多的日语，我也许会以此为切入点和他讨论，但我的英语真的不能进行太复杂的交流，两个人只好默默吃饭。

后来，斯科特还会时不时来些邮件，我是太没有闲情学习英语，便渐渐地不再回信，后来就断了联系了。

最后一次见到斯科特是在两年后，在东京的新大谷饭店参加中国大使馆的聚会，在走廊里碰到了迎面走来的斯科特，仍然很亲切，但也只是枯坐了一会儿，便就告辞了。

据我所知，他应该没能参加过冈崎研究所的活动。

没办法，中国人的我无法将他介绍给冈崎，那不合路数。

山田小姐打电话来，邀请我周末和她一起去观看军事演习。

每年夏天，日本陆上自卫队都会在静冈县的御殿场市举行向公众公开的军事演习，山田小姐说研究所有两张招待票，她因为从来没有去过，所以想去看看，而且希望和我一起去。

我当然也想见识见识。

我们两个坐了两个小时的电车，来到了富士山脚下。

人很多，男女老少，看起来像是来观摩球赛一般，因为要坐在地上，许多人还带了野餐时用的塑料布。

那天的天气很好，天蓝蓝的，富士山显得宁静，山脚下的绿地郁郁葱葱，像大草原一般开阔。

面对着美丽的富士山，祥和的人们寻找着座位，等待着即将举行的实弹演习。

有一种不可思议的感觉。

据说，军事演习常常会碰到坏天气，我们去的那天能赶上如此一个大晴天，真的是运气不坏。

也许因为看惯了战斗片的缘故，远远地看着草地上的坦克和大炮喷火，我没有受到太大的震撼。许多人带了望远镜，我想那样看起来应该更逼真些。除了坐在地面上的感觉是真的，炮火的往来似乎都不太真实。

山田小姐向我述说着工作中的不如意和这人那人的不好之处，满是牢骚。现在回想起来，那次观看演习，除了美丽的富士山和画片一样的炮火，其他的我都印象模糊，只记得山田小姐一直在述说，而她都说了什么似乎也模糊了。

回来的时候，山田小姐说请我吃饭，因为我听了她的诉说。

记得很清楚，我们俩吃的是意大利面。

小川和山本诚去参加电影《珍珠港》的首映式，回到冈崎研究所的时候，我正在等他们。

小川约我有事。

曾为护卫舰司令的山本精干而瘦削，两个人似乎意犹未尽，进门后仍在议论。

看见我，山本笑着打招呼。我问他："有什么好事吗？情绪看起来很高……"

山本说："刚看了电影……"

小川显然也很亢奋，抢过话头说："王，你没有看到刚才那电影，简直太过瘾了！日本飞机轰炸珍珠港，那场面真是太有视觉冲击力了！不知道美国人怎么想的，拍这么一部片子，怎么看都像在为日本扬威，倒像是日本人拍的……"

山本接过话说："确实，看起来简直舒服极了，这么多年都没直起腰过，今天终于有了在美国人面前直起腰的感觉……"

看着这两个冈崎重要的同盟者，我忽然有了种奇怪的感觉：他们不是主张日美同盟吗？怎么看了几十年前的偷袭珍珠港的场面那么兴奋？

我探究似地看着两个日本男人手舞足蹈地说着电影里的某个镜头，想起小时候周围那些爱看打仗片的男孩子，神情不觉有些恍惚：也许人性深处的相似，根本就不分种族吧。

等两个人静下来，我问山本："您认为日本一定要坚持日美同盟吧？"

山本回答得不容置疑："那当然！你没有看刚才的片子，日本根本不是美国的对手！"

我心里十分奇怪：不是对手，被打得惨败居然这么兴奋……不觉迟疑地问："听您这么说，要是成为对手了，就不和美国搞同盟了？"

山本瞪了我一眼，仍然不容置疑："那还用问？当然不搞了！"

山本的回答让我受惊不小，我发现"主义"的后面原来竟然有着如此现实的一面。

在我内心的深处，始终认为日美同盟首先应该是"意识形态"层面上的东西，所以，自小受到共产主义教育的我考虑问题总习惯于在精神层面上滚动，熟悉我的日本朋友常常说我纯洁，有很长一段时间我对这个"纯洁"理解不深。若干年后，我终于理解，这"纯洁"指的是缺乏对现实利益或者物质利益的考虑。

其实习惯于从精神层面上考虑与日本或者其他外国关系的人并不只我一个，几十年共产主义的精神教育，使许多中国人都有凡事先从"主义"出发的惯性。这种惯性虽然有很多时候是对的，但并不是放之四海而皆准的"公理"，坚持这种惯性有时会使我们在国际形势的判断中失去准确性，因为不知道对方的真正目的，反而受制于人。

2013年成立的安倍内阁的许多做法，如果中国能够从更加现实一些的角度考虑，也许很容易就看到对方的真实目的。但我们的许多专家一般都从某些"主义"上找原因，从日本民族右倾化的意识形态角度考虑，反而摸不着安倍的真实路数了。

我仍然紧追不舍："那么您觉得会有那一天吗？有的话，大约多久，二十年？五十年？"

山本笑了，对小川说："王好可爱！我得把她娶回家当媳妇儿！"（日本人说人可爱，很多时候也有说人单纯、幼稚的意思。）

我有些窘，小川忙笑着安慰我："别听山本瞎说！他有媳妇儿！"

山本正了正表情："但愿有那么一天。不过，五十年不行，也许需要二百年。直到那一天为止，日本都必须要坚持日美同盟，这样日本才会安全。"

我第一次明白了遭受原子弹轰炸的日本人为什么放弃仇恨而主张日美同盟，因为仇恨是精神层面的，没有任何现实意义，而和美国结盟就可以保存实力并获得发展。就像地震海啸把家荡平把亲人卷走一样，哭泣伤感都无法解决问题，唯一重要的就是活着的人怎样生存下去。

山本的那一句"终于有直腰的感觉"听起来不仅有无奈，应该也有不甘。如果不考虑民族的差异，单在人性的角度上想，男子汉又有哪个不想直腰呢？即便是失败如珍珠港都能带给他们短暂的畅快，可见心里也是落寞的吧。

想想从前，上千年间在中国面前直不起腰来，后来"天赐良机"，明治维新后中国政治腐败，当时的日本英豪们大概也有"想直起腰"的感觉吧。

我相信人心等同。

小川安排我给自卫队的干部们讲课。

那是一个不到十个人的学习班，名字好像是"陆上自卫队干部学校干部高级课程班"，小川没有细说，我也不便多打听。好像这些人都是上校中的精英，将来是要晋升的，听起来有点儿像我们的干部进党校一般。似乎已经在防卫大学进修了一段时间，要在研究所跟冈崎学习一段国际形势的判断。当然，他们本身就是防卫大学毕业的。

听小川话里话外的意思，似乎这个培训班已经在冈崎研究所办了几期了，今年正好赶上我在，小川独出心裁，希望我给他们讲讲中国。

我紧张。

跟小川嘀咕："一个半小时讲什么好啊？听你说他们好像根本不了解中国，如果大家对话，你问我答的，也许还好一些，我一个人唱独角戏，不知说什么……"

　　小川跟我分析："王，你看啊，这些人都是上校，从这里学习完就要升职了。你给他们上过课，你是王先生，将来自卫队的将军不都是你的学生了？你先锻炼着，将来我会安排你去防卫大学讲课，我相信你的能力。"

　　我受不了恭维。

　　小川对我的讲课十分重视，记得特别清楚，他那天的衬衫夺目的白。

　　那是小川最后的公开活动。

　　2001年9月初。

　　上校们对我很恭敬。大家围成一个圈，坐在冈崎研究所宽大的会议室里，有意思的是，其中竟然有一个韩国上校。

　　我讲日本对中国的侵略。

　　我说不知道你们受到的教育如何，但日本的确侵略了中国，我的父亲亲身经历过。

　　军官们的脸很困惑，看着旁边的小川，小川面容平和，认真地记录。

　　他擅长速记，所以冈崎研究所的会议一般都由他记录。

　　我说今天不是要控诉日本的侵略，而是想讲如何认识中日之间的战争。因为小川信任我，所以你们能坐在这里心平气和地听我说话，其实很多时候，中日双方还没有听到对方的真实声音，便感情冲动地打起来了：中国人觉得日本人否认侵略，日本人觉得中国人揪住过去不放。

　　我说，鸦片战争后，侵略中国的国家很多，英法联军连皇家园林圆明园都烧了，20世纪初八国联军还打进了北京。日本军队在中国时间长，中国人的恶感很自然，但中国人很宽容，你们都知道残留孤儿的事，即便是在双方严重对立的当时，中国的老百姓仍然抚养了日本人的后代啊，可见是没有记仇的（上校们现出深思的表情）。其实中国政府对日本也很宽容（上校们露出惊讶的表情），主张战争的责任是军国主义分子，从来没有追究过日本老百姓的战争责任，当然，日本国内即便有不反省的声音，中国的老百姓也听不到（上校们点头）。但改革开放后，中国的老百姓与外界有了联系，当他们知道日本的一些政治家否认侵略时，当然就不高兴了，因为许多当事人还都活着，说没侵略不是瞎说吗？（大家的表情很不自然）我在日本待久了，知道一些政治家的言论不过是哗众取宠为了选举（纷纷点头），可是中国老百姓不知道。而且，中国老百姓不知道日本的政治家并不代表多数民众，一般只代表支持他的选民，因为中国政治家的发言都是政府的声音，所以，中国老百姓便把日本政治家的举动当成了政府行为（上校们领悟似地点头），结果就急了，开始指责日本，于是双方互相指责，感情就变得越来越坏。可以说，日本政治家目光的短视是最近两国关系恶化的主要原因。

我又换了个角度。

我说，从另一个意义上讲，一些人否定侵略也可以说日本民族在历史上还不习惯侵略（上校们点头的幅度很大），其实许多人在内心里是承认侵略的，但因为知道侵略是一个十分不好的事，所以羞于承认。有些人甚至以为要想在国际社会上有地位必须将侵略的历史抹掉才好。其实，只要日本有价值历史上是否侵略并不影响与其他国家的交往，人类历史充满了战争，直到近代文明开始为止，战争都是没有性质的，几乎都是弱肉强食，美国至今仍在侵略（纷纷露出了笑容），可是美国不以为意。所以说，一味地否定侵略是很幼稚的，就像小孩子否定自己做的错事一样。其实，已经做了，事实摆在那里，现代交通那么方便，交流又那么频繁，否定哪里还有意义？盖不住的呀（理解似的点头）。不如大方地承认，大不了说以后不做了。可是，以后的事谁知道呢？（上校们大笑）英法战争持续了100年，没有人否认侵略，否认，显得太小气了……

我的讲话效果很好。

提问时间大家更是踊跃，大家对中国政府是"亲日派"的说法十分感兴趣。

小川的笑容告诉我：他很满意。

那天晚上，小川请我吃饭。

是他请我吃的最后一顿饭。

鲸鱼肉。

当时，日本捕鲸活动正遭到国际社会谴责，日本捕鲸协会邀请小川撰写长篇论文，论述捕鲸的正统性。小川好像已经写了三期连载了。

小川说："写了捕鲸的文章后，捕鲸协会便寄来了新鲜的鲸鱼肉，孩子们都说好吃。很久没有请王吃饭了，估计王肯定没有吃过鲸鱼肉。"

当然没有吃过。

不过小川不知道，我这个人对肉一向谨慎，许多肉都不喜欢吃。

面对着小川的盛情，我尝了尝那引起争议的肉，觉得味道实在一般。

隔了一个星期，小川便住了院。

据说，腹部疼了许久。

从住院到去世，小川只坚持了三个月。

小川刚住院的时候，仍然继续工作，因为他的邮件仍然每天按时到来。

这时候发生了"9·11事件"。

布什总统发表电视讲话之后，日本的各大媒体相继采访相关人士，请他们评论美国今后政策的变化并为日本应该如何应对提供建议。他们担心因为是美国的同盟国家，日本会遭受同样的袭击。

常常在冈崎研究所进进出出的一些人开始出现在画面上，并在其后的十几年中成为各大电视台的重要评论家。

小川似乎预见到国际形势将发生变化，邮件里的语气十分兴奋："冈崎研究所和它的朋友们正在成为日本舆论的主宰！"

小川住院，我只探视过一次，是和山田小姐一起去的，因为小川不允许人去。

据说得到探视机会的都是亲近的朋友，小川夫人这一阶段与我联系紧密，几乎每天都打电话来，似乎小川已经预感到生命的限度，曾经跟她说："王是可以一辈子交往的朋友"。

我内心沉重。

这天，小川夫人说川村纯彦打算带小川去一个有着超能力的和尚那里去，原本一切都不信的小川已经答应了。

我无言，只剩下祝福。

生命无力。

中秋夜，我在家里看电视。忽然电话响了，竟然是小川的。他说正在医院的院子里散步，看见满月和院子里的树，不禁想这也许是自己一生中最后一个月圆之夜了，不想惊动妻子，因为王是中国人，对中秋夜的感受想必比日本人深，于是便冒昧地打电话来了。

138

声音虽然听起来平淡柔和，但那渗出来的微微的颤抖让我满心悲凉。

小川的追悼会规模很大。

冈崎似乎老了几岁，步子也有些蹒跚了。

山田小姐和我负责在门口接待，许多名人都参加了。因为接待的工作很烦琐，我们始终没有进到追悼会场里面去。只能隔着门听到里面的声音，知道自民党干事长安倍晋三发来了悼念函。

冈崎满怀深情，说小川身兼数职，是一个不可多得的人才，并对小川的文章给予了高度评价："许多人都在写文章，但是能把文章写到他这样程度的不多。我们的许多学者写出的东西，句式复杂逻辑混乱，不仅别人看不懂，其实连他们自己都看不懂。小川君的文章简洁明快，可以称为大家。"

人们除了惋惜，还是惋惜。

因为小川只活了47岁。

追悼会结束后，就要把人拉到火葬场去，除了遗属和亲近的人，其他人就都散了。

东南亚文化友好协会的大野克美和高桥秀雄两理事也来了，远远地冲我点点头，没有打招呼。

冈崎从会场里走出来，看见了在接待位置上的我，走过来说："我要去火葬场送送小川君。你和我一起去吧，难得的'社会学习'①。"

我点点头，扶着冈崎的胳膊往外走，遗属们已经上了一辆大巴士，我和冈崎也往那里走。

伫立的人群让出一条路来，让冈崎和我过去，静静的，没人说话。11月初的空气已经阴凉，从人们的脚底一点儿一点儿地往身体里面渗。

到了巴士门口，我放开了冈崎的胳膊，他走上了台阶，我也跟着抬起了脚。

"王，别上！其他人不能去。"

人群中一个男声冲着我的背影喊。

---

① 日本人常说这一句"社会学习"，意既从各种社会活动中学习人生经验。

我停在了那里。

听到喊声的冈崎缓缓地回过身来，用他那满是哀伤的眼睛看了一眼车下面的人群，又看了我一眼，复又转过身去，缓缓地登上了汽车。

我没有回头，跟着冈崎，上了汽车。

没有人再说话。

除了小川家人，车上只有冈崎、三位退役将军和我。看见我上了车，佐藤似乎愣了一下，但很快便给我让了一个位置。

火葬场等待的地方看起来就像是购物中心的餐厅一般，许多人都在吃饭。

没有喧哗，也如日本的餐厅一般。

小川夫人招呼我们围着一个桌子坐好，嘴角颤抖的样子让人不忍心直视。与平日里众人一起吃饭唯一不同的，是大家的话题很少，小川年迈的父母眼里也没有泪，再三对大家的到场表示感谢。

死去的那个人是他们的独生儿子，是什么样的定力让他们对命运的安排如此顺从？

四个孩子静静的，最小的女孩儿只有八岁，拉着姐姐去院子里玩儿了。

一家的顶梁柱就这样没了，看着这一家老老小小，每个人都心生恻然。

冈崎说："本来想召集大家给未亡人捐款，但博报堂将把每个孩子抚养到十八岁，我也就放心了。"

小川一家站起来给冈崎行礼。

饭菜简单，大家都吃得匆匆。实际上因为火葬场拥挤，火化正在排队，所以等待的人便都吃些便饭。

火化之后会有广播叫家属的号码。

小川夫人似乎听到了自己的号码，站起身来。我们这些人便跟着夫人一起来到一个不大的房间，一个不锈钢门开了，一个台子被送了出来，上面是一具已经烧化了的骨骼，大家便每个人拿一副长长的竹筷子，在台子的两边站好，两个人一组共同夹起①一块骨头，一起夹着放到旁边的骨灰坛里，放好了便离开，第二组的两个人重复同样的动作，一直到最后。

小川父母排在最前面，接着是夫人孩子，八岁的小女孩举着有自己身高一半长的竹筷子与姐姐一起夹起骨头，样子十分认真，当骨头顺利地被放入骨灰坛中，小小的人儿竟然长出了一口气。旁边的我心中不胜唏嘘：那是她父亲的骨头啊，这么小便如此对待死亡，日本民族怎么能够不处变不惊呢？

我和川村纯彦一组，排在最后，当我们两个把骨头夹完之后，剩下的骨灰便由火葬场的人帮忙收到坛子里。

放完骨头的人们都走出去了，川村无声地引导着我放好筷子，随后搂了一下我的肩膀，将我带到了外面。我感觉到他的安慰，咧了咧嘴，无声地笑了笑。

阳光好刺眼。

一个生命自此无影无踪。

---

① 因为这样的习俗，所以日本的饭桌上非常忌讳两个人共同夹一个东西，遇到难夹断的东西，中国人大抵会好意地帮忙，在日本，不论是否是公筷，都是绝对不能做的一个动作。

※ 关于铃木邦子

冈崎研究所研究员，现在是卫星电视频道——日本文化频道樱花的主持人。这是一个比较保守的电视台，开设时间不是很长，铃木自频道创立之日起便担任节目主持人，NPO 法人冈崎研究所的理事们常常上这档节目，我也上镜过几次。开始的时候，铃木也曾设想由我开设一个中文讲座，后来两国关系日渐恶化，这个想法也就没了。2012 年，所谓"李春光事件"发生后，该电视台因为曾邀请我出演节目也受到日本保守人士的攻击，认为保守阵地竟然混进了敌人，电视台长和铃木等人一度处境十分尴尬。

※ 关于富士综合火力演习

富士综合火力演习是日本陆军自卫队的军事演习之一，每年在静冈县御殿场市的东富士演习场举行。为了让陆军自卫队富士学校的学员对火力战斗有个感官认识，1961 年开始实施，1966 年以后，为了加深国民对自卫队的理解，演习开始向一般公众公开，一直持续至今，每年举行一次。富士综合火力演习的作用包含着自卫队员的培养、广告，以及对周边国家的威慑等作用，每年举办时都会招待一些驻日美军军官及周边国家的驻在武官，有时候防卫大臣也会参加。最近，公众也可以在网络上观看演习的实况，电视台还增加了实况转播。

演习一般在 8 月下旬到 9 月上旬举行，演习分两部分，前段演习主要介绍陆军自卫队主要装备，后段演习是设定假想作战区域的实战演习，演习内容每年大致一样，但如果日本防卫计划大纲有变化，演习的内容将随之发生一定的变化，2014 年增加了"夺岛"内容。

公众一般通过寄明信片给防卫厅获得入场资格，防卫厅将在大量的应征者寄来的明信片中抽签，抽中者即可获得入场券。每年的参观者大约有 2 万多人，近年来，许多公众通过网络获得了入场的资格。

二十二

只有三个人的冈崎研究所失去了半边天。

山田小姐一个人无法独立完成事务工作，冈崎只好把在澳大利亚攻读博士学位的阿久津博康叫来顶替小川的工作。

阿久津当时三十岁出头，据说是冈崎研究所网站的负责人，人一直不在日本，我没有见过。小川夫人说她丈夫很赏识这个年轻人，称其为爱徒。

冈崎研究所似乎在整理小川悼念文集，因为冈崎情绪低落，我也不大走动，一个人蹲在家里研究刘德有先生的书。

小川夫人常常打电话来，虽然不去研究所，我几乎也能知道大致情形。似乎山田小姐对追悼文集的整理十分不耐，小川夫人十分伤心："说起来，山田小姐的工作是我丈夫安排的，她似乎忘记了一般，对文集的整理态度勉强。人怎么可以这样无情呢？"

偶尔打电话去冈崎研究所，山田小姐也是满腹怨气："工作已经够多了，人手不够，阿久津什么都不熟，文集本来是私人的事情，现在还要当工作加给我，真是太欺负人了！"

唉，我没办法协调她们，只剩下安慰。

文集整理完毕不久，山田小姐就离开了研究所。

我始终没有问过山田小姐到底是自己辞职还是被辞退，当我再次出现在研究所时，已经换了一个新的女秘书，依旧年轻漂亮。

冈崎说："山田小姐这个人有点儿无情。"

小川去世后，川村常常出现在研究所，听了冈崎这话，轻声附和道："对小川一家不大好……"

我似乎能听到一个信息：因为山田小姐的不知感恩，所以让她离开了。

我后来想，从夏天开始，也许从更早的时候起，山田小姐似乎已经对冈崎研究所不再留恋，小川的离世也许使她更快地下了离开的决心，所以也就不愿意费太多的力气整理追悼文集了。

不管怎样，过世的小川对她很好……

山田小姐没有给任何人留下联系方式，包括我。

我有点儿伤心。

也许，在她心里，我也如进出研究所的其他人，并不属于她辞职后的世界吧。

在我的印象里，山田小姐永远是那个初次见面时端庄温婉的美丽女孩儿。

新的女秘书比山田小姐成熟、稳重，很会做人。但也只做了两年，离开时发了邮件告别，其后的两年也还有贺年片寄过来，后来据说去了欧洲，渐渐便断了联系。

现在想来，面容竟然十分模糊。

※ 关于阿久津博康

日本维基百科网络词典关于阿久津博康的记载不多，说他是日本的国际政治学者，2002 年至 2007 年在 NPO 法人冈崎研究所任主任研究员，2007 年起任防卫研究所研究部第 6 研究室主任研究官，专门研究朝鲜半岛、台湾问题和国际形势判断研究。

在我的印象里，阿久津是个呆板的年轻人，个子不高，观点保守，思路也不开阔，更缺乏处世经验，基本还是一个学生，而且是个学究型的人。因为小川对他的大力举荐，接替了小川的工作，但冈崎曾经跟我叹息过："也许连小川君 1/3 的工作都无法完成"，冈崎最需要的社交能力是他最欠缺的，有一次，冈崎竟然对我说他养活着阿久津。

借着冈崎研究所的名声，阿久津一出道便成为日本著名国际政治学者，多次代表冈崎研究所上电视节目。2007 年后，我再去冈崎研究所时发现阿久津不见了，大家似乎对这个人的存在忘记了一般，我问冈崎，他没有理我，几次问川村等人，后来才知道去了防卫厅。川村的原话是："阿久津出息了，去防卫厅了，成了国家公务员了。"我接着问："那不是借了冈崎研究所的光了？"川村点头："那当然！他的公务员考试也比别人简单。"说完迅速转移话题，再不提其他。

冈崎研究所 2002 年 10 月注册成为 NPO 法人，自负盈亏，虽然有些名声，但绝不是铁饭碗，阿久津中途去防卫厅，虽然不知细节如何，但肯定使冈崎等人十分伤心，其后双方不再有来往，冈崎研究所的人也绝口不再提他。

我与阿久津聊过，知道他生活在单亲家庭，只有一个母亲，也许对他来讲防卫厅的铁饭碗真的很重要，也许还有别的原因。

二十三

我开始正式翻译刘德有先生的书。

小川去世后，我一度对翻译有些踌躇。

那个时候，小川夫人常打电话来，我便将想法讲给她。小川夫人告诉我：她丈夫去世前两天，大野克美去医院探望。当时的小川已经十分虚弱，说话都很吃力了，大野黯然，问他有什么话说。小川颤抖着手写下几条，其中一条是："王的出版"，大野答应一定支持。小川夫人说：王一定要把翻译做完，因为那也是她丈夫的遗愿。

我完全没有想到。

后来大野将小川写的那几页纸给我看过，字迹潦草无力，已经无法辨认，歪歪扭扭的"王的出版"几个字让我不禁泪盈于睫。

无论最初小川希望翻译刘德有先生书的动机怎样，我愿意相信他临终时的遗言不带有任何功利。

有友若斯，人生之幸。

翻译十分枯燥而艰苦。

整整有七个月，我每天上午十点起床，十点半开始翻译，除了三餐，都在伏案，直到凌晨2点，收拾睡觉。

几乎与世隔绝。

高桥偶尔会在周末叫我去他家里吃饭，他夫人和四个孩子还有老母亲和我感情都很好，那段时间高桥家的友情给了我许多温暖。

刘德有先生时不时会发来传真，客气并转弯抹角地问翻译的情况。他很希望我能将译稿发给他看，我坚决拒绝，以各种理由。

因为我相信：良工不示人以璞。

我知道，自己的翻译是一个学习完善的过程，所以不愿意听刘先生说三道四。有一阶段我内心十分脆弱，差不多翻译了几行便查查字数，觉得几十万字像极了西天取经，每天都必须为自己打气。如果刘先生说三道四，也许会影响我的情绪。

　　而且，我看过刘先生的日语：非常优美，有这样文笔的人，对别人的文字一定挑剔。

　　所以他肯定会说三道四。

　　细想想，那段时间的刘德有先生也一定不大好过。不仅让文化部的司长发传真问询，他日本的老朋友藤山也多次打电话催促我。文化部的司长客气，而开始就不看好我的藤山则不大客气，语气中很有看不起我的意思。

　　虽然刘先生数次在信里说藤山是热爱中国的日中友好人士，但不知怎么作为普通留学生的我始终感觉不到他的友好。

　　我不理会他们。

　　2002 年 4 月，我终于完成了第一稿。

　　人也已经快崩溃了。

　　小川曾说过：因为日文的特点，一般文字翻译成日文字数都会增加，如果控制在 1.5 倍左右是最好的，越是糟糕的翻译，字数增加得越多。

　　我查了查字数，不会超过 1.5 倍。

　　我将文稿发给高桥，希望他能帮助看看。

　　高桥经营私塾，每日教学上课到很晚，七八十万字的长篇，给了他很大压力，于是他将他的姐夫推荐给我，说：这位姐夫在大学里做教务次长，每天里与文字打交道，应该文字不错，不如就让他帮助看一看吧。

　　于是我请他帮忙，发了几章过去之后，"姐夫"的回复来了。

　　我欲哭无泪。

　　这位"姐夫"的文字竟然是小川所说的那种"很烂"的日文，他给我原来简洁的文字加了很多没有用的连接词①。

---

① 日语中有这样一个现象，一个本来可以用十个字表达的句子，如果加一些可以使文字委婉的表现方式，这句话可能变成 20 个字，甚至更多。但句子显得啰唆，容易造成逻辑混乱。

我无法将自己的想法直接讲给高桥，无论在中国或在日本，这样的做法都不符合礼数。

内心苦闷到了极点。

终于等到高桥一日有时间，我把"姐夫"的一部分修改和我原来的文稿拿给他看。向来说话很少的高桥话仍然不多："我同意王的见解，这种书必须文字简洁。"

我大喜。终于可以不辜负高桥的好意，重新将"姐夫"修改过的文字改了过来。

自此独自修改。

五月。我将心一横，把文稿寄到了出版社。

清样出来的时候，打电话给小川夫人，夫人声音哽咽着说："太好了！太好了！"

我将原稿束之高阁，很久没碰。

有一件事想稍微提一下。

刘先生原著中记述了一些郭沫若等人的轶事，其中有一些他们写的诗，这些诗的翻译让我苦恼了很久。

冈崎曾经送我两套日文版的唐诗字典，我一字一句地研究了好几天，自觉明白了诗翻译的规律，便将刘先生书里的诗一气儿都翻译了。

不过，刘先生没有看好。

责任编辑将小样发给刘先生后，他将自己翻译的诗寄给了出版社。

许多年后，偶尔读唐诗，一时兴起，试着写了一首，没想到竟然得到导师朱佳木先生的赞许，他可是中国共产党第一笔杆子胡乔木的秘书啊。

我着实吃了一惊。

于是记起当年翻译刘德有先生书时，曾经练习将诗翻译成日语。仔细想来，诗虽然没有被刘先生采用，但将唐诗的每个字掰开了写成日文的经历显然十分珍贵，否则从来没有学过诗词写作的人怎么突然灵机一动会写了呢？

不知怎么就觉得，学习日语似乎跟学习作诗有说不清的关联。

作为出版社的藤原书店对译稿没有太多意见，藤原社长说：刘先生自己懂日语，所以由他本人定稿。

翻译完刘德有先生的回忆录，我相信自己对刘先生的为人已经足够了解，知道他是一个十分谦虚谨慎的人，应该对我的文字不会有太多的指责，唯一担心的便是我对他文稿中的大幅度增删：在没有和他本人沟通的情况下，我对他很多中国式的表达进行了日本式的修改。

刘先生沉默，不再发传真给我。我唯有等责任编辑的各个样稿。

除了个别助词，刘先生的修改不大。

我终于放心。

我知道这个中国日语界的重镇默认了我对他著作的所有"创作"性的翻译：包括对中国文化内涵的理解和对日本文化的深层体会。

据刘德有先生说，他与前日本驻华大使阿南唯茂见面时谈起了著作即将出版，阿南根据中文原意为书起了一个日文名字，叫《時は流れて》，意思是"时光流逝"，很像邓丽君的一首有名的日文歌曲。

这书名听起来不大像历史性书籍，藤原书店素以出版"硬性"文字出名，便为书加了一个副题——日中关系秘史五十年。

2002年7月，《时光之旅——日中关系秘史五十年》出版。

上下两册，定价很高，近8千日元。说实话，对日本人来讲，这也是一套很贵的书。

藤原书店小气，只送了5套书给我。据刘德有先生说，他也只得了10套，没办法送人，只好让朋友们自己买，有点尴尬。

藤原书店在中国大使馆的协助下将书定位成中日邦交正常化30周年纪念出版物，因为刘德有先生将于9月份同中国对外友好协会宋健会长一起访问日本，届时两国各项庆祝活动也将相继举行，所以藤原书店同中国大使馆、日中友好协会等团体一起策划在刘德有先生访问日本时召开出版纪念会，以此带动一个销售热潮。

我很兴奋，觉得马上就可以拿到版税了。

至少可以买点书，送送朋友。

中国人不习惯让朋友买书。

有一个不能不交代的政治背景问题。

2001年4月，给21世纪日本政坛带来重要改变、在日本主妇大妈群中具有巨大人气的小泉纯一郎当选首相。小泉原本在自民党内并不具备优势，为了获得"日本遗族会"选民的支持，选举时承诺会在 8 月 15 日的休战纪念日参拜靖国神社，给予遗属们必要的安慰。

自 1985 年时任首相中曾根康弘 8 月 15 日参拜靖国神社而遭到中国和韩国强烈反对之后，日本在位首相便不再参拜靖国神社。眼看 8 月临近，当选后的小泉左思右想，日本媒体也议论纷纷，有人鼓励小泉"走自己的路，让中国韩国去说"，有人则劝小泉照顾邻国国民感情。经过权衡，小泉最终于 8 月 13 日参拜。然而，两天的差异并没有减少对邻国的刺激，中国方面表示严正抗议，中日关系开始恶化。

2002 年 9 月，中日建交届满 30 周年，为表庆祝，许多友好团体很早以前便开始筹划各种纪念活动。可是因为小泉前一年的靖国参拜让中国方面充满戒备，进入 2002 年后，许多纪念活动的筹备便处于观望状态。

小泉是个非常出色的政治家，经过一年的观察，发现自己的参拜好像并没有给日本经济界在中国的利益带来损害，2002 年 8 月便又去了靖国神社。

这使中国政府倍感愤怒，原本定的许多邦交正常化 30 周年的纪念活动都取消了。

那段时间中日关系严重对立。

定于 9 月刘德有先生的访问倒是如常进行了，但整个访问却显得有点儿萧条，30 周年纪念日冷冷清清。

结束访问后的代表团团长宋健先生领着其他成员先回了国，刘德有先生留了下来，参加与书出版相关的各项活动。

那年的 9 月，刘先生成为冷冷的中日关系中最热的一道风景。

他从西日本走到东日本，又走到北海道，访问他昔日的旧友，日中友好协会各地方支部的朋友们都祝贺他的书出版，纷纷购买他的书籍。他在出版纪念会上说：他被中日友好的氛围包围着，朋友还是从前的朋友。

日本的媒体都认识刘德有先生，也知道他此行的目的，地方媒体不断地报道书的内容，日本五大主要全国发行的报纸都对书的出版进行了报道，连登载了冈崎支持小泉首相参拜文章的《产经新闻》也表示了与其他媒体一致的"关心"。虽然报道篇幅都不是很长，但仍可以看出来日本各界希望借欢迎刘德有先生表达对建交30周年庆贺的意图。

包括小泉在内，此时，多数的日本人都不希望与中国交恶，对于中国人因为首相参拜靖国神社而产生的不满，日本政府和日本人都很在意。

书第一次印刷3000册很快售光。

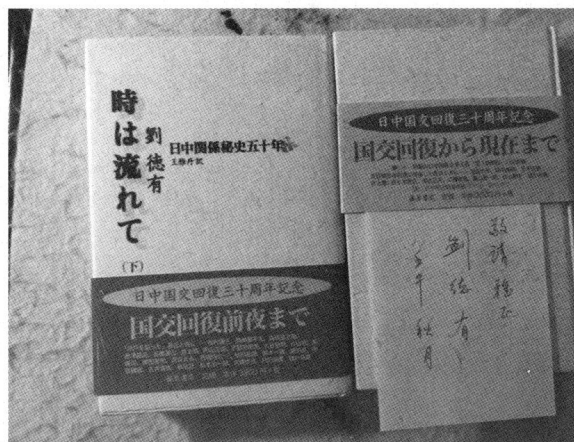

作者译著，右下为刘德有先生为与会者题写的卡片

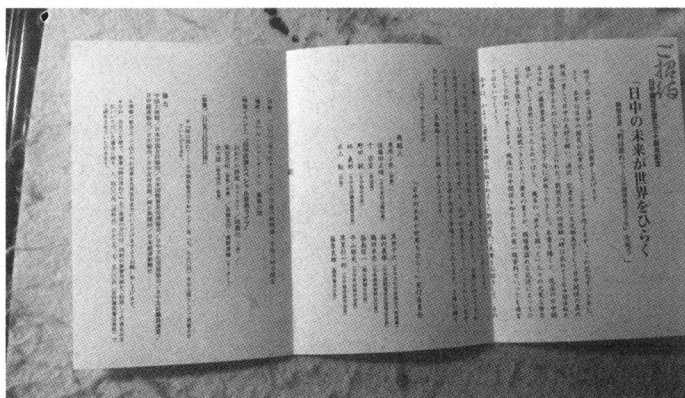

出版纪念会请柬

出版纪念会上，我第一次见到了那么多热心于中日友好的人。

大野、高桥还有财团的理事长都来参加，足有四百人的出版纪念会。

据出版社藤原社长说：日中关系的突然变故，使书的销售前景令人担忧，所以藤原社长列出数百人的名单，由刘德有先生出面邀请参加出版纪念会以为宣传，都是常年从事日中友好活动的人。

参加费用为一万五千日元，主办方将赠送刘先生著作一套，夹着刘先生亲笔题写的明信片。

我算了算，这样就可以卖出几百套书，账算得不坏。

日本人的聚会一般都不是免费的，参加费一般为数千日元。中国驻日本大使馆也常举行一些类似于国庆庆典之类的聚会，政界财界的重要人物是不需要费用的，其他人则都要交付参加费，一些华侨为了能参加聚会认识人甚至不惜花大价钱购买招待券。

不可否认的事实是：一万五千日元的参加费是我所参加的聚会中最贵的，超出了日本社会的一般常识。

刘德有先生也曾对此不大满意，毕竟都是他的人脉关系。但参加的人都很开心，除了太远的北海道，许多地方的日中友好协会会长都来了。

真的是盛事。

我也高兴。

日中友好七团体的负责人都来了。

东京的新大谷①饭店是一个常与中国人的各项活动联系起来的五星级宾馆，出版纪念会在这里举行。

我差点儿迟到，是因为我犹豫了很久还是决定穿旗袍的缘故。

日本人素日里拘谨，尤其是关东地区，衣着的颜色更是色调暗沉，女人平日也鲜有人穿亮色衣服，穿着类似于旗袍这样亮眼衣服的女人便显得突兀。所以穿了旗袍，便不能一个人乘坐地铁了，会被当成怪人（太亮丽的服饰会被当成酒吧女）的，而坐出租车，路上的时间便不大好掌握，虽然没有北京的拥堵，总比火车慢了许多。

快步冲向会场的时候，迎面险些撞上一个人。

栗原小卷②。

---

① 位于东京千代田区的一个五星级宾馆，离日本国会很近。

② 栗原小卷，中国人熟知的演员，因出演电影《望乡》而被中国人喜爱，后成为日中文化交流协会的副理事长。

与栗原小卷合影

穿着便服的栗原女士和我走了个正着，两个人都愣了一下。我是觉得面熟，她则因为我穿了旗袍。

司仪介绍完我之后，栗原女士前来打招呼，说："刚才在走廊我就觉得您也许便是译者呢，因为您穿得这样特别……"对栗原女士的恭喜表示谢意后，我不禁恭维她："没想到您仍这么年轻，我小时候便看您的电影……"还没说完，栗原女士便变了脸色，搭讪了几句便走掉了。我仔细想了很久，才觉得也许是当众说出了她的年龄，让她不开心了吧。

我发现，我似乎不大会与日中友好人士打交道，他们与普通的日本人思维不同。

普通的日本人对于肯努力的年轻人总是给予支持，从不吝啬那句日语中最常用的"加油"，许多中国人都有体会，在日本，只要你努力，便一定会获得日本人的认同和帮助。有一些中国同胞对日本人的这种帮助很觉屈辱，觉得日本人这时的善意是优越感的体现，是日本人特有的虚伪。而我却觉得，即便是虚伪的善意也比真实的恶意让人温暖，其实很多时候，茫茫人海中的那一点点温暖已经让我们有足够勇气抵御风寒。

我所见识的日中友好人士却不一样。曾经的演员栗原女士似乎忌讳自己的年龄，其实，日本公众人物的年龄从来不是秘密，媒体在报道任何人时都会在名字后面加一个写有数字的括号，括号里面是这个人的年龄。

而刘德有先生的老朋友藤山对我则始终冷眼相对，对我东南亚文化友好协会的朋友们态度冷淡。参加出版纪念会的大野等人内心十分高兴，但刘先生的朋友们都对中国表现得亲热无比，他们谈论中国时很有炫耀感觉的滔滔不绝，让普通日本人的大野们不知如何应对。

也许是小人之心，我竟然觉得藤山这些人很不希望他们在中国朋友那里所受的特殊待遇被人分享。

刘德有先生风度翩然，讲话时日语地道优美，我身边的大野等人真心感服，理事长七十几岁了，激动地让我介绍刘先生，邀请刘先生参加东南亚文化友好协会举办的欢迎会。

大野、高桥与刘先生东京重逢，也显得兴奋异常。

出版纪念会上，作者与刘德有、高桥秀雄合影

数百人的聚会，刘先生是当仁不让的主角。我有一种感觉，仿佛数十年中日友好的成果都汇集到这次出版纪念会上了。

会上只有我服饰特别，人们时不时会狐疑地看看我，不知我为何穿得如此正式。刘先生讲话最后介绍我是译者，许多人才恍然。

一个认识的中国某报驻日记者说："给刘先生翻译书，你真够大胆，也特别，翻译得不好也许不会怎样，但翻译好了，你的名声就出去了。"眼睛里有许多说不出的味道，让我十分不受用。

刘先生说："王女士身体单薄，看似体弱，如此鸿篇，竟然独自完成，让我十分佩服。说实话，翻译过程中，她始终没有让我看稿子，我担心了几个月，待看到译稿，才安心。我写在纸面上的东西她翻译了，我没写在纸面上的内容她也翻译了。我对她深表感谢。"

人们鼓掌，我只有鞠躬。

深居简出数月，几乎不大与人打交道，面对刘先生的肯定，我的心情难以用语言表达。

刘先生不久便将另一本记述他个人参加中日文化交流活动经历的书寄给我，仍然写有题词，希望我能翻译。

翻译可以继续做，但几十万字的巨著太伤人了。而且，文化交流的书也没有原先那本内容厚重，从内容上我便不大喜欢，而且我有一种直觉：不会有出版社对刘先生的个人经历感兴趣……

我没有理会。

东南亚文化友好协会与中国的关系始终也亲密不起来。

藤原书店只支付过一次稿费，第二次印刷之后我曾经问过藤原社长，他面有难色，说：错误地估计了形势，第二次印刷得太早了，第一次印的还没有卖完……

两年后到刘德有先生北京的家，谈起藤原书店，刘先生也是心有不满，他似乎也只拿到一次稿费。

藤原社长毕竟不是日中友好人士，并不能从友好中获得经济利益，因此好像对刘先生也没有过多的热情，连出版纪念会时的旅店洗衣费都没有出，这让曾经的部长很不舒服，他夫人也对我念叨过藤原社长的小气。

我们与藤原书店似乎都没有就此走近。

只是这套书很是被日本社会认可，很多大学都将其收藏，许多日本学者写论文时都加以引用，成为中日关系史研究方面的重要参考资料。我后来读博士时看参考书，发现一些日本著名学者写的论文引用的原来竟然是自己的文字，感觉倒也亲切。

　　不觉想起从前日本外务省的中国通石塚英树的话，看来这书的确具有一级史料价值。

※ 关于日本遗族会

原名日本遗族厚生联盟，设立于1947年，是战争阵亡者家属的全国性组织，1953年3月作为财团法人得到认可，各都道府县均设有独立的遗族会，市、町、村也分别设有遗族会，开展各种活动。

二十四

偶尔，也去冈崎研究所逛逛。

博报堂和冈崎之间似乎出了什么问题，冈崎研究所正酝酿着搬家和成立 NPO 法人冈崎研究所的事情。

阿久津挺客气，他话不多，对我这个中国人似乎很不适应，笑的时候显得忸怩。川村几乎每天都到研究所来，仿佛承担了许多事务性工作，冈崎神情忧郁，常常说些怀念小川的话。

冈崎研究所很快便搬离了博报堂大楼，新的冈崎研究所很小，在一个办公大楼里，远没有从前气派。

对于我的到来，冈崎总是十分开心。去之前，我一般都会打个电话，秘书会问冈崎的日程，所以，我到研究所时，老先生几乎一般都在等我，有时候是聊一会儿天，有时候是一起吃午饭。

第一次去研究所新居，正巧川村在，他此时已经成为法人化了的冈崎研究所副理事长，冈崎研究所的人情往来多由他负责，因而常常会在研究所露面。

小川在世的时候，一个人负责社交、学术等各个方面所有的联系业务，这会儿他的工作便由几个人分担了，研究所看起来倒也营业正常。只是经费问题始终没有得到妥善解决，一直处于紧张状态，看来小川向各部省要钱的本事似乎不是谁都能学来的。

听到我来的声音，冈崎从自己的房间迎了出来，招呼我到会客的沙发上坐。

冈崎研究所已经没有专门的会议室，进门处有一个大约 10 平方米的空间，摆了一个长沙发，充当会客室。旁边是过道，秘书的桌子便放在那里，里面是冈崎和阿久津的房间，每人一个，面积都不大。

冈崎显得赢弱，脸色略显疲惫，透着苍白。

因为熟稔，我进门便东张西望。"鸷鸟不群"的竖幅仍然摆在门口，玻璃屏风《出师表》放在沙发的旁边，显得拥挤。也许是因为地方太小，从前研究所大会议室里的许多书画作品都没有搬来，西乡隆盛的条幅也不见了踪影。

女秘书递上茶来。

动作也是轻轻柔柔的，但比起山田小姐的温婉，似乎少了一些东西，仔细一想，觉得山田小姐的举手投足有着一股清纯透明的美丽。

沙发对面的墙壁上孤零零地挂着一幅书法，虽然我于书法不大懂，但因为里面有几个看得懂的字，所以便多看了两眼，这是从前背诵过的诗，于是便懂了内容，不觉说道："李白的《峨眉山月歌》……"

冈崎眉眼间现出了惊喜，因为从没和我谈论过诗词，他不知道我从小喜欢唐诗："王知道这首诗？"

我看着条幅"读"了起来，其实有些字根本不认识，冈崎写的是草书，我因为知道诗句，所以"读"起来顺畅，旁边人都静静地听着，我显得很"渊博"。

冈崎笑容满面，平时不大言语的川村笑得开心："王啊，你知道这是谁的作品吗？"

川村的表情意味深长，我看了看面色泛红的冈崎，又仔细地看了看条幅，犹疑着说："难道是大使的作品？"

川村表扬我："王就是聪明……怎么样，我们的大使是不是棒极了？"
我由衷地赞叹。

冈崎笑而不语，川村留下我继续赞美冈崎，自己到别处忙去了。

据冈崎说，不久之后将有一个名人的书法作品公益展在某知名百货大楼的顶层举办，因为从小练就的书法功底，他也接到了邀请，可是很久没有写字了，所以最近在练习，希望我能提提意见。

我有些为难，忙说自己对书法完全不懂，但冈崎似乎不信。我只好硬着头皮，仔细观察冈崎那幅字。

冈崎目光殷切。

说实话，冈崎的书法很拿得出手，如身材一般，挺拔俊朗，应该是童子功，也许因为有些生疏，有的字写得不够流畅。因为不懂书法的术语，我犹豫着说：这个字显得拘谨，那个字不够圆润，而这个字则力度适中，那个字显得雍容……

冈崎大喜过望，对我的"点评"深以为然，立即将我引为知音，川村不知什么时候走了过来，静静地望着我们微笑。

屋子里暖意融融。

似乎冈崎的作品已经悬挂多日，而来往的客人或者研究所的人们除了说"太棒了"、"棒极了"之外，并没有给予太多具体的点评，这使老先生渐渐觉得乏味。我的"具体"的批评使老先生异常高兴，从来没有研习过书法的我自此在冈崎研究所成为"权威书法评论家"。

其实这也难怪日本人，因为冈崎的作品多以汉诗（日本人将中国人的诗称为汉诗）为题材，他喜欢李白，认识那些字的人自然不多，冈崎如他身材般挺拔坚硬的书法便知音寥寥。

那段时间，只要我去研究所，冈崎便和我谈论书法，一般的，我说哪个字好哪个字不好，他点头称是，或者他多写几幅，让我帮忙选出好的，他便拿去裱，选剩下的，我便可以选一些拿走。

我白拿了冈崎好多作品。川村打趣说：王发财了！大使的字一幅值七八万（日元）呢。我看向冈崎，认真地说："将来我缺钱的时候便可以卖了买米吃。"冈崎眯眯笑，不置可否，看得出，内心很是愉悦。

其实冈崎的字倒真值那么多钱，据他自己说展览中只有前首相海部俊树的作品比他的价格高。可惜的是，2012年5月的"李春光事件"后，我也莫名其妙地离开了日本，因为家搬得匆忙，许多冈崎的书法作品遗失了，无法换钱买米了。

应该说这是冈崎研究所最困窘的时期，为了获得经费，冈崎常常出差，去地方演讲，研究所同时还征集了相当一部分赞助者，当然并不是公开征集，需要人介绍。赞助者一般一个月缴纳3万日元，类似于会费，冈崎每个月会和他们吃顿晚饭，讲讲国际形势什么的。因为赞助者多是冈崎的粉丝，对近距离和冈崎接触心中充满自豪，赞助费则暂时解了冈崎研究所的费用危机，也算两全之策了。

多是银行或是证券公司的年轻人，男女都有。

我参加过几次这样的晚餐会，年轻人多拘谨，没什么人讲话，冈崎表现得十分随和，尽量寻找话题，而年轻人一般只是点头，场面很不热烈，饭菜也显得无味。

大家都累。

不知是不是因为缺乏谈话者的缘故，冈崎才叫的我，不过吃饭的时候，的确总是我们两个人谈话最多。

某次，大家谈到了《西游记》。

《西游记》在日本可谓家喻户晓，电视剧都拍过几个版本，只是不知道为什么，唐僧的扮演者常常是女人。

座中有人说，《西游记》讲述的是佛教的故事。我听了觉得怪异：因为取的是佛经，与佛教相关倒是肯定的，但是不是佛教的故事却不好说了，总之我在中国就没听过这样的说法，说是孙悟空降妖除魔的故事倒靠谱很多。

于是，我说："《西游记》虽然以取佛经为最终目标，但总的说来应该是一个道教的故事。"

熟悉《西游记》故事的人们开始面面相觑，接着议论纷纷。冈崎愣了一下，随即便击掌说道："王说得对，确是一个道教的故事，孙悟空齐天大圣的名号便是道教的天帝给的…嗯，精辟，确是一个道教的故事……"

冈崎的肯定，让众人住了口，于是冈崎开始夸奖我：王是我见到的最聪明的人……

人们都随声附和，对我表示赞叹。

这聚会让我身心疲惫，于是不再参加，心里对为人情奔波的冈崎充满同情。

一个午后，坐在冈崎研究所会客室的沙发上，我和冈崎聊到了研究所的经济。

冈崎说要给女秘书和阿久津发工资，还有一些必要的开支，应该说现在是自己在养活着阿久津他们，赞助者们的会费和他自己的演讲费只够勉强维持，自己是没有工钱的，川村等人都是义务工……

这样说着冈崎看了看我："要不，王也来上班吧，一个月如果不需要太多的话，零用钱我倒还给得起……多少合适呢？"

看着他花白的头发，我心里有些不忍："其实一个月 15 万日元便也够了，只是您现在艰难，我就先不来正式上班吧。每个月固定支出 15 万，时间长了，对您来说也许就会成为负担。等以后条件好了，我再来……"

冈崎想了想，点头说："也好，如果你生活过得去，就先这样吧。有空来玩儿，等以后有钱了，再正式雇你。"

我相信冈崎这个时候的话是发自内心的。

这是公元 2002 年底，中日关系、中美关系都处于变革酝酿期，冈崎个人并没有太光明的前景。

他怕雇不起我。

而一年后，冈崎已经作为小泉首相的外交战略顾问访问美国，并从五角大楼带来了工作。记得那天我去研究所，因为有一段时间没去了，冈崎从房间里出来迎接我，显得很高兴。

我说在电视上看见他作为小泉首相的外交战略顾问访问美国的报道了，他很兴奋，说要给我看样东西，说着回房间里拿出一个厚厚的深灰色塑料文件夹，翻开来给我看。都是英文，我搞不清楚是什么。

冈崎孩子一样地炫耀说："知道这是什么吗？这是五角大楼的情报！"

我睁大眼睛表示惊奇。

冈崎接着说："每天午夜阿久津君会从网上拿到美国的情报和信息，上午发到研究所里，我上班后便写出意见，然后送到内阁府。被内阁府采纳的信息就会有钱收……王，知道吗，这是一项可观的收入……"

如此谈钱的冈崎是我第一次见到，可见之前所遇到的经济困境是怎样地折磨着这个孤高的老人。我从心里为他高兴："这么说冈崎研究所有钱了？"

"有钱了！有钱了！"冈崎眉开眼笑。

我拍着手说："太好了！大使，也就是说我很快就可以来上班了？"

冈崎愣了愣，笑得有点勉强："对不起，王，我为五角大楼分析情报，一条情报一份钱，非常实际。所以研究所里不能有中国人，一旦美国人知道有中国人的存在，便会不再给我工作，所以王不能到研究所正式上班了……"

他为此很觉得抱歉，曾经为我设想过许多工作、学习的可能性，并把我介绍给后来的东京大学副校长田中明彦等知名学者，为的是我能有个好的前程。

我知道他不愿意失信于我。

2003年5月的冈崎研究所沙龙仍然举行，参加的差不多仍旧是从前那些人，阿久津显得笨拙，川村等人忙碌着，大家的话题虽然始终离不开已故的小川，但终究是地球离开谁都转，NPO法人冈崎研究所仍旧是满座高朋。

后来和小川夫人聊起此事，她因为还没有从悲伤中走出来，故而对冈崎研究所的"繁荣"很有感触："这些人几乎都是我丈夫培养挖掘的，现在很多人都成了电视上的红人，而我丈夫却不知道哪里去了……"

话中满是凄凉，让人不觉黯然。

虽然公开场合人们常常提及小川彰，看起来人情浓厚，但带着四个未成年孩子生活的小川夫人的具体生活却显得十分凄苦，尽管日本社会完善的福利使他们生活无忧，但母子五人却仿佛被隔离于熙攘的"社会"之外，与他们相关的只有孩子们的学校和孩子们成长的琐事，已故男主人多年积累的社会财富几乎与他们没有任何关联，也许因为日本社会公与私的界限划得太分明的缘故，也许只是一样的人走茶凉，于任何国家、任何社会都如此。

隔上几天，我便会打电话给小川夫人，她也常常打电话给我，每年我生日的时候都会收到她的祝贺，女儿生日时总有小川阿姨的礼物；到了换季的时候，小川家就会寄来一个纸箱子，里面是四个不同年龄段的孩子穿小了的衣服、鞋子，洗得干干净净，今年是110厘米，明年便是120厘米，整整齐齐的，让人觉得温暖……

好多年都没有给女儿买过新衣服。

日本人节俭，而且，因为在心里珍惜你才将自己喜欢的、用过的东西送你，多半由于不喜欢的东西他们不会买，即便买了也不会用太久……

我生在东北，附近住着一些日本人遗孤，"文革"结束后，日本的亲戚便来中国看望。曾经听来这样一个故事，日本的爷爷已经故去，由于生前无法见到孙子，所以将礼物托付给旁人。在中国长大的孙子迫不及待地打开了被郑重地带过来的小小包裹，周围人也都猜测着是什么稀世珍宝，打开来才知道原来是爷爷生前用过的几只旧铅笔，确切地说是铅笔头。孙子的失望自不必说，便是这个故事也在我的家乡成为大家茶余饭后的谈资，人们很是摇头叹息了一阵子，说日本人的吝啬，也有的猜测爷爷的珍宝是不是被调了包。总之，让中国人无法理解。

因为太轰动了，当时很小的我都记住了细节，今天都没有忘记。

※ 关于冈崎研究所

NPO 法人冈崎研究所成立于平成 14 年（2002 年）10 月 9 日，活动内容为两个：一是维护人权、促进和平，二是开展国际合作等。理事长冈崎久彦（原驻泰国大使），副理事长川村纯彦（川村研究所所长，原统幕学校副校长）、太田博（原驻泰国大使）。

二十五

《时光之旅》出版后，藤原书店给了我5套书，我为村山富市留了一套。

上次拜访他的时候，在小川的提醒下我曾说过会向他汇报，虽然小川不在了，但我仍需要将事情做得有始有终，而且也不应该放弃与村山的联系。

我打电话给村山的秘书河井卓弥，告诉他书已经出版，而我将独自一个人拜访村山，送一套书给他。

河井对我表示了祝贺，在惋惜小川的过早离世后，答应一定将我的意思转达给村山前首相。

这一次，等的时间不长。

退休在家的村山一般都和夫人待在老家大分县，隔三岔五来一次东京，看看女儿和外孙，或者参加一些社会活动，也见见社民党的人。

村山的女儿非常漂亮，典雅端庄，老先生担任首相时常常由她陪同出国访问，退休后来东京也总是住在她家，离社民党本部不远。

那天约定的见面时间是下午2点，我去得早些，便在附近的国会图书馆门前逛。

大约还差20分钟，我开始慢慢地踱着往社民党本部大楼走，不到200米的距离，这样走着上楼时正好提前十多分钟，不早也不晚。

正琢磨着，一辆日本大街上随处可见的出租车轻轻地从我身边滑过，眼见着停在了社民党大楼门口。我隔着出租车站着，想等车离开后再进门。

一个人从车里下来，转过身冲我举起右手，笑眯眯地打了一个招呼："嗨！"

竟然是村山本人！

我有些吃惊，赶紧回了一个"嗨！"，那长眉毛的老人径直进了楼门，出租车开走了，车里面的人头发白白的，听村山说话的语气，似乎是他的夫人。

目送着出租车走远，我心里很是感慨。差不多一年了，老先生竟然记得我的模样，而且，那老先生居然乘着出租车来，从时间上看，我猜想他是专门来见我。

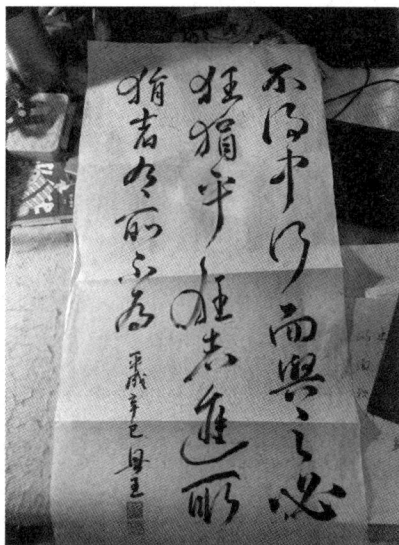

仅存的一幅冈崎书法作品

我一边感慨一边慢慢地走进大楼，走出电梯的时候，看了一下表，刚好一点五十。这时走廊的尽头亮灯的地方晃出了村山的影子，冲我露着白白的牙齿，站在门口等我。

快步走过去以后，老先生和我握手，河井招呼我们进屋。

这次我们三个人谈。

客气地说财团的其他理事今天不方便，而且他们也有意让我自己锻炼锻炼，所以今天自己一个人来了，请他原谅。说完将上下两册厚厚的书恭恭敬敬递了过去。

河井负责照相。

与小川一样都是秘书的河井，办事同样条理清晰，妥妥当当。因为我一个人来的，他不仅做了他老板的秘书，也兼带着做了我的秘书。

很随和的一个人。

村山打开书看了看，笑了："好像你应该给我题个名……"

我看了看村山，又转头看了看旁边的河井，河井笑眯眯地冲我点头，并将笔递了过来。

我晃了一下头，摆出一副豁出去的样子，尽力工整地在书的首页上签上了自己的名字。

谈话轻松自然，在河井的协助下，村山为我写了很长一段带有鼓励意义的话。

村山摆弄着两本厚厚的书，不住惊叹字数的巨大，夸我做的事情有意义，并问我下一步打算翻译什么。

我原本没有打算，但听了村山的问话，突然灵机一动，说："还没有想好下一本要翻译的书……不如，把您的书翻译成中文吧。"

在我的印象里，名人、政治家多有著作出版，虽然没有调查过村山出过什么书，这样说总不会出错。

村山连忙摆手："不行，不行，我可没什么著作……"

我不相信地看了看他旁边的河井，这个村山最信任的秘书也证明似地向我点头。

我只好说："那么，等您有时间了，我来采访您，帮您整理一本书，然后，把它介绍到中国去……您不知道您在中国的威望，现在两国关系不好，您对中日关系的认识一定能促进两国关系的发展……"

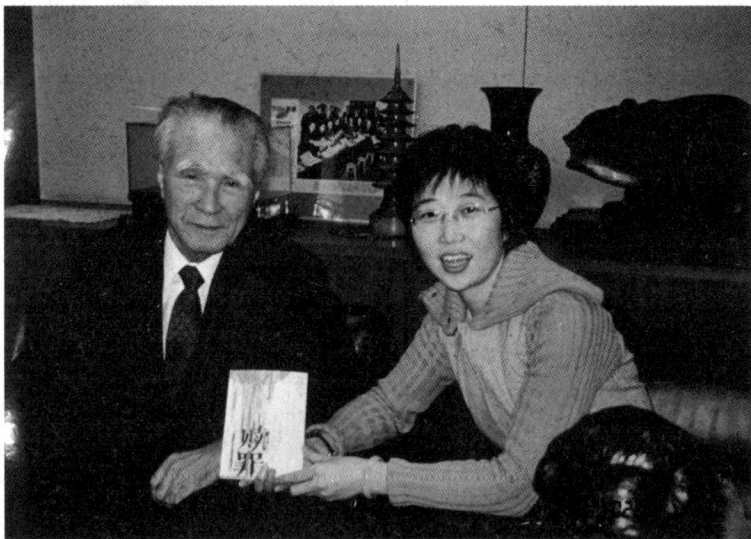

与村山合影

本是随机应变的一番话，但看村山的表情，我知道他内心里十分认同。因为时任首相小泉纯一郎参拜靖国神社的举动让中国民众和政府十分不满，一句"政冷经热"已经成为当时中日关系最恰当的写照，可见中日关系的确遇到了困难。

也许作为有远见的政治家，村山无法忽视我的话，虽然无法预知和想象这几句听起来平淡的泛泛之谈在他心里产生的影响，但刚刚还笑逐颜开的村山脸色开始变得凝重，河井也一边点头一边若有所思。

我知道村山听进去了我的话，于是接着说："一言为定啊！如果时机成熟，我一定来采访您。看今天的中日关系走向，也许有一天真的需要您出来说话，到时候您可不许将翻译之事交给别人……"

我停了停，接着嘻嘻地笑着说："刘德有先生就是看了我的中文才决定将翻译委托给我的，我的中文可是相当拿得出手的！"

村山笑了，看了看同样露出微笑的河井，柔声地说，"到时候再说，反正你有河井君的电话……"又转向河井，"河井君，王是个非常努力的人，记得提醒我，有时间请她吃饭……"

河井忙不迭地点头，冲我抬了抬眼睛，我知道他是在说：有戏！

这个好人在替我高兴，我马上点头回应，随即打蛇随棍上，对村山说："那么您可是欠我一顿饭了，别忘记了啊！"

村山忙说："忘不了，忘不了，河井君你帮我记着……"

三个人一起笑了。

回来向高桥理事讲了情况："村山欠了我一顿饭……"

高桥理事眯眯笑，说："做得好！这样与村山的关系就不会断了……"

打电话给小川夫人，她也为我高兴："能翻译村山的书，王就又有工作了……"

高桥的语气，让我想到了谋略，而小川夫人的话，则透着单纯为我着想的喜悦。

我本不善谋略，只是待人真诚，尊重每个人不同的思想，也愿意顾及对方的感受。男性朋友，包括高桥、小川等，在我的率真发挥之后总能给予理论上的概括，多会从为人处世上提点我：基督徒高桥含蓄，无神论者小川直接；而女性朋友，则从人性的本能意义上给我认可和鼓励，让我内心安宁，保持平和。

他们帮助我认识日本社会，使我增长智慧的同时保持本性的善良。

他们都是我的朋友。

二十六

从前，在东京神田的某个高级日本料理店里，在小川的安排下，上海国际问题研究所日本室主任吴寄男先生见到了冈崎，吴先生态度诚恳，冈崎也积极回应，双方交谈愉快，商定协同举办学术交流活动，具体事宜由吴先生与小川洽谈。

其实本不是太久的从前，但因为小川的离世，一切都有隔世之感。好在吴先生坚持，经与副理事长川村协商，以上海国际问题研究所和冈崎研究所为共同主办方的"中日安全保障对话"终于由设想变成现实，形式是一年一次，双方交替主办。

这是日本首席保守智库与中国方面的首次合作。

第一次会议在上海举行，冈崎没有参加。

记得曾经问过冈崎，既然出生在中国大连，是不是有打算回出生地看看。他明确地回答：因为政见不同，不会再去中国……

2002年7月，《时光之旅》出版，大约9月的时候，我拿了一套书送他，告诉他刘德有先生曾经是毛泽东、周恩来的翻译，是在日本工作15年的文化部原副部长，而且也是大连出生……冈崎打开彩页认真地看了一会儿，放下书似乎漫不经心般地对我说："如果是这位先生邀请我，我会去中国走走……"

我看了看冈崎，他躲开我的眼光，借故回了自己的房间。

我迅速打电话给刘德有先生，将冈崎的意思告诉他，刘先生语气虽然婉转，但回绝得十分干脆："我已经不在位，没有邀请他的资格……而且也不会将他的想法转告给任何人……"

我无法将刘先生话中的冰冷直接告诉冈崎，只好闭口不提，冈崎也没再问我。直到2003年以后，随着小泉与布什关系的日渐亲密，主张日美同盟的代表人物冈崎也慢慢得到小泉的重用，开始代表首相访问美国，并顺带着从五角大楼带回了工作……其时冈崎研究所副理事长川村纯彦等人与上海国际问题研究所的交流也正紧锣密鼓地进行着，一日闲谈，我问冈崎会不会一起去中国，他语气比以往决绝：今生不会再踏上中国的土地。

我心里多少有些许愧疚，因为表面对中国强硬的冈崎应该只对我提起过想去中国的念头。

据说上海方面阵容强大，中国国防大学的著名日本问题专家杨毅将军也被邀请，因为与三位将军争论得面红之后共同喝得大醉，归国后的冈崎研究所的三位将军理事对上海阵营的君子风范赞不绝口。

冈崎研究所看起来对这个交流也十分重视，从情形上看，似乎还不习惯与中国的交往，在参会人员的选择上显得谨慎，第一次去上海的好像只有三位将军。

第二年东京首次举办时，包括冈崎在内大家都显得有些紧张，双方各带一个翻译，日本方面请了一个常去国会做同声传译的著名翻译，川村后来对我说"应该是日本最好的同传……"

会场后排放了几把椅子，坐着几个拘谨的观察员，有著名评论家吉崎达彦、防卫厅著名朝鲜问题专家武贞秀士，还有我。

会议开始前两天，上海国际问题研究所兼做翻译的学者来到东京，川村特意带我去宾馆见他，中国学者和我聊了许久，云里雾里，似乎不明白为什么川村要安排我和他见面。

我也不太明白。

川村只是说来了个中国学者，带我见见。

会场上见到这位上海人士，原来是中国方面的翻译，说实话，日本方面的同传水平要高出很多，据说是个残留孤儿。

再次见到吴寄男先生，两人都表示惊喜，除了对小川的过早离世表示惋惜，吴先生对我的出现已经见怪不怪。

会议差不多进行到下午6点，场面热烈，第一次与中国相关学者的直接讨论，让冈崎兴奋，晚饭的时候都没有如以往吃了就迅速离开，而是逗留到很晚。

日本著名同传是个女士，会议结束便匆匆离开，我只是简单地打了个招呼，女士说：不吃饭了，家里还有孩子……

川村对我说："翻译水平确实高，但费用太贵了。"

我们几个观察员晚饭时仍然保持着"观察员"的身份，游离于主要参会人员之外，我本就是"闲散"人员，自不必说，吉崎年轻资历浅，武贞虽然在朝鲜问题上颇有主张，但在冈崎和三位将军主讲的场合，仍然没有说话的资格。

然而，能够被冈崎研究所邀请为会议观察员，对于他们来讲已经是莫大的荣幸。

我正式登堂入室，开始出席国际关系领域的国际会议。

有一件事必须做一下交代。

2003 年 8 月，"李春光事件"主人公李春光，受日本国际合作机构（JICA）的邀请，在留学归国数年后作为中国社科院日本研究所的研究人员再次来到东京，到东京大学东洋研究所做访问学者，滞留时间为一年，而东洋研究所的所长便是日本著名国际问题专家、后来的东京大学副校长、现在的 JICA 理事长田中明彦。

某日，正值中国社科院日本所所长蒋立峰先生到东京开会，我们三人在新大谷饭店吃河豚，闲聊中提到了刚结束不久的东京主场的"日中安全保障对话"。因为上海的吴寄男先生是金熙德介绍给小川彰的，而今，冈崎研究所与上海的学术交流已经开始，蒋所长便对李春光说："反正你在咱们所也是管外事的，既然要在东京待一段儿时间，不妨多联系联系他们，也推动推动与咱们所的交流……"

于是我将李春光带到冈崎研究所，介绍给冈崎。

看起来温和的川村曾经跟着小川去过社科院日本所，虽然没有见过李春光，但对他的到来表示了发自内心的欢迎，表示希望下次去中国时，先去北京，再去上海……

李春光说回去请示，尽快将日本所领导的意见反馈回来。

川村笑得开心，对我说："王啊，明年和上海方面的交流日程已经定好，如果社科院日本研究所能够加入进来，我们的中国之行将显得十分丰满。冈崎研究所因为经费不足，所以不打算去外面请翻译了，你来翻译……以后，我们去北京、上海你也跟着，有一个懂中文的人，总是安心些……"

我点头答应。

二十七

中国大使馆举办的新春招待会照例在新大谷饭店举行，刘德有《时光之旅》出版纪念会上认识的文化参赞给我发来了邀请，我装好名片挎着小包出席。

人多得分不清谁是谁。

冈崎曾经教过我，遇到这种站着吃饭的冷餐会，最主要的是要填饱肚子，管他台上谁在讲话，旁边谁要和你换名片。

要不然，可要饿着肚子回家了。

因为总是饭少人多。

这种聚会参加多了，我觉得冈崎说得非常有道理。于是，趁人们忙忙碌碌的时候，吃饱了，走出来透气。

门口处，遇到了一个熟人：村山富市的秘书——河井卓弥。

显然，河井也是来参加聚会的。回望一下满满是人的会场，两个人不觉会意一笑：会议还在继续，而河井似乎也吃饱了肚子。

我们在走廊上找个椅子坐了下来。

第一次和河井单独聊天，原来这个看起来文弱的秘书也是东京大学的高才生。

记得从前和小川提到日本的共产党，小川说："日本信仰共产主义的人都十分优秀"，问其原因，回答是："差不多都是东大毕业的，他们对马克思主义非常精通，每个人都能背得下来《资本论》。"

河井虽然不是共产党，但社民党抑或是从前的社会党总也是与社会主义相关的，于是想起小川的话，问他是否读过《资本论》。

河井仿佛遇到了知音，开始滔滔不绝讲了起来，马克思原著中的一些术语让我头昏脑涨，只有频频点头。

这是我遇到的唯一一个熟读《资本论》的日本人。

河井大约以为从中国来的人都多少懂得一些马克思，眼见着中国大使馆的聚会已经曲终人散，仍然有些意犹未尽。但毕竟是资深秘书，总不可能一直以自己为中心，因为不久前刚见过村山，于是话题又转到翻译和日语学习。

我说，日语学到一定程度，发现极其深奥，语言学真的是奥妙无穷啊。

没想到，这句话恰又触到河井技痒之处，却原来这位先生毕业于东京大学语言学专业。

眼看时间已晚，河井答应以后如有日语方面的疑难问题，定当认真指教。

热爱学习的我喜出望外。

于是告别。

村山富市的秘书河井卓弥

连高桥都对我与河井的意外邂逅表示惊奇："看样子，与村山前首相这条线是断不了了，村山欠王这顿饭是逃不掉了……"

新一年的冈崎研究所沙龙与以往不同。

除了小泉内阁的"女神"兼环境大臣小池百合子女士，美国驻日大使也来了。

与小池女士交换名片时，这个见多识广、曾经的美女播音员显得十分惊诧，大大的眼睛露出了不解的光，寒暄过后走出很远还偷偷回过头来，尽管那眼神似乎是不大经意的。

因为人多，我远远地站着，并没有和冈崎打招呼。

冈崎始终陪着美国人，也许是说英语的缘故，身体和头部的动作都比平时大些，脸色也像上了妆似的，显得红润。

我从没见过这样的冈崎，在他和美国大使分别致辞的时候，表情生动的冈崎表现得幽默而风趣。

双方都提及了日美同盟，也提及了亚洲局势，美国大使与冈崎的互动让我觉出了流淌在他们之间的默契，谈到中国台湾问题，美国人转向冈崎，说"我们必须支持台湾"。

冈崎心领神会地点头，全场的人都心领神会地点头，包括我在内，所有人都知道这个"我们"指的是什么。

我不禁在心里叹了一口气，我理解了什么是"同志加兄弟"的关系，我明白，在日美同盟面前，中国永远是局外人，不，更确切地说，是对手或者叫敌人。

小泉首相仍然参拜靖国神社，中国民众仍然游行。中国政府仍抗议，冈崎也在首相参拜前后为《产经新闻》撰文，提供理论依据以证明小泉举动的"正当性"。

那一日，和冈崎吃午饭。

冈崎最近很忙，饭也吃得匆忙，他吃得比我快，等我。

闲谈着说起靖国神社的参拜。

我说："小泉首相的参拜是真的让中国人生气了，中日关系似乎不大好回旋了，两国经济联系如此密切，不大好收场呢。"

冈崎迟疑着说："王怎么看中国的抗议？"

"中国政府当然要抗议，因为一直在宣传中日友好，但小泉不给面子……"

"可是，在《朝日新闻》批判中曾根①之前，并没有中国政府的反对……"

我从自己的经历谈起："中国以前没有开放，老百姓并不知道太多外面的消息，而且中国政府早期强调军国主义分子与日本人民的区别，之后便开始了中日友好的时代，所以中国老百姓怎么也想不到和中国友好的日本人竟然还去参拜军国主义分子……我知道，小泉的参拜也许只代表他个人，他选举的时候曾经向'遗族会'的选民做过承诺……但中国人不这样认为，中国人认为既然是首相，他的行为就具有国家性，作为受害者，中国人接受不了……"

冈崎若有所思："不过，作为日本首相，小泉有权利做有利于他自己或者他国家的事，而不是看中国的脸色……"

我看了看冈崎，忽然想起一个问题："您每年都写支持参拜靖国神社的文章，累不累？烦不烦？"

冈崎皱起眉头："说实话，烦死了，同样的文章、同样的话题，每年都说，又不得不说……"

我想了一下，笑了："大使，说不定中国大使馆的抗议文也是一样的呢，每年小泉一参拜，便会找出来，念给日本相关方面的人听……"

冈崎转了转眼珠："也许啊……不过，双方的立场不同，总都要顾及自己的颜面……"

我一边想一边说："靖国神社真的成了互相施加压力的王牌了，总得找一个台阶才好，否则，您年年都写文章支持参拜，心里却烦得不得了，可是又不能不表态牵制中国，是不是这样呢？"

冈崎点头。

现在回想起冈崎当时的态度，我觉得因为这一时期的中美关系、中日关系走向仍然处于不透明阶段，从本质上讲中日两国还没有如现在般撕破脸，所以冈崎虽然支持首相参拜但内心里却多少也会顾及一些中国的感受。只是在时间渐渐进入到安倍时代的过程中，中日双方的交锋日渐尖

---

① 1985 年中曾根康弘首相参拜靖国神社时，遭到《朝日新闻》的批判。

锐，冈崎对中国的态度才更加强硬，言论似乎也更加对立起来。

我发现，生长于统治集团家庭的冈崎，总是从国家的利益出发考虑问题，他考虑的利益十分具体，因而，始终在计算着得与失的平衡。

一次闲聊，我曾经问他，为什么如此喜爱中国文化，却又如此执着于日美同盟？

他语气和缓，眼睛定定地看着我，透着一股深谋远虑："你知道，从地理位置上讲，日本处于俄国和美国之间，战略重要性是不必说的，而他们都拥有强大的军事力量，那么，从力量均衡的角度考虑，日本民族要想生存和繁荣，都不得不在二者之间找一个来合作，并一起去反对另一个，我们没有其他的选择……"

我打断他："是不是识时务者为俊杰呢？"

他深深点头："正是这个理儿！其实，国际形势的判断永远都是一个识时务的过程，与个人的喜欢和主观无关。自古以来，没有军事平衡就没有战略，对手明显比自己强的时候、对手与自己力量相当的时候以及对手明显弱于己方的时候，三者采用的战术自会不同，这是连小孩子都明白的道理……"

不会忘记冈崎当时的语气……

我有时会想，后来的冈崎一定是心情越来越愉快地支持他的首相参拜。以他的敏锐和对中国文化的了解，大约已经发现，支持首相参拜从而激怒中国，那么他的首相就会更加偏向他一贯主张的日美同盟……

说起来，谁利用谁都不知道呢。

据说自从中日建交，日本外务省内便产生了一个力量强大的"中国帮"，而日美同盟倡导派便不再具有昔日的风光。

冈崎压抑的时间太久了。

小川夫人曾经不无讽刺地说过："从前冈崎可没有这么有风头，中日关系越不好，他的风头便越加健了。"

这个文弱的、一生没有走入社会的日本普通家庭妇女，从前曾是东京大学法文专业一朵耀眼的校花，有才有貌，而且还是一个不可多得的钢琴家。

当然，见解也是一流的。

高桥一家都是基督徒，对小泉参拜靖国神社颇有微词。但高桥温厚，只是摇头，说参拜神社是对人权的侵害，因为许多阵亡者是基督徒，灵位放在神社，无法升入天堂。所以，许多灵位都应该从靖国神社分出来……

但高桥同样对中国的抗议感到疑惑：无论是怎样死去的人，对于他的后人来说都是祖先，祭拜不应该受到谴责……

高桥给我讲了日本的"村八分"。

我在中国的一些文字资料中也看到过"村八分"的介绍，所以对"村八分"的概念并不陌生。这些文章大都将"村八分"作为日本社会集团主义的一个重要表现加以提及，也有人将其称为排挤人的习俗。

但高桥却和我说："日本人对死亡有着自己的认识，纵然残酷如'村八分'，也给葬礼留了一分，因为人已经死了，即便被逐出村外的人也可以回归故里，全村人将为其送葬。所以，首相参拜靖国神社也许有迎合'遗族会'选民的政治意图，但从日本的民族心理考虑，很多日本普通人会对中国人的不'宽容'产生反感"。

我想起了小时候父亲讲的伍子胥的故事。

也许，将仇人的尸体从棺木中掘出并鞭打的伍子胥，不仅存在于我的记忆里……

杀父之仇，不共戴天，也许，我们的骨子里存在着永不原谅的"鞭尸文化"……

也许，将"鞭尸"称为文化有些不妥，但历史上许多这样的记载的确说明：我们的仇恨会延续许久……

我讲伍子胥时高桥一家人张大的嘴巴至今仍会时时出现在我的眼前。

所以我想，靖国神社问题中应该还存在着一个日本民众文化心理的问题，还有，与中国民众文化心理的区别。

其实，从某种意义上讲，希望凭借靖国神社说事儿的一些人也许很盼望着中国的反对，因为许多原本对这件事毫不关心的普通日本人忽然有一天发现（或者被舆论引导从而发现）中国人对日本的"祭祀死人"都指手画脚，于是从自身文化心理的角度出发便在心里产生了反感。

那么借靖国神社说事儿的人便真的高兴了，因为，于他们而言，首相的参拜其实已经无关乎战争以及正义等问题了。

我知道的许多日本政客和评论员，认识的与不认识的都有，都凭借着说些让中国不高兴、甚至惹得中国抗议的话出了名。用我先生的话说，便是"都有饭吃了"。

记得小川在世的时候，日本的一个叫作"新历史教科书编撰会"的民间团体，曾经将宣传单送到冈崎研究所，小川将小广告随便放在桌上，我问他是否会加入赞成者的行列，他笑了："这种乱七八糟的团体多了，不过是为了提高名声才找我们，哪有时间理他们。"

后来，中国和韩国的反对使这个团体变得引人注目，听说冈崎本人也去参加这个团体的活动了。

小川当初连小广告都不会让冈崎过目的"乱七八糟"的团体竟然引得冈崎本人去捧场，可见确实是做大了。

说起靖国神社，我又想起另外一件事儿。

2013年，当安倍晋三首相不顾中国的反对再一次参拜靖国神社的时候，自2012年中日钓鱼岛争端激化之日起便一直明里暗里支持日本的美国竟然公开表示了"失望"。

当中央电视台报道这个消息时，我感到十分惊奇，马上打开雅虎日本网，于是发现那天的新闻大都与安倍首相的参拜有关。担心影响日美关系的一些人在文章中责备安倍的任性和没有远见，内阁官房长官则发表谈话，视频上的他涨红着脸表示：首相会去和美国解释……

一些人仍然力挺安倍，有一篇文章引用了从前冈崎研究所的贵客、美国的迈克尔·格林的话，为自己打气说："迈克尔是资深政府智囊人物，他认为，日美同盟是不会受任何外来因素影响的，美国的表态只是不希望日本与自己亚洲的另一个盟友韩国关系弄得太僵，仅此而已。"

这个迈克尔我在前文曾经提过，是美国政府智库战略国际问题研究所（CSIS）的专家，我在冈崎研究所见过他，头脑敏捷而且见解独到，现在已经成为该研究所的副理事长。

我觉得他的话最值得玩味，说出了日美关系的实质。

回想从前小泉首相参拜靖国神社，当时，至少从表面上看，中美关系比现在好，但布什却没有对日本首相的做法表示丝毫的"失望"。而今，中日关系已经恶化的不得了了，美国人却反而出来表示"失望"了。

这看起来十分幽默。

细想原因，当初小泉参拜的时候，中日关系也是看起来相当的好，可是，国际形势的变化，已经使美国从内心里不再希望中日关系保持得太好。

于是，在当时的美国看来，小泉的参拜如果能使中日两国关系疏远，那自然是好事，所以，一点儿也不失望的布什和来访的小泉勾肩搭背，一起打高尔夫球。

那些日子，日本电视里满眼都是两个人一块儿玩儿的镜头，眼见着自己的领导人与美国人好得像在恋爱，日本人高兴啊。

小泉的人气也是空前的高。

本来，上世纪70年代初期的时候，不仅日本政府即便是日本普通民众都没有与中国建交的打算，在联合国大会上跟着美国投票反对中国重返联合国，首相佐藤荣作是最坚决的，而这个佐藤荣作是战后日本任首相时间最长的人，可以想象他受民众爱戴的程度。可是谁想到，一转眼美国总统却跑到中国与毛泽东握手去了，这使佐藤荣作成为最不识时务的首相而被国民唾弃。

于是，田中角荣便跑到中国来建交，美国人也不反对。

中日两国之间开始了"友好"。

这友好延续了20年，中国学者称其为中日关系的"蜜月期"。

谁想，苏联解了体，日本经济陷入低迷……最不能让人忍受的是，中国，这个"穷鬼"，竟然"一夜暴富"了。

"友好"维持不下去了，于是，有人发现参拜神社可以作为激怒中国人的武器，至于愤怒的韩国，不过是"池鱼"，受波及而已，更何况，韩国是美国的同盟国，一切总有斡旋的余地。

其实，目的不过是想从过去的"友好"中解脱出来而已。

所以，想和中国"友好"的时候，首相便不去参拜；不想和中国"友好"的时候，首相便去参拜。

※ 关于日本的"村八分"

"村八分"是日本的习俗，也可以说成是民间的一种惩罚人的方式，即为全体村民孤立某一个人的现象。当某一个人破坏了村落的规定和秩序时，村落长老便会召开会议，决定全体村民与该人绝交。

从字面上讲，"村八分"的意思是：在遇到成人式、结婚、生孩子、生病、盖房、洪水、祭祀、旅行、葬礼、火灾等生活中十件需要旁人参与的大事时，除了葬礼和火灾之外，其余的八件事都将得不到村里任何人的帮助。火灾和葬礼之所以不包含在内，是因为火灾发生时如果不帮忙救火，那么火势将迅速蔓延，而日本的房屋以木质结构为主，所以十分危险；而葬礼的帮忙一则因为死人不快送走会腐烂以致引发传染病，二则因为人既已死一切便都结束，生者已经无法对其惩罚，一切也都了了。

"村八分"现象曾经普遍存在于日本农村，现在虽然已经不多见，而且已经将"村八分"作为陋习加以批判，但这种观念仍然根深蒂固地存在于人们的思维中。日本人的许多思维习惯，包括特别顾及集团性等观念，都受着"村八分"有形无形的影响。

"村八分"是一种十分残酷的惩罚，其实，除了这些可以罗列出来的"大事"还包括生活中的所有事情，受到惩罚的人完全被当成空气一样的存在。很多时候，当事人被逼致死或者背井离乡。

因为这种村落的规定和秩序往往与该地区权威人士的利益相关，所以，因为某种原因得罪了村落的掌权者也会受到同样的孤立。

所以，日本人十分害怕被孤立。许多时候的许多做法，也是因为怕被周围人孤立而采取的，也许并不是本意。

※ "新历史教科书编撰会"

日文名为"新历史教科书编撰会"，成立于1996年，是日本的社会活动团体，认为以往的历史教科书提倡的为战争反省的观点是"自虐史观"，主张要培养日本的民族自信心就必须从这种自虐中解脱出来。

※ 学习院大学

日本大学名，从前只有贵族可以就读。现在普通国民也可以进入，天皇家的人都是这个学校的。

二十八

刘德有先生著作出版纪念会的时候，认识了一个优雅美丽的女士。

个子矮矮的，非常端庄，六十多岁了，有着一种来自骨子里的高贵。

一个从前的贵族女子。

女士是刘德有先生的朋友，曾作为日语专家，受中国政府邀请到中国教授过日语。

于是，成了刘先生的朋友。

出版纪念会的时候，优美的女士和我聊天。声音柔和，语速缓慢，慢得像每年元旦向全体国民发表致辞的天皇。她说自己仍然在学习院大学当日语教师，因而对于能够翻译的我表示欣赏。

她真的很欣赏我，有很长一段时间，我们都会通通电话，有时候，还会见一面，喝喝茶。

女士为人正直，也许是当教师当久了的缘故，因而十分好为人师，常常纠正我的日语，和我见面的时候要我和她说只有书里才有的敬语。

为此，我特意买了一本小说《胡蝶夫人》，因为书中的用语恰是二十世纪初的敬语。

我和她说话的时候，语速也拉得很慢，她还教我鞠躬的角度。记得有一次，我们两个在车站附近告别，我的古语"再见"大约说得不够慢，腰也弯得不大到位，她看不过，终于不顾周围人的眼光，让我重新鞠躬，重新说"再见"，她自己也跟着我鞠躬，说再见。

觉得满意了，才缓缓地登上出租车走了。留着我愣愣地看着身边匆匆走过的行人，恍惚着自己所处的时代。

温和的女士对现代日语有许多不满，评说日语的堕落时语气也比平时急促，总是说：会说漂亮敬语的现代人是越来越少了，许多时候，印在宣传单上的语言竟然是错的，因而，希望我能够学得漂亮的日语……

那段时间，在悠悠的慢声细语中，我觉得自己的心情也跟着舒缓下来，不经意间似乎多了很多从容。

那是一种让人怀念的舒缓。

三越是日本有名的百货店，尤其是银座的三越，更是一种身份的象征。如果去银座，而在三越买了东西，那么三越装东西的纸袋子拎在手上，人一般都多了些自豪。

日本人含蓄，多不说，但谁都知道，那象征身份。

女士是银座三越的贵客。过一段时间，便要去那里买点东西，因为离我住的地方近，于是便会叫上我，陪她等待，说说话。

女士常常出入皇宫，对雅子妃不以为然。

小和田雅子在成为皇太子妃之前，是日本外务省的官员，在国外长大，虽然当外交官代表日本时显得"日本味儿"十足，但骨子里却是"洋"人，就像从前宋美龄说自己那样，是个外黄内白的"香蕉"人。

这使她在规矩重重的皇宫里度日如年。

雅子妃后来得了很严重的抑郁症，已经十几年了，严重的时候完全无法外出，最近这两年偶尔会出来参加一下类似于开幕式样的活动，已经使皇室的拥护者们欢喜得眼泪直流。

女士说皇宫就是皇宫，规矩大过一切，如果将来的皇后都不说美丽的日语敬语，那么日本的传统就没了，雅子妃太任性……

从前电视里看到雅子妃，说话也是慢慢地，敬语用得很好，我知道，女士是用"日语"来代指许多过去的传统……

说到雅子妃的抑郁，女士不愿意多言，因为媒体上并没有直接报道抑郁，只是说"适应障碍"。

我说，从前全世界乱跑的活泼女子，忽然只能每天里待在一个院子里，任那院子多大，也显得小，出现适应障碍也是自然的吧。

女士语气平和："每个人都有每个人的使命……"

某天，女士拿来几张纸给我看，是一个瓷碗照片的复印件。

瓷碗淡绿色，深深的，像茶道时用的碗，但茶道用的碗多古朴，这只碗却色彩鲜艳，很像东南亚国家女人的彩裙，碗外壁印着彩色的汉字，写的是"海上生明月，天涯共此时"。

女士表情略显阴郁，说这是突然去世的亲王高円宫宪仁的遗物，让我帮忙看看诗是什么含义，并且一再嘱咐我要保密。

看着这个写着几个汉字的瓷碗，我不知道自己要保密什么。

高円宫宪仁亲王2002年突然去世，既然是遗物，当然应该由正经行家来鉴定，我心里疑惑，将译文用传真发给女士的时候，心里一直嘀咕：难道这两句人们耳熟能详的唐诗有什么特殊的含义不成？

为了稳妥起见，我将冈崎送的唐诗词典翻了个遍，也没找出对这两句诗的其他解释。

于是，我带着复印件去找冈崎。

冈崎看着照片，沉思很久，问我有什么感受。我说："我不懂瓷器，但看色彩如此鲜艳，应当是东南亚一带的风格，只是我从来没有去过，不知道那里用不用这样的瓷碗，有的话又是干什么用的。不过，朋友要我保密，我又不能去问别人，只好拿您这里来。也许，涉及什么皇室秘密……"

冈崎点头："我也觉得是东南亚风格，诗句的意思应该不会有什么特别的，原意罢了。你只管回复朋友就行……"

我点头。

冈崎忽然笑了："你还说你不懂瓷器，这不，什么风格都看得这么地道……"

我也笑了："瞎蒙的。"

冈崎开玩笑："没人像你这样会蒙的……"

我打电话向贵族女士汇报时，她正骨折，帮忙照料的人又不在，她很久才接电话，说爬着过来的。

告诉她高円宫亲王的诗也没什么特别的意思，不过是原意罢了。

她说，原本就懂，只是想知道是否还有别的含义……

许多年后，和日本朋友闲谈，提到高円宫亲王年纪轻轻便去世，席间有人说高円宫亲王本是个风流人物，据说东南亚有情人……

185

我忽然就想起那只彩色的茶碗，那两句诗的下句是"情人怨遥夜，竟夕起相思"，虽然不知道那照片后面有着怎样的故事，但我似乎明白了贵族女士要保密的含义。

我想，看了照片的冈崎当时应该是明白的，但他什么也没有说。

虽然，我将照片给冈崎看了，但我相信，他自然会绝口不提。

而我，则一直保密到今天。

女士在我解答问题之后，让我把她给我的照片还回去，并要求我不要留复印件。

我真的没留，因为那秘密是别人的，于我没有任何意义。

二十九

闲来无事，跟村山的秘书河井卓弥学习日语。

我前面曾经说过，日本人几乎从来不纠正外国人的日语，但我遇到的朋友却几乎普遍地"好为人师"，不仅纠正日语，还提醒做人。

我仔细想过原因。

我念书的时候就特别善于听课，因此，所有的老师上课的时候都围着我转，因为我的眼神从来没有离开过老师，我的表情最生动，我的反应最敏捷，而且，我的成绩最好。

我读博士的时候，中国社会科学院当代中国研究所的副所长曾经感叹我的好学，表示愿意将所学传授给我，说人若过五十岁还不愿意提携后辈便是悭吝了。

也许，我将这种听人说话时的认真态度带到了生活中，由此让人产生"教授"的欲望吧，总之，腼腆的日本人非常愿意教我。

同样的，在中国，我的这种态度则在生活中给我带来许多麻烦，我的同胞们常常就此看不起我，觉得我定是一无是处，所以才肯弯腰听人说话。为此，我先生总教育我：在中国你不能谦虚，你得一直表述你那些比别人强的地方……

不管怎样，这个河井又是一个"好为人师"的人。

在新大谷饭店外巧遇河井之后的第二天，"日语讲座"的传真就到了，写的是日语的发音基础。

说良心话，翻译完刘德有先生的书后，我感觉自己最需要的便是理论上的提高，与河井聊天的时候也提到了这一点，也许，语言学专业毕业的河井就此感觉到了使命。

那段时间，几乎每天都会收到河井的关于日语的传真，打印得清清楚楚，像老师的讲义。

我也认认真真地反馈意见，以使自己不负助人者的好意。

日本人将我这种感情称为"感恩"。

我对任何人都没有希求，但人若善待我，我必涌泉相报。

如此，我在日本的朋友圈便如滚雪球般，越来越大。

村山富市再一次到东京来的时候，我已经和河井学了几个月日语了，虽然没有再见面，但传真讲义已经积了厚厚的一大本。

知道村山来京之事，我向河井提起出版村山著作的事情，河井笑着说："村山说过要请你吃饭，我去提醒他。吃饭的时候，你再问问他的想法。"

与村山吃饭的事完全由河井安排。

那天下雨。

在村山女儿家附近的一家日本料理店，很安静。我到的时候，河井已经到了，很久未见，竟然不觉得陌生，已经如老朋友一般了。

仍然谈论日语的难易。

看起来内向的河井说起学问来，显得十分健谈。清楚地记得，这天，河井讲了日本的俳句。

村山自己来的，他说因为离家近，所以走着来的，就当散步了。

三个人就座。

河井告诉村山，他进来的时候，我们正在谈论俳句，我正和他探讨日语。

我赶紧更正："是河井在教我日语。"

村山笑眯眯的，对自己秘书的助人给予了充分的肯定："能帮助的，自然应该。王一个人翻译那么厚的书实在不容易，多学习是好事情，河井君的学问不错。"

村山一定要请我，说约好了的，所以要我点喜欢吃的菜。

三个人吃得从容自然，慢条斯理。

这段时间，在河井的提点下，我已经对村山的履历和观点做了一些研

究，对村山的了解也多了不少。待吃得差不多了，问了村山一个在心里搁了许久的问题。

"为什么就任首相后，您会主张坚持日美同盟呢？这可是您一贯反对的呀"。

河井的脸色一凛，村山的脸色也显得凝重。

"你对日本的民主也许不了解，在野党的职责就是反对执政党的一切主张，对其监督、修正，这样才能使民主正常运行……可是，身为首相，因为是最高行政长官，凡事便不能从自己党的利益出发，一切必须以国家利益为重。"

我边思索边说："也就是说日美同盟符合日本的国家利益了？"

村山语重心长："你还年轻，许多事情不是用简单的词语能够说清楚的，国家之事更是如此，日本如此，中国也是如此，永远都是权衡的结果……"

河井笑着接话："村山先生发表施政演说①之后，森喜朗②来向村山先生道谢，以为是顾及自民党的颜面，可是村山先生却说，'我比你知道首相和社会党党首哪个重要！'弄得他十分没趣儿"。

我听懂了河井的话，多少明白了些村山所说的"权衡"的含义，不禁面露同情之色："那么，先生岂不是牺牲了自己的名节？"

有些话我没有说出口，因为民间很多人不理解他，甚至有人说他放弃了自己的理念，是墙头草。

坐在我对面的两个人显然对这些了然于胸，河井连连点头，村山眼睛亮亮地看着我，语气淡淡地说："没办法，有时候，无法顾及自己的利益。政治家，不能只考虑自己……"

村山带着大分口音的"没办法"，有着那种接纳一切的坦然。

许多年过去，我仍能记得那天夜里村山富市的眼神，被光影映得亮亮的，仿佛能穿透人心。

我知道，他是在感谢我对他的理解。

---

① 日本首相就任后要发表施政演说，村山便是在这个演说中表明要坚持日美同盟，承认自卫队合法等主张的。

② 森喜朗，当时的自民党干事长，后来曾经任首相。

那天晚上，餐厅里人不多，十分安静，也许因为离村山家近，人们已经习惯了他的进进出出，少有的几个客人也没有人来和他打招呼。

不知道是不是我的话勾起了村山的回忆，老人家跟我讲起了内阁刚成立时的轶事。

"村山内阁成立后，许多国家都发表了类似于'共产主义政权在日本诞生'的报道，美国总统克林顿也是充满疑虑，但村山内阁基本延续了过去政府的外交方针，保持了行政的连续性……"

我笑了："说您的内阁是共产主义政权？"

村山也笑了，笑得俏皮："是呀！可是，后来我出席那不勒斯峰会，克林顿跟我很谈得来，彼此成了好朋友……"

"就是说，克林顿发现您根本不想将日本变成共产主义了？"我试探着问。

村山刚举起茶杯想喝，听了我的话后手停了下来，定定地看向我："那是当然！"

村山不容置疑的一句"那是当然"，让我的眼睛不知道该看向哪里。

说实话，来自中国的我心里多少有些不是滋味，心里不禁想：再怎么说村山是左派，但毕竟是日本人，对他来说，我这个中国来的人似乎也并不比美国人显得亲近。

河井插言道："村山先生在施政演说中表明延续过去的方针之后，在社会党内受到了很严厉的批评，大家指责他不经党的讨论便擅自做出这么重大的决策，指责他独断专行，村山先生说，'没办法，只能这么做'，结果后来进行全党讨论，讨论来讨论去，最后还是觉得村山先生的决策妥当，所以社会党承认了村山先生的主张。"

我看着河井身旁一直点头的村山，不由问道："那一段日子，您一定非常不好过吧？"

村山坦然承认："很多事情都很难下决断，党内党外，国内国外……关键是你不再只是你自己……"

我感觉到话题的沉重，唯有点头、喝茶。

河井似乎也感觉到了气氛的凝重，仿佛无意般地看了我一眼，语气轻松地说："您记得上次见面时，王希望翻译您著作的事吧？最近，日中关系明显恶化，她跟我说还是希望能够将您的著作介绍到中国去。"

我心领神会，赶紧接茬："小泉的参拜已经使中国民众对日本很反感，有民调说不喜欢日本的人已经超过半数。"

见村山听得认真，我接着说"中国人已经快不记得有对自己友好的日本政治家了，因为有人否定侵略，也有人否定慰安妇……"

村山严肃地点头。

我受了鼓励，接着说："不知道是不是想改善现在的局面，我发现最近小泉常常提到'村山谈话'，表示他要继承'村山谈话'的精神，我怎么感觉'村山谈话'都要成为他的救命符了呢? 不过，有一个事实却是不容否认的，那就是'村山谈话'对中日关系很重要。"

村山的眼睛始终看着我，听到这里，不由将眼睛眯了起来。我瞄了一眼他旁边的河井，因为从没有跟他提过这些话，所以河井听得也十分认真。

我知道他们听了进去。

我喝了一口茶。

日本茶温和而爽口。

记得从前冈崎研究所的山田小姐说过：跟这些"认真"的人（指总在谈论政治、经济等严肃话题的人）谈话很没意思，因为这些人除了这些话题之外什么也不懂，太没情趣，太乏味。

其实，山田小姐说的是日本人普遍的想法。

普通日本人对政治完全没有兴趣，许多人连首相是谁都不知道。记得小泉纯一郎在任时，因为常常做一些吸引民众眼球的事，使许多从来不看政治新闻的人开始关注政治（包括关注政治人物的私生活），故而许多评论家在为小泉内阁评分时，说他有一个很大的成绩便是：提高了普通国民对政治的关心程度。

我们中国人不同。

我们喜欢谈政治，即便一个出租汽车司机也能将国际形势讲得头头是道，分析得入情入理。记得很多年前看过贾平凹的一篇散文，说中国人的喜欢政治表现在喜欢下象棋上，楚河汉界，每个人的心中都装满了天下。

每当我走在北京的小巷里，看到围在一堆儿喧嚷着下棋的人们，就会不知不觉想起贾平凹的话来。

深以为然。

所以从中国来的我和村山谈话很入流，对于村山这样"认真"的人来说，谈话自然都是"严肃"的话题，而我问的问题也都显得具有一定的"专业性"，所以村山大致也会认为我是个"懂行"的人，因此，也很愿意回答我的提问。

因为，换一个日本人，不论男女，以我的年纪论，如果不是专业人士，一般都不大能问出这样"有水平"的问题。

后来，《村山富市传》由中联部主管的当代世界出版社出版，责任编辑是位女士，见到我之后很遗憾地说："你采访村山之前如果先和我商量商量，'提问'肯定会更加精彩，你的问题很不专业……"

我很惭愧。

此一件事足见中国人与日本人对政治的热心程度是多么的不同。

躲得远远的服务员看见我们的茶快没了，走过来，轻轻地续了茶，又走开了。

两位男士喝过新倒的茶后，又一齐看向我。

我继续说："2005年是战争结束60周年，也是'村山谈话'发表十周年，而且正直中日关系处于不稳定时期，所以，我希望将'村山谈话'郑重地介绍到中国去。'村山谈话'是您的成绩，我想让您的努力被中国人认知，让更多的中国人知道日本还有许多有良知的人。您知道，许多人根本不知道您在慰安妇问题上所做的努力，也不知道您的'亚洲女性和平国民基金'，所以，请允许我整理您的著作并翻译成中文。"

村山十分动容，望了望河井，河井也望了望他，我们三个人互相对望了一会儿，村山点了点头："我一生追求平等，追求和平，不喜欢自我标榜，所以，不愿意出版个人著作。你如此一说，我觉得很有必要，我有一些东西，你让河井君给你，你先整理翻译一下，必要的时候，我们就去中国出版。出版的日期现在还不能确定，你随时与河井君联系"。

河井感慨着说："刚才王也说了，'村山谈话'是先生努力的结果，说起来'谈话'的诞生真的很不容易。8月15日当天，村山先生召开了内阁会议，说如果'谈话'发表不了就辞职。野坂浩贤则瞪着眼睛说：如果有阁僚对'村山谈话'表示反对，就请立即辞职。然后，副官房长官就开始宣读'谈话'，读完之后，野坂环视众人，仍然瞪着眼睛，问：'有反对意见没有？有没有？'大家都低着头，没一个人说话，于是，'村山谈话'得以全票通过。"

我十分惊奇："你刚才说野坂瞪着眼睛说不同意就请辞职，就这么瞪着眼睛直接问的？"

河井轻轻笑了笑："没有，没有直接说要辞职，是暗示的，不过谁都听出来是这个意思。"

看了看眯着眼睛面容祥和的村山，我抬着眉毛问："我怎么觉得野坂是在威胁大家呢？"

河井笑了："也不是威胁，村山先生真的做好了辞职的打算……"

我像听故事一样，眼睛看向村山，餐厅柔和的灯光下，老人的长眉毛根根分明，眼睛眯着，冲我点头。

我内心里对村山充满敬意。

我知道，也许村山确实做好了辞职的打算，但阁僚们却不想就此离开那还没有坐热了的大臣位置，所以自民党的鹰派议员也失去了反对的力气。据说，能够入阁是许多国会议员的梦想，当了一辈子议员没有当过阁僚的人很是郁闷呢。

终究是无私者才会无畏吧。

望着眼前这个仁厚长者，我抑制不住内心的感动。

"谢谢您！我无法代表中国，但作为受害国家的人，我向您表示感谢！"

我将手伸向对面的村山，他抿紧了嘴巴，伸出手握住了我。

非常郑重。

那手厚而柔，且十分温暖。

在这样的场合，如此认真地与一个比自己小几十岁的小女子交谈，其人格的高尚大约是任何人也不能否认的吧。

说起来，我不过是一个普通留学生。

河井付账的时候，我和村山在餐厅门口等。村山拿着雨伞，嘱咐我："好好努力，有事儿找河井君，他能随时找到我。"

我很感动，又一次伸出手去："为了中日友好，请您多保重身体！"

河井送老人回家，我一个人慢慢在夜色中踱向车站。

我想，我将终生不会忘记那老人手心的温暖。

村山对人宽厚，在政界人缘儿极好。其实，他的当选首相，也是因为人缘儿好的缘故。当初建立联立政权，好几个人都想出来组阁，转为在野党的自民党力挺村山，连石原慎太郎都力主让村山富市组阁，并亲自到村山事务所去说服，结果被村山驳了回去。最后自民党总裁河野洋平亲自出面劝说，村山固辞无计，在国会上被众人提名为首相并获得多数票，这才有了后来的村山内阁。

像村山这样完全违背自己意愿硬被推上首相位置的人，在日本政坛上可说是独一无二的。

自 1955 年起自民党开始长期执政，直至 20 世纪结束，村山是唯一一个平民出身的首相。

然而，既然当选首相便必须忠于职责，成为首相的村山富市不得不违背自己一生的主张，代表国家说，"坚持日美同盟，自卫队符合宪法……"

我想，他内心的苦闷一定是别人没法体会的，这大概也是他努力促成对受害国的文字上的道歉，并在任内敦促成立了具有政府背景的"亚洲女性和平国民基金"的缘故吧。

村山富市曾说："我自己都已经成为自卫队的最高行政长官了，自然没办法再说自卫队违背宪法，因为那简直就是荒唐。我一直主张反对日美同盟，从前出版著作时也写在里面了，所以当选首相后每次国会质询① 都心惊肉跳，怕有人拿着书来质问我为什么改变主张。那些日子真的难过极了，好在没有人拿书来问我……"

也许因为村山为人厚道，所以即便国会议员们知道他的短处也没有人去逼迫他。但普通国民却不知道啊，他的政党终于在村山内阁倒台后彻底

---

① 日本国会开会期间，各党派议员向首相及阁僚提问的过程。

地失去了国民的信任，成为只剩下几个议员的小党。

代价惨重。

提起村山富市，人们记得的永远是他的长眉毛，而眉毛下面的眼睛却总是被人忽视，但我发现，他的眼神是那样的有内涵：温和、宽容、睿智而人情练达，必要的时候也不缺少锐利。

曾经和河井谈起，他也十分感叹："毕竟曾经是一代宰相……"

据说，2013年安倍参拜靖国神社的时候，强调的理由是为了忠于自己的信念，村山对安倍的不顾大局给予的批判毫不留情："一个国家的首相，如果不顾国家利益而只是坚持自己个人的理念，那就不要做首相了。"

我觉得村山有资格说这样的话。

然而，要做到顾全大局，需要的又是怎样的心胸和远见呢？

所以，我觉得村山富市是个伟大的政治家。

曾经，小川在世时对我说，冈崎非常不喜欢村山富市。

按照中国人的思维习惯，我当时以为那是因为村山是左派的缘故，待我知道了"村山谈话"的来历后，我就想：冈崎对村山的反感也许更多的来自于这个"谈话"吧。

2015年8月，安倍晋三将发表自己的谈话，冈崎既然被称为安倍首相的家庭教师，那么他对"村山谈话"的意见应该会反映在里面吧。

虽然人不在了。

※ 关于村山内阁

村山内阁是一个由自民党、社会党、先锋新党三个党派组成的联立政权，社会党只有 70 个众议院议席，但社会党党首村山富市却当选为首相，这与日本的宪政常理是不相符合的，为此，村山将本届内阁的使命定位成：为自民党执政期间无法解决的"历史认识问题"做一个结论，村山将其称为"天命"。为此，在新政权成立之初，执政三党便做出决定，设立"50 周年（战争结束即反法西斯战争胜利 50 周年）项目"，制定出"对过去的战争进行反省的决议"。

当选首相后，村山遍访东盟诸国，鉴于东盟诸国对日本再侵略的担心，村山认为日本必须更加妥善处理战后问题。

1995 年 6 月 9 日众议院议会上，在许多自民党议员缺席的情况下通过了包含有为日本的侵略和殖民地统治道歉内容的"汲取历史教训促进和平"的决议。在此基础上，村山决定发表个人谈话为战争道歉。

官房长官五十岚广三遂召集著名学者，以村山过去的演说内容为基础起草了村山谈话的内容。

1995 年 8 月 15 日当日，村山召开内阁会议，表示"自己作为社会党党首担任首相，如果连'村山谈话'都无法发表，则与其他政党执政没有区别，因此将辞去首相的职务。"

新任官房长官野坂浩贤则暗示说如果有阁僚对"村山谈话"提出反对意见，将立即罢免。随后，副官房长官宣读了"村山谈话"的全文，宣读完毕，野坂环视众人问："有反对意见没有？"鹰派议员（多是联立政权中的自民党议员）总务厅长官江藤隆美，运输大臣平沼赳夫、文部大臣岛村宣伸等都低下头，一言不发，最后，"村山谈话"得以全票通过。

随后，"村山谈话"发表。

※ 关于亚洲女性和平国民基金

中国国内对"亚洲女性和平国民基金"（简称"亚洲女性基金"）介绍不多，但我认为这是村山先生的一项重要贡献，所以做一些介绍。"亚洲女性和平国民基金"（简称"亚洲女性基金"）是在日本政府承认在"慰安妇"问题上负有道义责任并表示反省及歉意的基础上，由政府和民间共同出资设立的赔偿机构，对经当地政府、国家或者受政府委托的民间团体认可的原从军慰安妇进行赔偿。该基金会设立于1995年7月，即村山内阁成立不久，同年12月，首相府和外务省作为共同法人，得到认可。出版物有："慰安妇问题调查报告•1999"、"慰安妇相关政府公文集"等。2007年3月31日解散。2000年10月，退出政坛的村山富市担任财团法人"亚洲女性和平国民基金"理事长，是第二代理事长。

基金设立经过：1993年8月，宫泽内阁末期，日本政府根据"所谓从军慰安妇问题的调查结果"，由当时的官房长官河野洋平发表了"关于慰安妇调查报告的河野内阁官房长官谈话"（这就是有名的"河野谈话"），表示："由于慰安妇多数是受军方强制征集，因此很多都是违反本人意愿的"，而且"强制管制下的慰安妇们在慰安所的生活也十分痛苦"，"很多女性的名誉和尊严受到严重伤害"，日本政府对"经历了无数苦难、身心受到严重伤害的慰安妇们"、"表示衷心的歉意和反省之意。"1994年8月，村山富市在《关于'和平友好交流计划'的内阁总理大臣村山谈话》中指出："所谓慰安妇问题，是严重伤害女性名誉和尊严的问题，我想利用这个机会（和平友好交流计划），重新表达政府发自内心的反省和歉意。我国过去某一时期的行为，不仅使日本国民付出了巨大的牺牲，而且给亚洲邻国国民带来了巨大伤害，他们的伤痛至今都无法愈合。我们国家的侵略行为和殖民地统治，为他们带来的是难以忍受的痛苦，使他们陷入悲惨的境地。对此，我们要表示深刻反省，因而要正视过去的历史，留给后世一个正确的历史观。为了使全体国民更好地理解这一观点，我们要寻找能让更多国民参与的和平之路。"这一讲话成为政府负担运营费用、普通国民募捐为慰安妇提供赔偿金活动的出发点。1995年6月，众议院讨论通过《汲取历史教训促进和平的决议》（即战后50周年国会议案），6月14日，官房长官五十岚广三发表"亚洲女性和平国民基金"成立声明，表示"政府"和"国民"共同协作，（1）从民间募集给慰安妇的赔偿金；（2）对原慰安妇给予医疗、福利等方面的援助，由政府提供资金；（3）政府向原慰安妇直接表达歉意（注：以理事长和时任总理大臣发致歉信的方式。）；（4）政府将出资整理关于原慰安妇的历史资料，以史为鉴，基金会内部为此设立"资料委员会"。

　　2000 年 9 月，第二次森内阁（森喜朗内阁）的中川秀直内阁官房长官在记者招待会上表示："政府对'亚洲女性和平国民基金'的见解不变"。

　　通过'亚洲女性和平国民基金'日本历代首相向慰安妇发出了致歉信，历代署名首相为：村山富市、桥本龙太郎、小渊惠三、森喜朗、小泉纯一郎，2005 年 5 月，基金会理事长村山富市发表声明："赔偿金和总理大臣的致歉信，已经被送到 285 名菲律宾、韩国、我国台湾的原慰安妇手中，基金会将于 2007 年解散。"

三十

开始着手整理村山富市的相关资料，埋头在纸堆里。

似乎只是一愣神儿的功夫，2005 年便已经过去大半了。

这一日，收到了冈崎寄来的一张卡片。

简单的几个字："与君把盏，唯愿'醉后诗魂欲上天①'。有空来玩儿"。

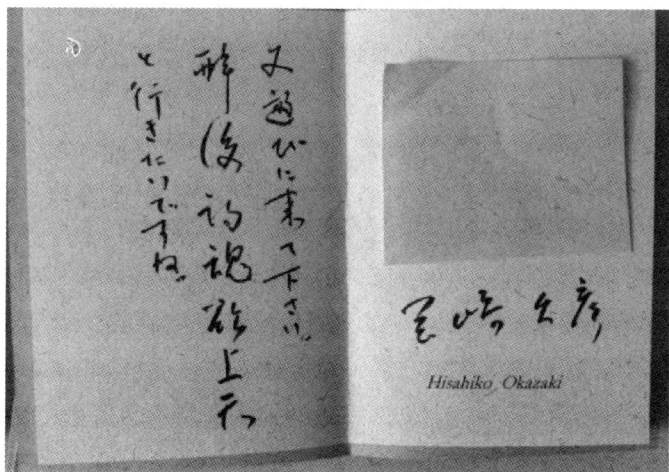

冈崎给作者的卡片

我翻看着那张卡片想：确实是有些日子没去冈崎研究所了，看来老先生怕是诗人情怀难解，想放松放松了吧。

于是打了电话，约定了拜访时间。

冈崎研究所看起来没有什么变化，只是从前外务省的官员、冈崎的前

---

① 引自清代张问陶的诗，原诗为："锦衣玉带雪中眠，醉后诗魂欲上天。十二万年无此乐，大呼前辈李青莲。"

秘书铃木邦子女士回来帮忙了，研究所似乎因此多了一些生气。

我与铃木曾有一面之缘，那次我们两个代替小川参加一个有好多美国人的聚会，有过短暂的交谈。

关于铃木，我知道是因为她辞了职，小川才雇了后来的山田小姐。

小川倒没说过什么，倒是山田小姐，将她前任的情况跟我说了个大概。

大致是铃木原本是外务省的官员，家境优越，毕业于庆应大学，后来与外务省的同僚关系不睦，便辞了职，随后找到外务省的先辈冈崎，冈崎给了她一个工作，让她为自己当秘书，可铃木似乎又不甘心搞事务性工作，便重新回到庆应大学读了一个政治学硕士学位，后来便辞了职，去给东京大学的著名政治学者御厨贵当助手去了。

听山田小姐的语气，冈崎似乎对铃木的辞职很不满意。山田小姐曾经跟我说：“邦子突然辞职，大使很是惊讶。我曾问过大使她为什么离开外务省，大使说，‘邦子不过是小姐脾气，和谁都处不好罢了。外务省可不是那么好干的，容不得人任性……’”

山田小姐喜欢这样的家长里短，所以虽然我与铃木并不熟悉，山田小姐在的时候倒也听了不少关于她的花边消息，所以见了面并不觉得太陌生。

大家都叫她邦子，我也随大家一起叫。

记得某次和小川夫人闲聊，提到邦子，小川夫人说：“邦子现在跟着御厨贵也是一个好去处，比跟大使强多了，大使只搞日美同盟，人也老了，日美同盟又看不到前途。而御厨贵正风头健，因为搞了一个历代首相传记之类的项目，从政府拿了大笔经费，有钱得很。”

说这话时的小川夫人语气有些不平，顿了顿又说：“想当初，御厨贵还没有拿到这个项目的时候，不过是东大的一个默默无闻的小教授，人也木讷，我丈夫帮了他很大的忙，帮他筹钱，我们家还拿出一百万给他呢。现在他好了，可似乎把这些都忘了，连张贺年片都没有……人这个东西啊，真的是很现实……”

看来冈崎终归还是需要人手的吧，所以邦子又回来帮忙，终究干过，人又聪明，看起来很是轻车熟路。

对我，也很客气。

我心里稍微想了一下：邦子和我，如果不论国籍的话，冈崎到底喜欢雇谁呢？

冈崎笑嘻嘻地迎了出来，气色很好。

说好了一块儿吃午饭的，我到的时候已近中午，我们两个出门。

日本人的午餐很简单，忙的时候，无论国会还是国际会议，不管地位高低，一人一个盒饭，经济实惠，而且便捷。因为午休的时间短，餐厅大都专门设了午餐菜单，简简单单的一个套餐就可以了。

冈崎问我想吃什么，我想了想，说："我们吃拉面去吧。"

冈崎和我来到一间拉面馆，因为还没有到中午，所以午餐高峰时间还没到，店里人不多。

一人一碗酱油拉面，大约 500 日元，上面有半个鸡蛋和一片水煮猪肉。

日本人有趣，吃饭要没有声音才算合乎礼仪，但吃拉面却一定要有吸面的声音，表示你吃得很香。

吸溜吸溜地喝完汤，冈崎看着还没有吃完的我，忽然想起一个话题来。

"王，你说牛有疯的，猪怎么就没有听说有疯的呢？"

我努力把嘴里的拉面咽下去，脑子飞快地转着，想着该怎么回答冈崎的问题。

其时，日本正和美国在打牛肉进口的官司。

似乎日美之间有关于牛肉进口的协议，但因为欧洲、美国等地疯牛病正在蔓延，日本老百姓对进口牛肉十分忌惮，虽然国产牛肉价格很贵，但人们仍然不愿意购买进口牛肉。这使得美国的牛肉商人叫苦不迭，美国政府便向日本政府施压，强逼日本进口美国牛肉。

日本人不满，但没有办法。

吃了拉面里的猪肉，冈崎大约从疯牛病想到了猪肉的安全，所以问我的吧。

我想起小时候乡下亲戚们杀年猪的事来，笑着说："好像牛要养三年以后才开始发病，据我所知，猪好像长不到三年便被杀掉了，所以便没有疯猪的说法吧？"

冈崎听我说完，不禁哈哈大笑："王，真有你的，你把我说服了，你要把我逗死了！"

我想想也觉得好笑，两个人你看看我，我看看你，笑得肚子疼，眼看着吃午饭的客人们三三两两地走了进来，我们两个赶紧止住笑，冈崎掏钱算账，一路说笑着回了研究所。

秘书为我们两个倒了茶，我和冈崎坐下来看他新写的一幅字。

也许因为情绪好，越发得到世人的认可吧，冈崎的字也显得比以前更自由，精神气十足。

我仍然指着挂轴，说些类似于这个字写得活，那个字有些呆之类的话，冈崎坐着听我胡说，时而点点头随声附和。

冈崎研究所的朝向有些偏，下午两点左右便显得光线暗淡。邦子在里面的房间忙着，不时出来跟秘书说点什么，我看着邦子进进出出，问冈崎："邦子还在御厨先生那里干吗？"

冈崎看了看我，说："邦子每星期来这里两次，其余时间还去东大御厨先生那里。"

我点了点头，没有说话。

冈崎也不再说话，过了一会儿，才轻声说："最近大家都在媒体上有了自己的位置，你有什么打算没有？"

我把目光从邦子那边转回来，正碰上冈崎的眼光，忙躲开了，摇了摇头。

"时间过得真快，认识王也这么多年了，吉崎君（吉崎达彦）都成名人了，以你的才华，不该如此蹉跎，总得有个想法才好……"

我的语气有些无奈："一到冈崎研究所我就觉得底气不足，您知道，我是学工的，在这里就显得底子薄弱，所以很直不起腰来……其他的领域就更不熟了……"

冈崎转过头望向窗外，过了一会儿，又掉转过来，眯缝起眼睛，似乎不经意地说："要不，咱们避开专门研究学问，你去做评论家吧，上个电视节目。现在有个韩国人，常常批评韩国政府，已经被大家认可了，但还没有中国人……"

我深深地看向冈崎，他的眼神有些飘忽。

记得阿久津曾经作为冈崎研究所的代表，上了田原总一郎[①]的一个节目，之后便立即成为国际问题知名学者。我知道冈崎的提议对一个个体人来讲诱惑巨大，因为只要我答应像韩国人一样，公开批判中国的话，冈崎将带领我一起上主要电视节目，评论家王雅丹便会瞬间诞生，我将一夜成名。

冈崎静静地看着我，我则静静地眺望着他背后玻璃屏风内的《出师表》。

从前读高中时，因为成绩好有老师说我清高，当时我最大的愿望便是将来做个隐士，清静淡泊，但要以文名为世人所知。

而所谓隐士，大都是志向高远的吧。

我轻轻地对冈崎说："大使，您知道我为什么从心里尊敬您吗？"

冈崎歪歪头，做出倾听的样子。

我继续说："刚到冈崎研究所不久，小川送我一本书，您的《为什么要爱自己的国家》。记得您在书中说：'一个人只有热爱自己的国家，别人才会尊敬你。'我非常喜欢您这句话，我相信您从心里认可我，也是因为我始终热爱自己的国家……"

冈崎撮尖了嘴，深深点头，脸色多少有些不自然。我语气更加婉转，话说得越发入情入理。

"而且，批判完中国我可能就回不去家了，我的父兄还在国内，中国政府不会原谅我……尽管中国政府有许多不足，但我不能在国外的媒体上批评，我会瞧不起自己，也怕别人看不起我……而且，您还会如现在般地认可我吗？"

冈崎的眼神深不见底，表情有些黯然，也有些惋惜："如此，你便只能埋没了，我帮不了你了。你知道，我从来不招揽介绍人的事情，只是可惜了你的才华，我总和人讲，从没见过如你一样聪明的……以后，若有需要我帮忙的，我会尽力……没事的时候常来走走……还有，你要一直参加冈崎研究所的沙龙……"

---

① 田原总一郎是日本朝日电视台的著名主持人，他提问尖锐，见解独到，日本政治家很害怕他的提问。吉崎达彦深得田原赏识，并因而成为日本家喻户晓的评论家。

我默默点头。

室内光线更加暗淡，我和冈崎对坐无语，一任窗外光影倾斜。

那天以后，冈崎给我介绍过好些有名气有地位的人，我知道他希望我能在日本社会生活得体面，但最终效果都不是很好。

只是被介绍的人大都十分好奇：素来为人孤高几乎不问世事的冈崎居然会推荐人来，而且还是个中国人。因为实在太让人费解了，东京大学的田中明彦几次问我："你怎么认识冈崎的？为什么关系这么好？"

足见与我的忘年之交在冈崎心目中的分量。

我仍然偶尔去冈崎研究所，都是在冈崎有空闲的时候，两个人聊聊书法，聊聊诗词，也聊聊人生。但他越来越忙，和他单独相处的时间变得越来越少，我渐渐减少了去研究所的次数。遇到与中国相关方面进行学术交流，川村便会叫上我，于是，会议的时候，我就会坐在冈崎身边，做翻译。

见到我，冈崎总会显得开心。

我不大写贺年卡，但每年都会给冈崎寄，也都能收到他和夫人写来的贺年卡，一直持续到2012年。

2008年小女儿出生的时候，冈崎托人送来一个信封，上面工整地写着"贺李王雅丹"，里面装着3万日元，在日本，这是贺礼中的大数目。

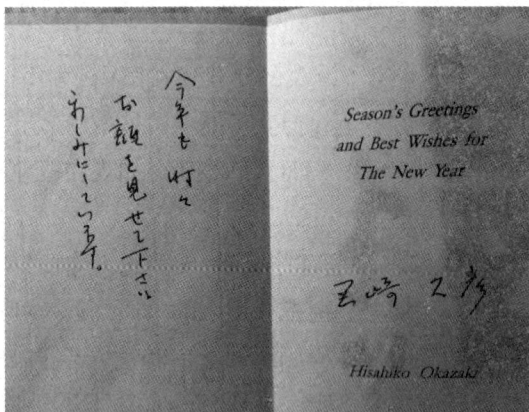

冈崎先生的贺卡：今年也请时时露面

三十一

2005年11月，中日安全保障会话在中国举行，会场分别为北京和上海。

北京的主办方为中国社会科学院日本研究所，因为这年5月李春光再次来到日本当访问学者，同时也将日本研究所的意见带了过来，于是，冈崎研究所与他们的学术交流便也有了着落。

与上海国际问题研究所的交流已经进行了两年，双方合作愉快，所以一切事务性活动都有章有序。

我随日方代表团访问中国。

11月初，我们一行人来到北京，住在前段祺瑞执政府的隔壁——和敬府宾馆。

冈崎研究所此时已经有了四位将军做理事，除了前面提过的三位将军，还有一位叫金田秀昭的原海军护卫舰司令。此次访问中国，除了冈崎，全班人马出行，四位将军之外，年轻的阿九津、铃木邦子、吉崎达彦、潮匡人，加上我，洋洋十人，不小的代表团。

虽然川村说我是翻译，但实际上日本研究所的人都懂日语，大家交流起来并不困难，但有个翻译同行，似乎大家都很开心。

《产经新闻》著名评论家潮匡人素来称中国是自己的宿敌，但此次随行，却显得很安静，与中国方面在会议上讨论问题时也没有了初次见我时的激动。

已经升职当上双日研究所副所长的吉崎第一次到中国来，对11月初便冻手的北京的寒冷十分不适应。

在会议上，第一次见到日本所副所长金熙德。

印象深刻。

记得初次在冈崎研究所见到潮匡人这些人时，因为我来自中国，很是受了一番他们言语的攻击，仿佛我是中国政府一般，措辞十分激烈。后来大家熟了，说话才不再激动了。

而金熙德当时是中国一流的日本问题专家，会议上的发言用词竟然比潮匡人他们还激烈，我当时的印象便是：这样的国际问题专家看问题怎么会客观呢？

谁想，数年后听说他竟然因为间谍罪被判了刑，怎么想都觉得难以置信。

也许，表象真的往往无法反映事物的本质。

一天半开会，一天看北京。

李春光负责接待，带我们去了故宫和卢沟桥。

紫禁城总是让人怀旧因而惹游者感慨，导游李春光特意安排大家上了天安门城楼，众人的话题便无法离开当年毛泽东站在这里的情景，遥遥望出去，即是毛主席纪念堂，日本人频频颔首，在历史的中国面前表情庄严。

当时的北京还没有雾霾之说，迷雾之中，天安门广场上的一切显得缥缈而令人伤感。

一行人纷纷拍照、留影，潮匡人没有带相机，拜托我给他单独照相，说：游紫禁城的日本人不少，有缘分上得了天安门城楼的还不是很多。

川村仍是一个宽厚长者，始终跟在我旁边听我胡说。远远的一处楼阁上悬着一条大横幅，不知为哪个展览做广告，写着：一代名妃杨玉环。老先生问我含义，我告诉他那句话直译成日语便是："杨玉环是一个著名的皇帝小妾"，川村大笑，忙指给大家看，于是，众人也大笑。

李春光租了一辆大巴，拉着我们这些人往卢沟桥去。

刚到北京的时候，川村询问日程，李春光说安排了抗日战争纪念馆，因为恐怕不是这样的机会，大家永远都不会涉足那里。

将军们都表示很想看看。

远远地望见抗日战争纪念馆时，人们都不再说话，导游李春光仍然指挥大家下车，并笑嘻嘻地让大家合影留念。

参观的人不多，大厅里摆放着花篮，我们一行人缓缓走过，向展厅走去。

除了李春光，我们都是第一次参观抗日战争纪念馆。我走在日本自卫队的将军们身旁，一同慢慢地观看墙上的照片、屋子里的陈列。

川村始终走在我的身旁，每个人都静静的，表情冷静。

到了审判战犯的部分，大家都停下来，细细地看那些照片。正是这些人，因为被供奉在靖国神社里，才有了中日之间的许多争端。

战犯们的照片都很大，虽然贴在墙上，但正好跨过屋子的柱子，就像贴在柱子上一样。开始的时候，我并没太在意，喜欢写文章的吉崎恰巧在我旁边，问我："王，你说，不会是地方不够了吧，照片怎么好像贴在柱子上？"

我仔细一瞧，的确，再看看其他部分，虽然内容翔实，但总不至于拥挤到要贴到柱子上的地步，川村也疑惑地看着我，电光石火之间，我觉得自己参到了柱子的含义。

"中国有一句古话，叫'被钉在历史的耻辱柱上'，我觉得展馆的设计应该是这个意思，你看，只有这几个战犯的照片被贴在柱子上，而展馆绝不会因为没有地方贴了，这不合逻辑……"

虽然没有讲解员，但我仍觉得自己说对了，回过身去问李春光，他说虽然多次来到这里，但似乎没有人注意过这一个问题，他也觉得我说得有理。

吉崎对"耻辱柱"的说法印象深刻，当日便整理他的"溜池通信"：翻译家王雅丹告诉他，战犯们都被钉在了历史的耻辱柱上。

这则记录很长时间都在吉崎的"通信"里，直到2012年"李春光事件"发生后，我在网上浏览相关消息，有一天忽然灵机一动，想看看关于自己的信息怎样了，结果发现吉崎博客里的这则记录已经被删除了。只是不知是事先删除的，还是当报纸铺天盖地压下来时匆匆删除的，但有一点确是肯定的，冈崎研究所相关人员博客中关于我的记载全都消失了，唯一剩下铃木邦子任主持人的日本文化频道樱花，因为从前出演过电视节目，嘉宾名单中翻译家王雅丹的名字还留着，不知是来不及还是忘记删除了，电视台因而受了批判，说保守阵营里混进了敌人。

晚上，李春光请我们吃饺子。

据说是北京有名的店铺，一行人围坐在一张桌子旁。酒至半酣，有人提起白天的卢沟桥之行，铃木很是不平，愤愤地说："展厅里有日军杀害中国儿童的照片，让人看起来就会想到日军的残忍，这样的展览实际不公平！越南战争（对越自卫反击战）时，中国军队同样残忍……"

铃木的表情很是激动，甚至有了泪光，李春光慢条斯理地反驳到："但日本兵杀害中国儿童的照片毕竟是真的，不管中国军队在越南怎样，我们的纪念馆展示的是中国的事情……"

铃木脸色潮红："许多照片都是合成的……"

不善于与人争辩的李春光只是摆手："不是的，不是的……"

也许是见的、听得太多的缘故，老将军们都不说话，饭桌上的局面有些僵。坐在我旁边的川村只是低着头吃饺子，我接过话头："无论怎样，邦子，您今天看到的历史是存在过的，很悲惨，所以，我们都应该努力，让世界充满和平，不再发生战争。"

川村动容，马上举起酒杯，于是举座举杯："王说的对，不能再有战争，让我们为了和平干杯！"

我常常会想起那天晚上的情景，这几个善辩的将军们在参观纪念馆时就很安静，晚上吃饭的时候也很安静，即便在铃木慷慨陈词时仍然安静，就像约好了似的。

我想，那安静至少表示：以他们的人生经验和军旅经验，他们知道，辩论只会让自己显得无知。

我们前往上海。

当飞机降落在上海虹桥机场，黄浦江边的暖风便吹过来一般，吉崎笑逐颜开："王，终于回到人间的感觉，好温暖。如果让我选择，我会选择在这里居住。"

第一次到上海的吉崎对灰色的北京印象不佳，上海蓝色的天空让他心情舒畅，话也多了好多。

认识吉崎也好多年了。

他比初见时胖了一些儿，脸部线条显得柔和，加上说话语调从容，用词平和，因此很有说服力，他的博客"溜池通信"已经广为人知，他也已经从株式会社日商岩井所属经济研究所的一个普通研究员① 成为该研究所的副所长，并成为日本社会颇有声望的评论家，冈崎研究所的核心研究员。

因为坐飞机时我们两个挨着，所以说了许多平日不能说的知心话。

他新写了一本书，签了名送我，我对他表示祝贺，语气不免羡慕。吉崎看起来很腼腆甚至有些木讷，但却是剔透聪明，轻轻看了看我，似很随意般地问我今后如何打算。

也许，随着中美关系、中日关系的变化，我在冈崎研究所的存在已经成为明显的问题，虽然大家都没有明说，却都装了王雅丹今后该以怎样的面目出现的疑问，所以，连从没有过贴心谈话的吉崎也有此一问。

记得那以后的某日，在冈崎研究所碰到铃木与佐藤说话，当时铃木已经在文化频道樱花当播音员，佐藤每个星期都要上一个节目，那天，两个人好像正在商量节目的事情，听话音这个电视台刚刚成立不久，是个网络电视台，提倡民族主义，冈崎研究所的人都是那里的常客。铃木说，也许王可以做一个教授中文的节目，佐藤连连说好，说那样的话大家就可以常见面了。

说实话，我动了心。

只是，不知什么原因，这件事并没有下文，倒是电视台的经营者见了我几面，邀请我上了两次节目，结果"李春光事件"发生后被人骂了。

我望了望身旁的吉崎，他的眼神关切而诚恳。我又转头看了看周围，人们大都闭着眼睛，有的睡得香甜，有的静气养神。

飞机不疾不徐地摇晃着，不知不觉有一种舒适的感觉产生，这舒适蔓延开来，空气里便弥漫起一种让人敞开心扉的诱惑。

我嘘了一口气，轻轻地开了口，很是掏心掏肺："进入冈崎研究所这个圈子已经多年，过去的专业也荒废了，再回去当工程师已经不大可能，

---

① 日本的研究员与中国不同，就是研究人员的意思。

可如果想成为一个国际问题的学者也成问题，因为没有文凭……大使曾经介绍了田中明彦给我，可田中说，按东京大学的规定，因为专业不连贯，我怎么也得从硕士开始读，你想啊，这样下去，若博士毕业，怕要 50 岁了……"

吉崎也敞开了心胸："初次见小川的时候，正是我事业的低谷，我十分的迷茫，也就是那会儿认识的你吧，你记得吗？"

我点头，眼前浮现的是冈崎研究所沙龙上那个拘谨的小公司职员。

吉崎很感慨："真的想辞职了，只是因为孩子小，房贷剩了大部分……苦闷极了。"

许是想起那段日子的艰难，吉崎的眼神变得飘忽。我没有搭话，静静地等着他的下文。

"这个时候，小川带我来到冈崎研究所，认识了大使，于是便有了改变命运的契机……王，我们交谈的不多，你还年轻，只要坚持，总能找到你的位置……写书吧。"

我拿起他刚送我的著作，一边翻着一边说："我也一直想写书，只是对自己没自信，所以才从翻译别人的书开始……吉崎，你刚写完书，你觉得我写点儿什么好呢？"

吉崎看了看我，歪头想了想："我觉得你有许多可以写的，比如我熟悉经济，所以写了经济方面的书，我觉得你得写你熟悉的，写好了，我介绍出版社给你……"

因为劝我写书的人很多，所以这天吉崎说的话并没有引起我太多的重视。然而，现在想来，吉崎能够走出人生低谷，靠的完全是自己的一支笔，所以他那句听起来十分普通的"写书吧"真的是发自肺腑，说服力非凡。

一番知心话语，到了上海后，觉得和吉崎亲近了不少。

上海国际问题研究所比北京热情，到达当天晚上，便安排我们乘豪华客轮游黄浦江。

真的豪华。

坐在宋楚瑜吃饭的桌子旁，看灯影浮动，眺望流光溢彩的夜上海，好一派太平盛世美景。

日本人都很开心。

人人乐而开怀，将北京灰色的天空和沉重的卢沟桥丢在脑后。

第二天上午，吴寄南先生领我们观看风景。

先坐了磁悬浮列车，再去黄浦江边的餐厅吃饭，这次是在江泽民APEC时吃饭的地方，且选了他当时坐的桌子。

因为人气旺，我们在走廊里等。

走廊的窗高大且明亮，远远望得见对面的电视塔。

铃木一看到上海电视塔中间那圆圆的球状体就开始微笑，并指给我看："王，快看，那像什么？"

我没明白：电视塔嘛，能像什么？

看着我不解的表情，铃木含着笑叫佐藤："佐藤，王不知道对面那塔上的圆东西像什么，你能告诉她吗？"

佐藤看着铃木促狭的笑脸，干练的表情迅速透出了笑意，将头夸张地向后一仰，就像美国人甩头那样，仿佛想尽力甩得潇洒："像什么？这还不明白？真笨！像我的脑袋嘛！"

相信铃木也没有想到秃顶的佐藤如此配合她，我们两个惊讶地互相看了一眼，禁不住哈哈大笑，男士们也憋不住笑。

佐藤的眼睛不大，此时完全充满了调皮，略略歪着头，显得十分得意地看着我们，竟像一个孩子。

我和铃木笑得搂在了一起。

我们十几个人站着围成一堆儿，上午的阳光透过高大而明亮的窗户照过来，仿佛有一股和谐而充满安心感的气流在我们之间流淌，让人感觉温暖。

体验完国家领导人吃饭的感觉后，已经是下午，我们坐车往苏州去。

会议将在苏州东山宾馆举行，中日双方学者加起来有几十人，大家坐在一辆大巴里。

吴寄南先生坐的离我不远，在中国重逢，彼此都觉得亲切。因为一路观光，没有机会说话，这会儿安静了，于是聊开了闲话。

不知不觉又谈到当时的中日关系，吴先生叹息，说两国国民感情不好，大家说话都不理性了，自己已经在网上被骂做汉奸了。

吴先生表情很是无奈，坐在我旁边的佐藤忙问："是不是因为和冈崎研究所进行交流的缘故？"

吴先生摇头："不是，与冈崎研究所之间进行的是正常的学术交流……是因为我的观点，因为在东海问题上我主张搁置争议……"

当时，东海问题已经越加尖锐化。因为此次会议的双方事先互相看过彼此的发言提纲，都知道会议上将讨论这个问题，所以都不再深谈，吴先生不动声色地将话题转到沿途景致上来。

我在心里十分赞叹。

记得这两年有一个小品，里面有一句"都是千年的狐狸，玩儿什么聊斋"的话，想起来，当时我的心里大约就是这个感受，只是没有形成这么精辟的语言而已。

车内变得安静，许多人闭上了眼睛。我望着窗外，模模糊糊地想着似有似无的心事。

一幅冰激凌哈根达斯的广告映入了我的眼帘，不大熟悉上海变化的我忙指给铃木看，一句"哈根达斯"刚一出口，佐藤就生气地大喊："王，不许说哈根达斯！"

我吓了一跳，急忙看向佐藤，这秃顶的老头儿声音很大，脸也紧绷着，但眼睛却含着笑。我疑惑地看了看左右，川村抿着嘴慈祥地看向我："王，你可不能说'哈根'，……"

我再看看佐藤，心念一动，忙去看铃木，两个人又一起大笑起来。

这个佐藤！

因为日语里"秃顶"的发音与"哈根"很像，他不经意间又将话题引到自己的光头上了。

一路说笑，傍晚的时候到了东山宾馆。

一个安静美丽的所在。

晚饭餐桌上有酒，爱酒的山本便喝得有些醉了。不知中国方面的哪个学者提到了台湾问题，这个原海军提督迷迷瞪瞪地嚷嚷："台湾不是中国的，从台湾人的 DNA 考虑，台湾的原住民根本与中国没关系……"这是他的一贯主张，在北京开会的时候已经说过了，社科院日本所的学者们并没有反驳到点子上，看样子上海的会议上他还将继续说。

我没有在会议上说话的资格，但餐桌上却可以自由发言："山本，我觉得你这个说法不对，没有说服力，若从 DNA 这个角度考虑，美国人的 DNA 最可疑，连美国这个国家都不可能存在，你的'美国是民主主义国家的领头羊'的说法就无法成立了"。

他翻了翻泛着红丝的眼睛，语气亲昵："王，我不和你争辩，但我必须这么说……"

铃木劝他回去休息，并要送他。他任性地嚷嚷着："我喜欢王，要娶她回家，不要你送，我要王送。"

大家笑得前仰后合，川村说："那就让王和邦子一起送，王一个人送你会不安全……"

铃木和我嬉笑着把山本送回房间后，两个人来到酒店大堂。

会议之前，闲来无事，夜晚显得悠长。

山清水秀的东山，夜风里似有花香。

中国的学者们都自行方便了，国防大学的杨毅将军晚饭后才到，与日方代表团团长川村似老友重逢，二人立即跑到旁边互叙别后状况。

剩下我们几个人，去大堂里的酒吧转了转之后，觉得喝酒没劲，便又转了出来。正在大堂里游荡着，吴寄南先生跑过来说另外一栋楼里有卡拉OK，建议我们去。

于是大家决定去唱卡拉OK，吴先生派了一个女士陪我们，几个人簇拥着便去了。

开始的时候，你来我往还谦让着，唱唱《北国之春》呀、邓丽君什么的。日本人喜欢邓丽君，因为她的许多歌曲都是从日文翻唱过来的，所以"共同语言"不少。

慢慢地，大家的兴致越来越高，开始有人慢三、慢四地伴舞，平日里严谨的护卫舰司令金田也滑入了舞池。

气氛欢快而和谐。

佐藤忽然说："王，咱们唱唱中国国歌怎么样？"众人都赞成，我和上海的女士赶紧找到国歌，于是，两个退役自卫队将军以及右翼著名写手们和我们一起唱《义勇军进行曲》。

他们的音量很高，唱得不错。

佐藤的兴致越发好了："王，能不能找几个抗日的曲子一起唱唱？"

在座的日本人都不反对。

我和上海的女士有些兴奋，先找了《沙家浜》，阿庆嫂和刁德一的对唱，我从小听熟了的，虽然没在卡拉OK里唱过，但好歹能对付下来，于是我和上海的女士对唱，边唱边将歌词解释给大家听。

后来，发现了《大刀向鬼子们的头上砍去》，我问佐藤他们要不要听，所有人都点头："当然要听！"

于是，我们女声二重唱，其实，我只会那么几句，当我边唱边笑着用手做成刀状向佐藤的头上挥去时，佐藤开怀大笑。因为气氛热烈，在旁边房间打台球的吴寄南先生等人跑过来看热闹，待发现我们竟然搂着日本人的脖子在唱《大刀向鬼子们的头上砍去》时，挤在门口看热闹的人都张大了嘴巴。

看着他们的样子，日本的老将军们哈哈大笑。

夜深了。

我们几个排成一横排，彼此搂着肩膀，晃着走回去睡觉。似乎没尽兴一般，一边走一边唱着《大刀向鬼子们的头上砍去》，不会唱的日本人跟着瞎哼哼，脸上的表情开心而满足。

终生难忘。

这样的经历人生能有几回？

会议期间本来无话，因为双方自然是各为其主，互不妥协。

只有一件事值得一提。

北京的时候，双方便提到中国的军备以及航母建造问题，中国方面说美国的航母在日本怎样出动的事情，双方进行争论。中方一个从日本留学归来的博士说得有理有据，佐藤站起来驳得很轻蔑："可惜您在日本待了那么久，现在说的东西都是从《朝日新闻》上抄录的，您知道那只是《朝日新闻》的一家之言，并不是事情的真相，日本不只有《朝日新闻》，希望下次在与您进行讨论时，您能不再抄袭《朝日新闻》的观点，我们来中国是与中国学者交流的，不是与《朝日新闻》进行交流……"

那博士脸色红红，冈崎研究所相关人员后来再去北京，她却不再出席会议。

话语犀利的佐藤到了上海，面对与他们针锋相对的杨毅将军等人，却是发自内心地尊重。

川村竟然说："如果中国建造航母，我们可以给你们当顾问"。

我始终不明白这句话的意思。

会议结束，吴先生带我们去阳澄湖。

阳澄湖一带的河蟹出口到日本，也许是最先从上海运过去的缘故，被称为上海螃蟹。因为卖得很贵，再加上公共场合吃螃蟹很是不雅，所以日本人并不怎么吃，大都是在那里的中国人吃，或者中国人请客吃。

但阳澄湖边的餐厅还是震住了吃相文雅的日本人，每个人一对儿螃蟹，吃得大家默默无语，餐桌上只剩下一片嘎吱嘎吱的声音。

吴先生招待得实在贴心，人人心满意足。

大快朵颐之后，几位将军准备一人带几只捆绑得规规矩矩的蟹子回国。

因为水产活物要报关，为免得麻烦，佐藤说偷偷带着，反正螃蟹活的时间长。

我笑着问："万一被机场发现了怎么办？"

佐藤一脸自若："很简单啊！被发现了就送给他们好了，好吃得很呢。"

川村眯眯笑着直点头。

后来东京相遇，曾经问起他们螃蟹如何，大家都反映："老婆大人开心得很。"

看来，螃蟹平安着陆，并健康地活到老婆大人锅子里的水烧开之前。

张弛有道的几日逗留，每个人都收获多多，依依不舍地被吴先生等人送至上海虹桥机场。

宾主挥手，约定来年东京再见。

还有一些时间，我们在机场里找个餐厅，坐下吃饭。

研究着菜单。

虽然机场的饭菜注定要比别处贵，但菜单上的价格还是让见多吃惯了的将军们有些咂舌。

最后，大家只吃了一点简单的东西，因为湿纸巾需要几块钱一个，我对川村说："这个就不要了吧，我们不是小气，而是为了环保。"

川村忙点头："不错，节约就是为了环保。"

虹桥机场朴素的饭菜给我留下深刻的印象，虽然滞留期间的费用由上海国际问题研究所负担，来中国的旅费也有固定经费，但大家仍然非常自律。

日本人节俭，节俭得在中国人看来简直可以说成是吝啬。从小孩子起学校便在伦理道德课里教授比如出门要关灯，不管在家里还是在公共场所都要随手关掉水龙头不能长流水等。

电视里还常常播放生活小常识，教人怎样省钱，比方说冰箱在拿出东西后要迅速关上才省电，浴盆里的洗澡水怎样用水管连接到洗衣机里等等。

中国人很熟悉的大美女明星松阪庆子就曾教过观众怎样用破了的长筒袜做成抹布擦屋子里的灰。

因为松阪特别擅长节约，又会打扫房间，所以常常出席这样的节目。

现代日本，节俭仍是美德。

三十二

回到东京的时候，邮箱里躺着河井的来信，说村山 12 月份要去西安，参加中国政府举办的纪念遣隋使 1400 年的活动，要我马上将整理翻译好的村山富市的著作交给他，争取能在村山在北京滞留期间出版。

我迅速地将译稿寄给河井，河井则马不停蹄，在征得村山同意后，立即将译稿送到中国驻日本大使馆。

与大使馆的交涉我完全没有出面。

据河井说，中联部驻使馆的参赞看完译稿后，马上请示了上级，并迅速带着译稿飞往西安，接待村山富市的是当时的国家副主席曾庆红，他看完译稿后批示：立即出版。

于是那位参赞便折回北京，将译稿委托给中联部下属当代世界出版社，计划村山从西安前往北京之后，举行签名售书仪式。

村山出行，河井大抵跟随，这次仍然随行。河井离开东京前打电话给我，让我立即赶赴北京，等待村山一行。

12 月，我又一次来到北京。

出发的时候，心里不由忐忑，因为出版进程快得超出了我这个平民的想象，多少有些担心质量。

村山到达北京后，下榻在北京饭店，河井打电话告诉我签名售书仪式将在西单图书大厦举行。

当天早晨，我起得很早，因为担心堵车，所以拜托我大学的老师——中国海洋石油公司的副总开车送我去。

仍然不知道书的模样。

这样的签字售书仪式怕是世间少有吧。

总之，我不敢声张，怕人说我少见多怪。

10点前，我和老师两人来到西单图书大厦，静静的，不像有任何活动的样子。

我们两个面面相觑，我心里开始担心：河井是否搞错了时间。

可是，他在中国没有电话，我与他联系不上。我的心里一直打鼓：若是搞错了，我可在老师面前跌了份了。

我们两个不说话，我的老师毕竟老练，从容地带我来到偏门，见那里有几个人站岗，老师一直有些绷着的脸立即和缓下来："一定在这里，要不哪里需要站岗呢？"

试探着走过去，被拦住了。我愣愣的，不知说什么好。中海油的老总挥挥手："村山富市在里面，这是译者，我们来参加活动。"

天哪！她怎么说得这么肯定！

我叹为观止。

门卫顿了一下，无声地放我们进去。

转过一个门，眼前一片人影攒动，"村山富市著作签名售书仪式"的横幅映入眼帘，我吁了一口长气：河井没有搞错……

会场不小，人很多，总有近百人，看起来好像是要开 party，我心里合计着："签名售书大概要在这些人中间举行了"。

看我发呆，我的大学老师有些恨铁不成钢，自作主张领着我往会场的里边走，待穿过侧面的门，看见一些人坐在沙发上时，我对我的老师简直佩服得五体投地。

村山富市等人都坐在那里。

似乎是主会场旁边的休息室。

看见我进来，村山站了起来，手伸向了我，握手之后，将我拉在身边，并把我介绍给作陪的中联部副部长，因为人多座位少，我站着。

《我的奋斗历程》签名售书仪式

人真的很多，除了村山和中联部副部长，还有社民党党首福岛瑞穗，其他的人都站着，河井立在村山另一侧，我也搞不清到底谁是谁，木偶一样文雅地站着。

不知是谁将几本书递给了我，封面上是村山富市的笑脸：年轻而风采翩然。

我终于看到了自己翻译整理的即将举行签名仪式的书。

一种很奇怪的感觉。

不过，书真的很不错，制作精良。

村山富市方面准备了许多照片，封底上和村山一起笑的我也神清气爽。

我的老师站在门边，微笑着望着我，河井将我介绍给自己的党首。

电视上的福岛总是一字一顿地反驳着日本政府的所有主张，近距离的她说话仍然咬文嚼字一般。

福岛笑容亲和，拉着我的手说久仰，并代表社民党谢谢我。

没有说几句话，仪式便开始了。

有人来引领众人入场。

红色的横幅前面此时已经放好了一排桌子，用红布盖着，看着很喜庆。村山被人引着走到桌子后面，福岛跟着他，随后便是中方的相关人物，因为现场混乱，也没有特别介绍，我也分不清谁是谁。

没有人叫我，我不知道该怎样办。

眼看着村山人已经落座，主办方似乎完全没有考虑到我的存在，但我的身份确实比较特殊，村山眼睛直盯着我，福岛则边往座位上走边说："我不应该坐在村山先生旁边，村山先生旁边应该是王翻译……"不过中联部方面没有人听她的嘟囔，也许听得懂的人也不在她身边，总之，她被引领着进入了座位，我则被剩下了。

河井也看着我，中国方面最大的官员已经入座，下面已经没有拿主意的人，不知道什么地方开始有人试麦克风的音量，不知是谁在组织着，村山面前已经排成了长队。

我的老师变得有点急扯白脸："你是译者，签字不能没有你，你去，站在村山后面，帮他翻书，快，赶快去！"

我犹豫着看了看河井，奇怪的是他竟然似乎听懂了我老师的话，也冲我点头。

我脱下大衣，交给老师，老师有些为难："我得排队去……"那天的河井真是聪明，也许多年的秘书生活已经使察言观色成为本能，总之，他完全听懂了我老师的中文，伸出手把我的大衣接了过去。

就这样，一直到仪式结束，河井都拿着我的大衣。

我看了看我的老师和河井，他们俩的眼睛有着同样的光，于是，我迈开腿，缓缓地从横幅与坐着的人中间走过，走得从容而端庄。

没有人拦我。

大概都觉得不好安排我的位置，让我自便才是最好的选择吧。

待来到村山和福岛的后面，福岛忙做出要站起来的姿势："王，你来坐吧，我站着……"。我赶紧按住她的肩："您坐，您坐，我年轻，站着没事儿。"

我知道，此时，只有这个理由说服得了这个日本人。

于是，那天，村山富市写字，我站在后面拿书递书。按主办方的要求，福岛也一块儿签名，福岛脸色红红，直回头看我："村山先生的著作，我签什么字啊……"我回答得十分郑重："您代表村山先生的政党，签吧！今年是反法西斯战争胜利 60 周年，您代表的是日本社民党！"

福岛仿佛找到理论依据，神情立即变得坦然，龙飞凤舞起来。

签名售书真的是一个很累的活儿。

一个人离开后，另一个人走上来的空隙，村山开始活动手指。

也不知签了多久，人们都走光了。

我的老师等着我，我将她介绍给村山，两个人握手的时候，河井为他们照了相。

随后，村山也被领走了，剩下我被记者采访，手里拿着几本书，我的老师站在旁边，手里拿着我的大衣。

趁机问记者，来签名的都是些什么人，怎么看起来是那么有组织……

记者偷偷说：是某大学的学生，因为马上就要到 12 月 9 日了，有人在举行反日游行，村山富市是友好人士，而且曾经是国家元首，无论从哪个角度考虑都要保护，所以来签名的必须是可靠的人……

原来如此。

后来，写博士论文时查孔夫子旧书网买书，一日心血来潮，查了一下自己，没想到多年后竟然有人在那里出售有村山亲笔签名的书，一看售价，不禁吓了一跳，竟然是人民币 1600 元。

咂舌之余，忽然意识到：我似乎没有让村山在这本书上签名。

如此市场经济发展的社会里，像我这样没有经济头脑的人应该不多吧。

回东京后与小川夫人谈论签名仪式，说到福岛时，小川夫人说她们俩其实是东京大学的校友，而且差不多同期。作为在野党的党首，电视上的福岛一般总在说些反对政府的主张，小川夫人说：那很符合她的性格，上学的时候，福岛便喜欢辩论，东大当时有个辩论俱乐部，福岛是那里的重要成员，只要路过他们的活动室，准能听到她的声音。

因为喜欢戴红色的帽子，所以得了一个"爱辩论的小红帽"的名号。按小川夫人的说法，"福岛做政治家实在是再恰当不过了。"

小川夫人说这话时的语气平淡，不带褒贬。

对于一个日本普通妇人来说，面对着自己的挚友，能够如此评价某个政治人物，已属十分不易。

事实是，日本普通民众对从政一事或从政的人多持有不大肯定的评价，提到政治最常用的一个词便是：太脏。别人若从政因为事不关己，还可以不置可否，若是自己家人有这样的想法，便有一种堕落的感觉。

记得有一个笑星，大阪人，非常有名，在圈子里地位高且受人尊敬，因为很有名气，所以便有了实现更大个人价值的欲望，有政党也想让他出马做政党的竞选候选人。他为此征求家人意见，遭到了女儿的反对，女儿说：不希望父亲被肮脏的政治污染。

于是，那个笑星便断了竞选的念头，至今仍然在电视上逗人发笑。每星期天下午 1 点到 1 点半，如果转动电视机遥控器，便会发现他的身影，据说那个节目已经做了很多年了。

在日本，如果能将一个节目做几十年，更多的是靠演员个人的威望。

日本人喜欢那些老面孔 ①。

说起来，在日本，政治家远没有艺人吃香。

中国人都熟悉的原东京都知事石原慎太郎之所以多年屹立不倒，除了他自己是一个作家、评论家之外，还有一个非常重要的原因是：他是石原祐次郎的哥哥。

字打到这里，我发现一个有趣的事儿，但凡有一点名气的人，不论中国人还是日本人，只要用输入法把拼音打出来，名字便会立即出来，但石原裕次郎的名字我却是一个字一个字找的，可以看出中国人对这个名字的不熟悉程度。

其实，这是个令几乎所有日本人尊敬并感到亲切的名字，已经去世近二十年的石原裕次朗，仍然被电视上的所有人称为"裕次郎桑"，就像我们称呼"邓小平"为"小平"一样。

石原裕次郎是日本著名的影视明星，五十几岁英年早逝，但在日本综艺界的今天仍然是人们无法逾越的存在。记得某一年，电视里报道石原裕次郎去世 13 周年纪念活动的实况，去追悼的粉丝排成的长队完全可以用绵延不绝表示，那场景令我十分难忘。

我不清楚"裕次郎"到底因为什么那么有名，只知道他创建了一个专门培养英俊并演技优秀演员的公司 ②，这些人被称为"石原军团"，好多著名演员都是军团一员，而石原祐次郎本人还拥有一个纪念馆。

石原慎太郎可以说是政治上的常青树，我觉得这与"石原军团"为他拉选票有重要关系。大家都知道，若论起追星，如果将日本人说成亚洲的先驱也许并不为过。

所以，石原军团的力量是不可估量的。

---

① 日本人不仅喜欢电视上的老面孔，也喜欢各种店的商品保持原味儿。所以，如果一家料理店做的菜变了味道，客人便会产生不安的感觉，一家店如果有一个几十年甚至几百年不变的口味，便会成为日本人心目中最可靠的存在。

② 石原 Promotion，艺能事务所，类似于演艺培训班兼经纪公司，也是电影电视发行公司。

有一个小插曲。

小泉纯一郎当选首相不久，有消息报道说他的长子小泉孝太郎想报考石原公司，结果落选了。时任东京都知事石原慎太郎听说此事后，赶紧在媒体上以开玩笑的语气说：我和小泉关系这么好，他儿子想上我们这里来，太简单了，都是自家人……

于是，小泉孝太郎便入了石原军团，之后慢慢上戏，现在也已经成为电视上的英俊小生，早已经家喻户晓了。

当然，日本也有一部分野心勃勃的人，这些人就非常想从政，因为各级议员毕竟拥有着相当的权利，实际上非常有利可图。

这些渴望出人头地的人，或者去给现有议员当秘书，学习政治，培养人脉；或者去上松下政经塾①。从前民主党的许多议员都是松下政经塾毕业的，现在，由年轻的律师桥下彻创办的大阪维新会②也是这样一个组织。

我曾经参观过松下政经塾，中国社科院日本研究所与那里有过交流项目，因此，不少人都作为特别塾生在那里进修过三个月。

神奈川县的南部濒临美丽的相模湾，藤泽市便位于相模湾边儿上，而日本政治家的摇篮——松下政经塾就坐落在那里。

中国人对藤泽市也许知道的不多，但只要一到那里，多数居民会告诉你，有一个叫四个耳朵③的中国人长眠在他们那儿。

说起来惭愧，2012年"李春光事件"发生后，松下政经塾第一期塾生——当时的首相野田佳彦等民主党议员受到日本保守势力强烈攻击，松下政经塾被戏称为"松下整形塾"（因为这两个名称的日语发音完全一致），政经塾因此受到很大打击，当时的大阪知事桥下彻竟然在关西另拉山头，有媒体明里暗里说：将来或可替代松下政经塾。

为此，我有时会和李春光开玩笑说：你把松下政经塾"毁"了。

他则一脸无辜与无可奈何。

---

① 公益财团法人松下政经塾，是松下电器创始人松下幸之助于1979年创办的人才培养机构，以培养日本社会各界领袖人才为目的。

② 桥下彻，日本政治家，现为大阪市长，曾因为否认慰安妇问题而被中央电视台多次报道。

③ 聂耳墓在藤泽市，聂耳的繁体字是聶耳，共有四个耳字。

松下政经塾与其他教育机构不同。

几十年如一日，塾生们每天必须早早起床，打扫院子，背诵塾训，还要升国旗，在还没有国歌法和国旗法的当时，这种举动背离了一般常识，因而附近的居民们常觉得那个院子里的人离奇怪异。

一些有志于政治的人，无论毕业于什么学校，都可以去那里进修，毕业之后，则参加竞选，成为市、县乃至国会议员。

我先生曾经作为特别塾生在那里学习过，他常笑嘻嘻地说："那里集中了各色人等，每个人都充满了野心，学习的主要内容也是怎样当选议员或者用怎样的技巧去领导别人……"

可以说，日本是一个学习班的王国，仿佛什么样的学习班都有，演技有学习班，政客也有学习班。

松下政经塾塾头古山与李春光合影

※ 关于日本的政党

有许多中国人不能理解的地方。冷战结束前，各个政党基本上基于某个政治纲领结成，社会党、自民党或共产党等，党员大致还可以称为同志，但即便如此，为了竞选而结成政党的倾向也普遍存在。冷战结束后，政党的结成更是功利性十足，为了竞选结党似乎已经成为流行，尤其是近几年，临到竞选，稍有意见不合，便有人主张设立政党，因为五个国会议员便可以成立一个政党，同时可以领到政党助成金，所以党首众多，今天在一个党，明天说不准就自己当党首去了。日本议员的当选并不完全取决于哪个政党，因为竞选需要大量的资金，而从属于某个政党便会获得竞选资金，所以，一些经济不大宽裕的人有时候便不得不依附于某个为自己提供资金的党。当某个党人气很旺之时，如果被这个党看中，那么选民往往给这个党投票，这时候候选人自身的条件有可能便显得不那么重要。多数时候，选民是给候选人投票，而不是给某个党投票，所以，如果一些老牌议员自立新党的话，他自己的选民则不管他属于什么政党，投的始终是他这个人的票。而一些政党为了在竞选中取得优势，往往会拉一些名人当自己党的候选人，这个候选人如果当选，则自己的党在国会中的实力便会加强。这也是为什么日本的国会议员中有许多名人，诸如著名播音员、运动员的原因。

在日本，当选议员需要三个条件，这三个条件翻译成中文便是：地盘、名气和皮包。意思是：一个议员是否当选与这个人的政治水平关系不大，而与他的后援组织是否强大（地盘），是否有知名度（名气），以及选举资金（皮包里的钱）是否雄厚有关。因为日文中这三个字的发音中都有"バン"，依次为：ジバン（地盤）、カンバン（看板）、カバン（鞄），所以有竞选需要三个"バン"的说法。这一点在日本众所周知。

※ 关于日本的国歌和国旗

战后日本一直没有国歌和国旗，直到1999年国歌法和国旗法制定，才有了正式的国歌和国旗。

日本文部省自1996年开始规定公立中小学校在毕业典礼和升学仪式上演奏《君之代》和升太阳旗，但此举措遭到了各学校教职员工的反对，理由是"违背日本国宪法第 19 条",双方围绕这一问题的对立日益加剧,并逐渐发展成社会问题。

1999 年 3 月,围绕这一问题的对立激化,广岛县立某高中举行毕业典礼的时候,因为教职员工反对升旗及唱《君之代》,既不愿意违背文部省规定又无法说服教职员工的校长,被逼无奈,最后自杀。为此,时任首相小渊惠三力主促成了该法律的制定。

三十四

高桥的外甥女结婚，邀请我参加婚礼。

我与高桥一家相识多年，与他们家的所有亲戚也都感情不错。

日本人的结婚典礼，分为神教式、佛教式及基督教式三种，无论举办哪种婚礼，新娘的吉服都是白色，以象征爱情的纯洁。

参加婚礼要送钱，而且只能送钱，礼金的多少视交情和经济能力而定，但人们一般有一个常识性认识，有的书还教授年轻人这些常识。

中国人结婚，参加婚礼的人除了吃喝一顿外，至多吃几块喜糖、抽几根喜烟、喝几口喜酒，结婚当事人一般只入不出。而日本人的婚礼不一样，参加婚礼的人都不会空手离开，按照支付礼金的多寡或出力的多少拿走价格不一的婚礼回赠，远道而来的，还会拿到路费。

比方有人想在夏威夷举行婚礼，如果希望朋友参加，那飞机票及宾馆的费用则一定要出的。

这是礼节。

一般的，为了使这种回赠更加实惠，婚礼之前，新人会寄给参加婚礼的人一本礼品册，每个人选择好自己想要的东西后将礼品册寄回，新人便按照需求准备相应的份数，没有浪费，又合心意。又或者婚礼后带回新人赠送的礼品册，回家后再按需求选择后与礼品公司沟通即可。

这种回赠，参加葬礼时也有。

高桥一家都是基督徒，婚礼自然是基督教式的，我见到许多高桥所属教堂的朋友。

日本的基督教徒都比较互助，特别是自己所属的教堂，用高桥的话说，那其实就像是自己的故土，抑或是家园，在这样不安稳的世界里，自己的儿女从小就来这里，既学习，也交朋友，长大了在这一群人中找一个丈夫或妻子，人生会少许多危险。

高桥练达，通过他认识的基督徒也都可以说是世事洞明，这些人或在政界，或在财界，彼此互相提携。

教会，对于他们来说有时候更像是一个圈子，人际关系同样十分复杂，因此，有时候也会遇到矛盾，万不得已时还会转到另一个教会去。

但总的说来，是一个相对安宁而干净的圈子。

我之所以认识我人生中许多重要的朋友，都是源于我认识了基督徒高桥秀雄。

高桥是老师、朋友，也是兄长，虽然只有四十几岁，但却有仁厚长者的味道，而且不缺乏洞察力，若是遇到难平的世事，他便会温和地说一句：这是犯规。而他一旦说这句话，则表明他已经认清了一切，并且相当愤怒了。

他的好友——东南亚文化友好协会专务理事，基督徒大野克美，家在群马县，每个星期都要来东京，参加另一个基督徒的固定早餐会。

这个早餐会的规模不大，一般不过五六个人，在宾馆的一个小房间里，人多的时候，就换成大一点的房间。参加人员不大固定，早餐会之前一般都会有邮件来，询问大家能否参加，再按回信人数多寡安排早餐的数量。

早餐会的主人叫山崎高司，一个眼睛大大、说话慢悠悠的瘦小老人。

红砖砌成的东京车站，古朴而厚重，由于摩登的人们每日里的穿梭来往，更显得风韵卓卓，与白色墙壁黑色屋檐的皇宫①遥相呼应，和谐自然。不远处有一家叫 KKR 的酒店，名字虽然洋气，风格倒也没有什么特殊之处，只是位于皇宫的旁边，若在酒店的高层就餐，临窗便可以看见掩映在满眼绿色之中的皇宫一角，有时候还能看见一两只白天鹅在护城河里缓缓地漂，景色煞是好看。

山崎的早餐会便在这里举行。

---

① 天皇的住所，位于千代田区。

作者与村山富市

山崎七十多岁，因为瘦小且脸色白皙，看起来十分羸弱，他在 KKR 酒店的高层有一间小小的办公室，邮件上的联系地址便是这里。

山崎已经退休，每日里似乎仍然很忙，搞一些社会活动，大野带我去见他的那天，他似乎正在给世界各国的朋友写信，呼吁和平。

他告诉我，已经写了 200 多封了，且美国总统布什已经回信了。

他的朋友，都是各国的名人。

退休之前的山崎曾任国际货币基金组织的理事，仿佛与老小布什关系都不错，他的早餐会常有日本各界的名人出席，我在早餐会上便见过前首相羽田孜和前自民党总裁、现在的干事长谷垣祯一等人，这些人有许多并不是基督徒，但也会早早起床赶过来，陪着山崎一起念圣经，做祈祷，然后再一起吃饭。

日本人有一个早餐会的习惯，因为大家都忙，饭局有时候太多，中午、晚上都排不开的时候，便一起吃早饭。对外国朋友也一样，所以，中国的一些代表团有时候便要参加一些早餐会。

山崎的早餐会已经举办了很久，大野可以说是一个固定的成员，其他人则有空便去，另一个固定成员是一个石油公司的社长，20 世纪 70 年代曾经从中国买进来许多石油，现在已经不大去中国了。他常常帮山崎做些

229

事务性工作，每次询问大家是否出席的邮件便是他发的，他自己说是山崎的秘书。

我有相当长一段时间都去参加早餐会，因为没别的事情，而且山崎对我很器重，常常亲自打电话邀请我，我便早早起床，坐车去KKR酒店，吃一碗白米饭，再喝一碗味增汤，然后和大家聊聊天。

每次都要读《圣经》，而且大家轮流读，然后讨论这些话对人际关系或者人生的影响，交换意见之后，上班的去上班，不上班的回家，各自开始一天的生活。

我送他一套自己的译书，他很认真地读了之后，对我十分尊敬，因为他自己也翻译出版了英文的书籍，所以认为我是同道，并对我的文字十分赞赏。

他将自己的译著送给我的时候，我请他签名留念，他嘴里念叨着："实在是惶恐啊，你的文字那么好，我怎么好意思签名……"

山崎态度谦和，一张嘴便说"不好意思"，仿佛他和你说话便是打扰了你一般，他说一口标准的日语，是那种日常生活中很少见的美丽，我很喜欢听他说话，几乎是一种日语学习。

认识我的时候，山崎正在策划一个到中国去为战争赎罪的活动，他想领着一批人去中国种树或者种花，

也正是为此，大野才把我介绍过去。

在去见山崎的路上，大野嘱咐了我好几次："王，山崎是非常重要的朋友，我一般绝不介绍人过去，你一定要注意谈话的分寸……"

这种叮咛在大野来说是十分少见的，可见他自己也十分重视与山崎的

友情。

然而，我和山崎却十分谈得来。

那些天，老人家几乎每天都给我打电话，有时候其他中国人写的文字他不理解了，也会打电话问我，或者写信，发传真。

有一件事很有意思，那便是日本的友好人士为了表示对过去的反省，常常会跑到中国来种树种花，说是为了两国友好，为了增进友情。

李春光在驻日使馆工作的时候，从前留学所在地的日中友好协会，几次跟他沟通，想在大使馆院子里种花儿，最后十几个人，买了许多株牡丹花，种到中国驻日本大使馆的院子里，每颗牡丹花上都写了名字，于是人人都心满意足，觉得自己为日中友好尽了力。

据说，那片牡丹花开得不错。

说实话，我心里对种花草有些不以为然，总感觉有一种形象工程的味道。

不过山崎似乎对种植物情有独钟，连续几次早餐会大家都在探讨种什么最好，什么最容易成活，什么最能持续长久，等等。

开始的时候有人提出种樱花树，也已经讨论了樱花树多少钱一棵，以及运费几何的问题，因为费用是要大家捐的。后来便决定种波斯菊，说是草本的，只要带上花籽儿，去中国种就可以了，而且第二年还会自动向旁边扩展。

关于选什么颜色花儿的问题都讨论过了，十分细致。

后来，我有事回国，再回东京的时候，早餐会上已经不再讨论这个问题了，也不知花儿最后种了没有。

同小川夫人聊起，没想到她和山崎也相识，好像从前冈崎与山崎也是朋友，后来吵架了，不再来往。具体原因，小川夫人没有说。

中日关系始终不好，中国对外友协当时的副会长李小林女士也开始关注中日关系问题。

李女士曾经留学美国，英语流利无比，所以工作中心似乎一直也以英语圈为主，第一次访问日本时，很希望有一个好翻译，身边虽然跟了一个友协的翻译，但也是初次访问日本，所以心里不大有底，而且，李

女士也希望拓展在日本的人脉关系。

于是，找到了我。

李女士活泼可亲，一番交谈之后，决定由我陪同在东京活动。

正说话间，山崎电话过来，我犹豫着看向李女士，她很爽快地说："接！接！"

我忙道了歉，到旁边去接。

在日本，见客人或者开会的时候，一定要把电话调成静音，或者关掉，否则十分失礼，而打电话的人如果遇到对方关机的状况，一般都会再打过来，没人怪罪你为什么关机。

我那天匆忙，所以忘记关电话了，好在中国人不以为怪，我跑到旁边和山崎说话，告诉他我现在有要事，正在见中国对外友协的副会长，回头会给他打电话。

晚上，我打电话给山崎。

说是晚上，也不能太晚，因为若超过9点，再打电话就属于缺乏礼数了。

电话几乎没响便传来了山崎的声音，看来他始终在等着我的电话。

开门见山。

"王，一定想办法将李女士请来，我想举办一个晚餐会，请相应的国会议员来，大约十到二十人，明天不行了，后天。你知道，这些议员非常繁忙，日程都是几个月前便定好了的，拜托你明天一早便去跟李女士说，然后立即回复我，如果可以，我马上通知，还有群马的大野……"

我赶紧说："中国人晚上打电话没问题，现在我就可以跟李女士的助手说，如果可以，她今天晚上可能就会给我回话，只是太晚了，给您打电话不方便……"

山崎话语里透着惊喜："王，我没问题，你赶紧联系！无论结果如何，今晚都要打电话过来，我等你电话。"

我连忙打电话到李女士住的宾馆，大家果真没有睡，于是，我得到了确切的回信：他们将参加后天的晚餐会。

再一次给山崎打电话已经是 10 点以后，老先生听到消息激动无比，连声说："王，谢谢你！谢谢你！"

不知道第二天山崎是怎样忙碌的，总之，吃饭的当天，我按照他的指示来到 KKR 酒店的时候，一辆豪华的黑色贵宾车已经等在那里，山崎站在门口，千叮咛万嘱咐：一定将客人按时请到。

我坐着这辆豪华车将李女士和她的随员们接到了 KKR 酒店，十几个人已经坐好，看见客人进门，都站起来鼓掌欢迎。

山崎神采飞扬，跟大家解释：这是中国对外友协的副会长，前国家主席李先念的女儿……

在座的人对李女士十分尊敬，但仍然不忘提出尖锐的问题，当一个关于中国加强军备而且军费不透明的问题提出来后，场上的气氛已经变得有些微妙。

李女士真的不愧家学，和蔼地介绍着中国，思路敏捷得让人惊叹。最后，她微笑着说："中国的军备是正常的调整，并没有刻意加强，我哥哥就因为没有位置而无法升职，五十岁就退休了，现在每天在钓鱼……"

几句轻描淡写的话，立刻使场上的气氛变得柔和，日本人完全被她富有人性化的回答折服，很久之后对此仍然津津乐道。

我陪着她吃过饭，逛过街，也聊过天，那时的她看起来只是一个有亲和力的时髦女士，但面对着日本的议员，她竟然瞬间成为一个善辩的政治家。

我站在她身边，听她思路清晰、有条有理的话，在心里油然产生了"遗传真的不可小觑"的想法。想当初，她父亲参加革命，其雄才大略是常人所无法想象的，而她的身上所体现的基因也是那样的超群……

后来与山崎谈起，他也十分赞叹，完全赞同我对遗传基因的体会，说：耳濡目染便已经是常人所不能及……

对于爱面子的日本人来说，李女士的到访足以记入山崎这个圈子的历史，山崎对我另眼相看。

以后，遇到重要活动，但凡有世界名人参加的，山崎都希望我能邀请李女士参加，但都没有实现。

可见，人与人的相遇，原本一切都是随缘。

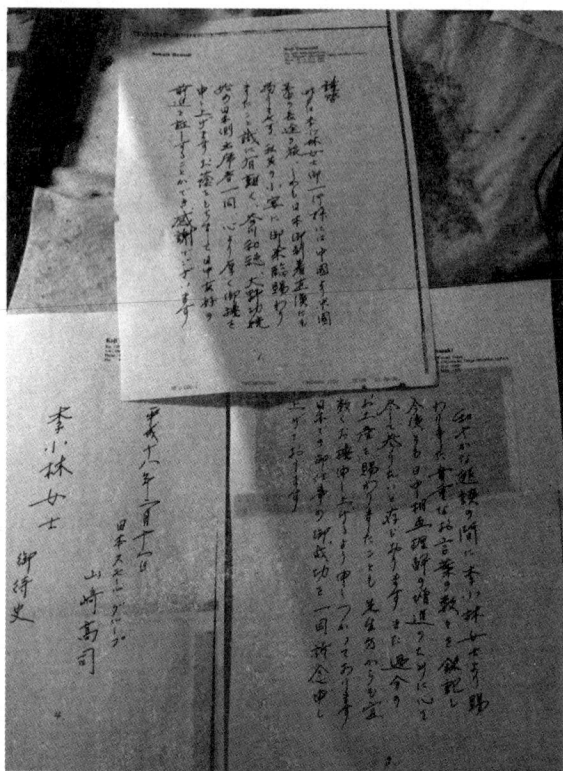

山崎给李小林女士的信

2008 年 5 月 12 日汶川地震，当年随李女士访日的随团翻译打国际电话给我，说希望山崎能够为汶川捐些款项。

中国对外友好协会发给山崎的感谢信和山崎给作者的感谢信

    我打电话给山崎，他立即答应，很快找朋友们捐了钱，买了数个帐篷，通过日本红十字会寄到了汶川。

    算起来，该是李女士结善缘的回报吧。

※ 关于日本的婚礼

神教式、佛教式及基督教式三种婚礼，分别在神社、寺院和教堂举行，结婚喜宴则安排在另外的地方。近年来，一些喜宴场所专门设立了举办典礼的地方，请各个宗教的神职人员到现场主持婚礼，这样的地方被称为"结婚式场"。

三十五

2006 年的冈崎研究所沙龙看起来与以往并没有什么不同，冈崎的气色越来越好，出席的依旧是老面孔居多，只是那些曾经每个月向冈崎缴纳会费的年轻人几乎不见了踪影，多了一些上市企业的会长，都是年龄和冈崎差不多的老爷爷。

我琢磨着冈崎研究所的经济状况也许已经好转，因为研究所里事务人员明显增多，看来，冈崎已经能够养得起人了。

冈崎上电视的机会也越来越多，星期天的上午打开电视，常常就能看到他，偶尔地去了趟研究所，倒有可能看不见他。

想想看，七十几岁的人了，忙得天天熬夜，脸色却是越来越红润了。

人真是一种奇怪的东西。

一日午后，好不容易他有一点儿空闲，我们两个人喝茶、闲聊。

说着说着便说到了选举。

时任日本首相小泉纯一郎，自 2001 年 4 月第一次组阁以来，已经两次连任自民党总裁，而按自民党的规定，总裁不能连任三次，2006 年 9 月，小泉即将任满，而他本人也早就放言：将辞去首相总裁职务。

自小泉公开表明意向之后，舆论媒体便开始臆测后小泉时代的自民党总裁人选。麻生太郎、谷垣祯一、福田康夫、安倍晋三四人均成为候选人，前首相森喜朗戏称其为"麻垣康三"，听起来就像是一个人名，媒体也频繁使用。

当时，鹿死谁手，并不可知。

其实，日本人对政治向来不是很热衷，有中国人嘲笑日本是经济大国、政治小国，不知该句话本意如何，但日本人大多也承认自己对政治不感兴趣。

但小泉纯一郎十分善于运用大众传媒，在 2001 年 4 月至 2006 年 9 月的首相任期内，小泉运用他过人的鼓动人心的手段，竟然使许多原本对政治不感兴趣的人开始关注政坛，小泉的政治手段，被日本媒体和民众戏称为"小泉剧场"，越来越多"看戏"的人们自己也入了戏，2005 年小泉解散众议院之后，参加投票选举①的人数成为历史上的最高纪录，自民党由此获得全面胜利并再次执政，而日本普通民众对政治的关注度也大大提高。

因此，后小泉时代的首相人选也成为当时的一个重要话题。

当我问冈崎觉得谁可能当选时，冈崎说："我觉得安倍应该可以，因为他是最能理解和延续小泉意图的人"。

冈崎与安倍晋三关系密切，有一次冈崎出差去大阪，秘书告诉我，一块去演讲的还有安倍，都是去讲日美同盟。我知道他们是同道之人，常常在相关的聚会上相见，不禁在心里想，身为小泉政府外交战略顾问的冈崎一定非常希望安倍能够获胜吧。

当时，民调中的安倍并不是最有人气，福田康夫和麻生太郎都比他资格老。我引用了民调的数字后说："似乎安倍并没有优势，而福田和麻生都比他有经验……"

冈崎不以为然："福田不过是一个公子哥，麻生也没有什么见解……"

我十分惊奇："安倍也是公子哥啊，他们三个都是世袭的议员，又都是前首相的后人②，都是公子哥啊。"

冈崎笑了："看起来都是公子哥，可是不一样啊，福田太软了，麻生嘛……总之，我觉得安倍有希望。"

我说："不过我觉得，不管他们谁当选首相，都不会影响日本与美国的关系……"

---

① 众议院议员任期为 4 年，有时候因为提前解散而不能任满，众议院解散后需要进行大选，是指因解散或者任满而进行的选举，根据日本宪法规定，必须在众议院解散之后的 40 日之内进行，而任满后进行的大选则需要在任满之日起的 30 日之内举行，特定选区进行的再选或补缺选举不包含在大选范围内。

② 麻生太郎的外祖父是吉田茂，福田康夫的父亲是福田赳夫，安倍晋三的外祖父是岸信介，外祖父的哥哥是佐藤荣作。

冈崎回答得十分干脆："那是当然！日美同盟必须强化"，说到这里，冈崎皱起了眉头："最近，中国社科院日本研究所的人递过话来，说想要来见我，我忙得很，不大想见了……"

　　我问道："是谁来啊？"

　　冈崎摇了摇头，脸上透着些许不耐烦："谁知道，我没问。"

　　我轻轻笑了笑："大使，您不妨见见吧，我估计他们是来向您打听 9 月的总裁选到底谁会赢的，因为，下任首相是谁也许会关系到中日关系的走向……"

　　冈崎看了看我，脸色变得柔和："说得有理，好吧，那就见见。"

　　后来，听铃木邦子偶尔提起，日本所的蒋立峰所长带人与冈崎见了面，至于都谈了什么，我们都没有提及，所以，我至今也不清楚。

　　但冈崎不大愿意与中国接触的意向却是明显的，这使我想起数年前，那时的他，也曾经动过去中国的念头。

　　不过短短几年，一切都变了。

　　这一年的中日安全保障对话在东京举行，上海国际问题研究所和中国社科院日本研究所都将参加。

　　吴寄南先生带人早来一些日子，冈崎研究所安排参观，因为，以往上海方面的接待非常隆重，所以日本方面对上海人员也是礼遇有加。

　　川村亲自带领大家去游浅草寺 ①。

　　因为他认识方丈，所以，我们走后面的庭园，进了浅草寺的里面，这里一般不对外开放，方丈派了一个和尚讲解并带我们参观。

　　浅草寺的庭院真的是别有洞天，很典型的日本庭园，朴素静雅。

　　我在日本居住多年，参观过浅草寺多次，也曾带过重要人物去，但这是唯一一次进到里面。

　　川村得意地说：不是谁都能进来的。

　　我相信川村的话，知道浅草寺方面几乎将吴先生等人当成了国宾级人物。

　　习惯于特权的中国方面人员对此并没有太深理解，因为，在中国只要

---

① 浅草寺是东京都一个著名的观光景点，是几乎所有的来访者都要去的地方。

有熟人，任何地方都存在不同的接待。吴寄南先生几个人纷纷议论，说：照我们苏州的园林差多了。

我不置可否，心里不由生出一丝感叹。

吴先生可以说是国内顶级的日本问题专家，而我觉得，一个站在两国交往最前沿的所谓"通"级的专家人物，在看别国东西的时候，有的不应该是这种比我们差多少的狭隘心理，而是"原来他们崇尚这些"，"原来他们喜欢这些啊"的探究心理，如此，才能发现对方与自己的真正不同，甚至细微差别，也才能够为政府献对计出好策。

否则，与普通民众有什么区别？

横须贺市位于三浦半岛南部，属神奈川县管辖，因为地处东京湾的入口处，自江户时代起便一直是战略要地。

作为港口城市，横须贺市非常有名，不仅是美国黑船靠岸的地方，也是昭和年间日本帝国重要的海军基地，而现

冈崎和冈崎研究所四位将军与蒋立峰、李春光的合影

在除了日本海上自卫队之外，美国第七舰队也驻扎在这里，所以，横须贺市其实是一个军港城市。

记得小泉纯一郎任首相之后访问美国，与小布什谈笑风生，还眯眯笑着唱美国歌曲，并说自己出生在基地城市横须贺，战后美国大兵驻扎在那里，当时还是小孩子的他常常跟着美国大兵跑，自小就喜欢美国文化。因为小泉善于运用大众传媒，他与美国总统的见面在电视上放了多次，所以，许多主妇在家里的厨房中便看到了首相与美国总统笑语融融的画面，人人都觉得小泉将国家的外交搞得十分美好，也都跟着心里畅快。

当时被称作"首相母亲"的外务大臣田中真纪子多次面对着媒体说：

"他（指小泉首相）是真的喜欢美国"，而横须贺市在那段日子也更加有名，连观光客都比以往多了很多。

我们到横须贺市的那天，天气晴朗，因为曾经在防卫大学执教的川村要带领吴寄南先生等人参观军舰，所以我们来到了这个基地城市。

冈崎研究所三位将军都来了，阿久津说自己从来没有上过军舰，所以也跟来了。

其实，参观军舰是横须贺市观光的一个重要内容，但是一般游客只是乘坐游船远远围着军舰看外观，而我们则不同，军舰特意停靠到岸边来，我们随着自卫队的司令们便直接上了军舰。

刚一上船，便有一个美丽的自卫队女军官笑盈盈地站着敬礼，然后便领着我们顺着扶梯上到舰长室，舰长大约四十岁，干练儒雅，亲自带着我们参观，我搞不清什么是什么，只是觉得人和军舰都是那么干净、整洁，而且透着那么一股斯文，不像是军队，倒有一种到某个公司参观的感觉。

参观完了，我们来到一个会议室样的房间，有人通过投影仪为我们讲解军舰的构造，吴先生和他们谈论着类似于炮弹聚焦之类的问题，也提到了上海的什么军舰怎样怎样，我实在没有武器方面的知识，晕晕乎乎的、几乎完全搞不懂他们在说些什么，但是仍然能翻译个八九不离十，因为只要把词翻译过去，具有专业知识的人一听也就都懂了。

会议结束，军舰带着我们在东京湾里兜风。那天天气很好，我们的心情也很好，干净的军舰和干净的军人让人心里十分舒畅。

有人将我们领到操作室内，川村说这是舰长待的地方，我站在舵的后面，看着晴空下粼光闪闪的海面，笑嘻嘻地问川村："你看我像不像舰长？"

川村笑着说："像得很啊，大家快来，都来体验一下当舰长的感觉！"川村边说边转过头去招呼其他人，于是大家轮流着站到舵的后面照相。

军舰带我们在东京湾里绕了一会儿后，停靠在一处码头上，我们跟女水兵告别，上到了岸上。每个人拿了一份礼物——"海上自卫队咖喱"。

佐藤神秘地告诉我："王，这个好吃得很，自卫队的人只有星期五才能吃到，很有名的，回去好好尝尝。"我看了看说话的佐藤，他也拿了一份，一问才知道，他也很久没有吃到了，因为外边没有卖的。

我们去三笠公园参观三笠纪念舰。

三笠舰赫赫有名，曾经是日俄战争中的联合舰队旗舰，联合舰队司令东乡平八郎便是乘着它指挥的日俄海战，战后作为纪念舰被保存在横须贺市，船头朝着苏联的方向，据说这使苏联人十分不愉快，二战后曾经提出要拆掉三笠舰，但日本没有同意，最后几经交涉才得以保全。

日本人对俄国或苏联感情复杂，日俄战争曾使日本人扬眉吐气，而二战后，日本人认为苏联强行占去了北方四岛（俄称南千岛群岛），当年中国东北的许多日军战俘都被苏联人强行送往西伯利亚受苦，许多人受虐致死。但日本人对苏联人从不言怨，文学作品中也有体现西伯利亚苦寒的描写，但仿佛既没有民族恨也没有不服气的抗争，有的只是平静地接受。

普通的日本人提到苏联的时候，既不表示喜欢，也不表示不喜欢，是一种愿赌服输的感觉。

佐藤出生在桦太，记得有一次聊天偶尔提起，我十分惊讶，很同情地问他："那你岂不是再也没有故乡了？"日本自卫队空军司令佐藤守笑容淡淡，语气平和："是呀，没有办法。"

一句没有办法，让我的同情没有了目标："那边还有亲戚吗？没有牺牲什么人吧？"

"没有。我们全家都搬走了，既然待不下去了，就不待喽。"

佐藤笑得轻松，看不出更多的含义。

其实，日本人对美国的感情大抵也是如此，也是那种愿赌服输的感觉，只是因为战后美国为日本带来了繁荣，总体说来，日本普通人是很亲美的。

但日本人对中国或韩国态度却不同，不仅普通百姓，连政治家都会随时将喜怒行之于色，究其原因，终究是实力的问题。

所以，在日本几近二十年的生活，我体会最深的便是邓小平的韬光养晦。

一百年过去，三笠舰船体仍然光鲜，三笠公园也十分整洁漂亮，是横须贺市有名的观光景点。

吴寄南先生低声跟我说："看看人家的技术！一百年前便这样先进。"

我问川村："这舰，一定花很多钱吧？"

我不怕别人说自己外行，所以常常提些看起来很幼稚的问题，但因为往往能听到意想不到的答案，故而乐此不疲。

川村的语气有点艰涩："这是用当时清王朝的赔款建的，说实话，如果没有清王朝的赔款，日俄战争绝不是后来的样子……"

我和吴先生无语，互相望了望，咬着耳朵说："如果获得赔款的是清王朝，说不准便将这钱吃喝掉了，反正自己赢了……"

川村询问般地看着我，我想了想，将我和吴先生说的话翻译给了他，他也想了想，然后认真地说："日本人危机意识很强，即便有了积蓄，也不会挥霍的，因为不知道将来会有什么事情发生……"

对于日本人的危机意识强这一点，我在日本生活多年，非常有体会。他们居安思危，永远怀有防患于未然的想法，遇到小危机会想到大危机时怎么办，看到别人遇到危机时会想到如果发生在自己身上该怎么办……日本的电视、杂志常常会以耸人听闻的方式预测"下一次的关东地震将具有怎样的毁灭性"，他们不仅是嘴上担忧，行政机关乃至个人都一直在做着各种各样的准备。

日本人家家有防灾贮备，我的一个朋友隔一段日子便会买一批鱼罐头等物，一打听，原来是防灾用的，只是放着，一段时间后过了保质期便扔掉，重新再买。他是一个平时十分节省的人，但这样的花销却从不觉得浪费。而各地的商场里则终年摆放着统一的防灾商品。

在日本，"防患于未然"是一种理念。

日本还有一个全民"防灾日"，因为死难者超过十万的 1923 年 9 月 1 日关东大地震让日本人永世难忘，1960 年，日本政府便宣布将 9 月 1 日定为"防灾日"，而 9 月 1 日所在周则是"防灾周"，政府和地方公共团体每年都会举行防灾训练或防灾宣传活动，以提高国民的防灾意识。9 月 1 日当天，小学生们会头顶着防灾帽子跟着老师进行避难演习。

日本民众不仅注重防灾，而且关注行政部门的危机管理态度。他们对发生灾难时应对不力的首相非常苛刻，一旦首相反应不尽人意，内阁支持率便会立即下降，首相也便很快下台。

　　比方说，1995 年 1 月 17 日，神户发生地震，时任首相村山富市因为没有及时派遣自卫队救援，引发非议，面对记者的责问时村山说："因为是第一次，所以没有经验……"一句辩解引得民意大哗，村山终被抛弃。

　　2001 年 2 月，日本高中生的实习船在夏威夷海附近发生海难，当时首相森喜朗正在高尔夫球场，告急电话便打到警卫那里，因为他发出指令是在第三次告急电话之后，而两次电话相差大约一个半小时，这期间森喜朗一直在打高尔夫球，所以愤怒的民众指责他轻民，于是当遇难船只的画面与森喜朗挥高尔夫球棒的动作连续在电视屏幕上晃动了数日后，他便不得不离开了首相官邸。

　　最近的一次是 2011 年 3 月 11 日的大海啸，民主党首相菅直人因为对核泄漏问题处理不给力而屡受指责，终因支持率跌至谷底而不得不饮恨离开……

　　日本社会安定祥和，日本人淡定从容，但平和的外表下却似乎写满了危机，危机意识流淌在每个人的血液中，危机管理体制几乎存在于社会的每个角落里，而且在不断更新与完善。为了应对危机，日本人借鉴世界上所有他们认为有价值的东西，不论这一东西来自于任何国家、任何人。

　　而这种危机意识也同样反映到治国理念上来，我熟悉的冈崎，已经七十几岁，仍然用他从中国历史典籍或西方记事见闻中吸取的经验观点，研究着一旦国家之间发生危机，日本应该怎样应对的方略。

※ 关于"黑船事件"

1853 年 7 月，美国使节佩里率四艘被涂成黑色的船出现在江户湾，将美国总统的亲笔书信呈上，强行要求日本与之通商。第二年 1 月，佩里再次登陆，向德川幕府施加压力，迫使幕府同意"煤炭•食粮的供应及难民救助"等条款，但幕府最后拒绝了通商的要求。3 月 3 日，日美亲善条约签订。

日本人对佩里评价很高，认为有了佩里"来航"，才有了日本以后的开放和发展。

日本人有一个特点很耐人寻味，不论是佩里来航还是横须贺的美军驻扎，当事人都没有屈辱的感觉。横须贺市建有佩里纪念馆和佩里公园，北海道函馆市建有佩里来航纪念碑和雕像，对于一个迫使日本通商的美国人，日本人怀着深深的感激，认为是佩里为他们带来了现代文明。

同样的，横须贺市长大的小泉纯一郎的亲美也是发自内心的。

这一点，与中国人完全不同。

※ 关于田中真纪子

田中真纪子是田中角荣的女儿，1993 年继承父亲的选举地盘当选众议院议员，因为自民党现任大佬几乎都是他父亲创建的派系——田中派的成员，所以她在自民党内举足轻重，又因为言语犀利幽默，很受国民喜爱。而小泉纯一郎在 2001 年竞选自民党总裁时，在党内并没有优势，但后来得到了田中的支持，最后获得选举胜利，因此，田中被称为"首相母亲"，也因此入阁，担任内阁最重要阁僚——外务大臣。小泉内阁诞生初期，支持率非常高，后来，小泉参拜了靖国神社，中国政府提出强烈抗议，民间还举行了反日游行。

田中对小泉的参拜非常不满，因为田中角荣实现了中日邦交正常化带来了中日之间二十年的友好相处，日本国内在评价田中角荣时也将中日邦交正常化归为他的最大政绩，因此，田中对小泉首相参拜靖国神社破坏其父亲的基业无法忍受，在媒体上的批判十分不客气，开始的时候说："中国国内贫富差距正在加剧，国内矛盾日益尖锐，小泉这个时候参拜神社，引得中国百姓不满，将矛头惹到日本身上，根本没有考虑到日本的国家利

245

益，也没有考虑到世界和平。"当自信的田中发现自己对小泉首相的警告没有起到应有的效果时，开始变得愤怒，批判更加尖锐，甚至上升到人身攻击上来，最著名的一句便是："大家看看小泉说'我要去参拜靖国神社'时的那张脸，简直就像咸鱼干一样，真是让人讨厌！"

小泉首相对田中的攻击一直忍耐，并不公开出来反驳，只是这时候日本媒体不断有外务省的内部爆料说"田中如何不守时间了，如何小姐脾气了"等等，社会上关于田中的负面消息越来越多，但田中的人气并没有下降。

2002年2月，在田中的负面新闻流行了大半年之后，小泉首相终于显得十分无可奈何地罢免了田中外相的职务。但日本民众并没有接纳小泉的说法，一直居高不下的小泉内阁支持率一下子从80%多下降到50%几，忘恩负义的小泉面临着被民众唾弃的局面。为此，2002年9月，小泉首相突然决定访问朝鲜，去见金正日交涉怀疑被朝鲜绑架的日本人质问题，并探讨日朝邦交正常化的可能性。小泉首相的朝鲜访问非常成功，5个被朝鲜绑架的日本人最终返回日本，让日本全民流泪。这个具有人道主义意味的举动，使小泉内阁起死回生，而日本的社会舆论自此便一直没有离开过"人质"问题，小泉首相由此赚足了政治资本，而陪同小泉首相访问朝鲜的安倍晋三，也一跃成为民众的宠儿，为他以后当选首相奠定了重要基础。

记得小泉访问朝鲜时，我曾经见过河井，他那天显得十分失落，问其原因，他说："社民党一直以来致力于改善与朝鲜的关系，但小泉要访问朝鲜，苦于没有人脉，要求社民党贡献出来，我们没有办法……社民党几十年的努力便都拱手让给了他……"我很替他们不平："小泉岂不是下山摘桃子？这太不公平了！"河井说："没有办法，小泉也是为了国家利益，为了国家，社会党应该牺牲"。

河井一句话让我对日本的执政党与在野党的关系又有了一个新的认识。

※日本海上自卫队咖喱的由来

海上自卫队咖喱由来已久，日俄战争时期，来自于农家子弟的日本海军士兵因为日日食用白米饭，多生脚气，影响了战斗力。为此，海军横须贺镇守府设专人解决，终于想出了将蔬菜和牛肉放到一起炖成咖喱饭的办法，士兵从此不再受脚气病困扰，海军咖喱从此诞生并延续至今。似乎每个不同部门都有自己秘不传人的调味法。

※ 南桦太与北桦太

1945 年前，桦太被分为南桦太和北桦太，以北纬 50 度线为界，南桦太归属日本，北桦太归苏联，二战结束后，按《旧金山和约》的规定，日本放弃了对南桦太的行政管辖权。

三十六

2006 年 9 月，安倍晋三当选首相，冈崎研究所的空气里似乎都淌满了快乐，选举前的不安完全看不见了，文化频道樱花的主持人铃木邦子在电视上的讲话变得更加柔和，积极地肯定着安倍主张建立美丽国家的主张，并对他率先访问中国实现"破冰之旅"的举动给予高度评价。

没想到的是，安倍访问中国一事不仅让中国政府高兴，也让我高兴，因为冈崎研究所的所有人似乎都比以往更愿意见到我。那个阶段，我和铃木关系融洽，常常一起聊天、吃饭。

访问中国的安倍提出了建立"战略互惠"关系的主张，听惯了"中日友好"的我在心里对这四个字琢磨了很久。

某日，去研究所看望冈崎。

曾经为小泉内阁当顾问的冈崎与新内阁关系仍旧密切，当我提到安倍当选的时候，冈崎表情变得矜持，像提到自家孩子似的有一股绷着的笑意，又怕太张扬了惹来什么祸事一样，显出了一股刻意的谨慎。

我知道，当时的安倍，虽然已经当政，但天下并不太平。

因为安倍是经过激烈选举之后才以微弱优势胜出的，所以不仅自民党内各派势力需要安抚，在野党民主党也由于深获民意，正铆着劲儿要把自民党拉下台，所以虎视眈眈地盯着安倍的一举一动，安倍故而小心谨慎，一点儿也不敢轻举妄动。

因为安倍事先承诺过要参拜靖国神社，但是并没有兑现，我对冈崎说："安倍看起来不如小泉胆大，并没有去参拜靖国……"

冈崎看了我一眼，不以为意地说："安倍现在要以站稳脚跟为主，我对他的举动非常理解，凡事都要顺应时事……"

我说："田中真纪子好像对安倍十分轻视……"

一提到田中，冈崎的表情立即变得不屑："那个人根本不懂政治，只是个刁蛮的大小姐，她哪里懂得什么是国家利益……"

想起田中评价安倍的话来，我不禁觉得好笑："大使，您听到她说安倍是课长突然当了社长的话吗？我觉得她说得挺像的……"

冈崎不笑，脸色有些不悦："那个人只会人身攻击，太没有品位了，说话竟然像一个主妇一样，比主妇还不如……安倍的确没有经验，不过经验是培养的嘛……"

冈崎边说边摇头，我看他有些护短，忙改话题问道："'战略互惠'是一个新的提法，我觉得好像是对'日中友好'说法的否认……"

冈崎立即点头："你理解的不错，日中友好本来就是畸形的，也可以说只是一个'幻象'，只有战略互惠才符合国家交往的准则。"

冈崎看了看我，接着说："王，你觉得两个体制完全不同的国家，只靠'友好'能够维持交往吗？国家利益根本无法体现……"

我缓缓地点着头："这么一说，我也觉得，'友好'这件事看起来就像是在回避现实，粉饰太平……"

冈崎点头。

与冈崎进行这番对话时，我对"战略互惠"和"友好"的理解还不是很深，后来写博士论文，在对中日建交之前的关系史进行了系统的分析后发现，其实"战略互惠"的主张不过是日本战后对中国现实主义外交的延续[①]，应该是战后所有内阁思想在安倍内阁时期的体现，而从前的"中日友好"也不过是因为：对日本来说，"友好"在那一时期是最能获得实际利益的做法，究其本质仍然是赤裸裸的现实主义。

而且，当时的中国实力不强，所以日本对中国"友好"的内心里其实还有一股优越感存在，而现在不同，中国的实力都要赶上日本了，

---

① 我为此写了一篇《日本首相的"天命"及其现实主义对华政策——也谈安倍新内阁的对华政策》文章，发表在 2013 年《和平与发展》的第一期上。

这让日本人心中充满了危机感，哪里还有心情陪着中国人"友好"下去呢？

还有一个关键问题是：中国政府在当时似乎对日本人的现实主义完全心知肚明，只不过用"友好"的姿态将希望从中国获得现实利益的日本带到了预想的"友好"轨道上来而已。

也就是说，"友好"是中国先提出来的，日本是被动"友好"，但不管主动也好被动也罢，究其实质便是"求同存异"的结果。

而如今，日本人却是想尽早结束"友好"的时代，而用"战略互惠"取而代之。

中国对外友好协会副会长李小林女士第二次访问东京的时候，因为要会见外相麻生太郎，所以仍然找我做翻译。

一个在日本多年的中国人将当时的副外相浅野胜人介绍给李女士，浅野便安排了李女士与外相麻生的见面。

见面被安排在麻生事务所，我们到的早一些，等。

据说外相很忙，李女士看起来无所谓的样子，但她的助手却一直偷偷地对我说着此次见面如何重要的话。

见面持续大约半个小时，李女士和麻生两个人都会说英语，李女士的英语是童子功，而麻生的英语也是日本人中少有的漂亮，发音纯正得很。这个出自首相世家的"世袭"议员，显得风度翩翩，在电视上看起来很歪的嘴巴近处看起来也没那么碍眼，透着一股压得住人的派头。而娇小的李女士只穿着一件简单的宽松连衣短裙，一点儿也不张扬，但却有一股说不出来的雍容。

两个人并没有谈什么与大局有关的问题，而且时不时都会加一两句英语，显得十分和谐，是那种气场的和谐，煞是好看。

不注意间看了看旁边的浅野，不知怎么，瘦小的他显得十分的没有分量。

浅野2006年9月起任安倍第一次内阁的外务副大臣，只当到第二年的8月，任期不满一年，任期内因为认识了李女士等人，其后仍然积极从事中日两国关系的斡旋工作，我回国读博士后，听中国对外友协的朋友说过几次浅野又到中国来的话，知道浅野是在协调双方关系，看样子浅野在中国的人脉已经得到日本政界的认可。

这对于浅野胜人来讲，应该说是可以使用一生的财富。

日本的议员非常重视个人与外国政府的人脉关系，如果能够持有与某外国高层领导直接联系的人脉，将对其政治生命产生巨大影响，不管这个国家与日本关系如何，哪怕是敌对国家。

有时候，与敌对国家的人脉关系更加重要。

毛泽东时代有许多这样的例子。

中华人民共和国还没有成立之前，当美国人眼看着蒋介石大势已去时，便匆忙改变了对日本的战后政策，开始扶植日本成为其对付共产主义的重要势力，关于这一点，所有的学术书籍都有提及，称之为"扶植日本使其成为抵御共产主义的桥头堡"。直到1972年中日两国正式建立邦交关系为止，日本政府对中国的政治态度始终是与美国一致的，也就是不承认中国的合法地位。

但日本许多国会议员却与中国关系密切，其中不仅有在野党的议员，执政党的议员也不少。

周恩来总理对日本客人非常用心，他在位时几乎接见了所有的日本代表团，不论是经济代表团还是文化代表团，一部《周恩来年谱》记载了太多他接见日本民间代表团①的事情，看上去让人产生一种周恩来总理将"统一战线"运用到国际关系上去的感觉。

而中国总理的亲自接见，对于尊卑有序的日本人来讲，却实实在在是值得骄傲一生的事。

日本人的尊卑有序其实并不难想象，有一则在日本人尽皆知的故事，说的是日本著名教育家福泽谕吉②小时候，因为不经意踩了写着藩主③名字的废纸，而差一点挨哥哥揍的事，其实哥哥的"揍"很不一般，而是差不多就要拔剑了。

---

① 因为没有外交关系，所以来访的日本代表团都被冠以民间的名号，哪怕成员中有政治家存在。

② 福泽谕吉是日本著名的教育家，日本最著名私立大学庆应义塾大学的创始人，一万日元上的人物。

③ 类似于中国的地方诸侯。

踩了名字便是大不敬，足见等级的森严，这件事虽然发生在明治维新以前，但因为日本社会并没有发生过翻天覆地的社会革命，现代日本是经过一点点改良变化而来，所以现在日本人的许多风俗习惯仍是过去的延续，很容易便找到其出处与根源。

我曾经翻看过许多日本友好人士的回忆录，发现他们无一例外地是周恩来总理个人的崇拜者，甚至一些来之前还对中国说三道四的人，在见过周总理之后，也立即就成了日中友好人士。

这些日本人对周恩来总理的怀念和敬仰是非常真诚的，无论其政治理念如何。

周总理去世后，他们甚至在日本为他塑了雕像。

有时候我想，将早期的日中友好人士说成是周恩来总理培养的也许并不为过。因为差不多所有的经济代表团后面都立着一个或几个政治人物，所以，周恩来总理的亲和力远远地渗透到日本国内，于是有的议员便干脆亲自来到中国，这些人或左或右，都来见周总理。

周总理亲力亲为，不仅介绍讲解中国的政策，也解除了一些保守人士心中对共产主义的疑虑。于是日本出现了许多亲华人士，从经济界到文化界，从学术界到政界，从左翼人士到保守势力，从在野党到执政党，甚至一些老牌自民党议员在见过周总理之后也转而亲华，并进而促进了60年代自民党内"亲华派"的产生。

这对其后日本政府的决策产生了重要影响。

据说，曾遭到中国激烈批判的安倍的外祖父岸信介的哥哥佐藤荣作[①]在竞选首相之前，也曾经找过中国驻日工作人员，表明自己对改善中日关系的意向。因为佐藤当选首相后没有改善中日关系的具体举措，许多中国人说佐藤出尔反尔。实际上，中美、中苏关系都发生了重要变化，而日本极希望从美国手里收回冲绳，国内国际因素的综合考虑下，佐藤荣作只是做出了他自己的选择而已。

但此事足可以看出，想开拓一条与中国的人脉关系并不只是左派人士的想法，对于日本政治家来说，当时的国际环境下，与中国领导人的亲密

---

① 三个人都是首相。

关系将成为他们的重要政治资本。这一点也可以从冈崎研究所的小川彰极力想建立与中国往来渠道的做法中看出。

后来，中日邦交正常化之前，这些大小政治家纷纷行动起来，往来穿梭于两国之间，发挥了重要作用。

我写博士论文的时候，读《毛泽东外交文选》，毛泽东与田中角荣会见时说有人骂他"专门勾结右派"，但是因为在野党多少年也解决不了的问题，右派几天就解决了，所以解决问题还是要"靠自民党政府"，所以他"喜欢右派"。

毛泽东说这句话之前一个星期，周恩来总理宴请多年来往返于两国之间的日本朋友，感谢他们多年的努力，说两国邦交正常化的实现是他们"巨大努力的结果"，于是一句"饮水不忘掘井人"流传后世，这些人的回忆录中无一不对此表现得感激涕零。

因为，周恩来总理这句话不仅减轻了这些老朋友心里的失落感，也成为他们继续来往于两国之间的重要心里安慰。

他们在邦交正常化后，仍旧是友好人士。

现在这些人大多已经离世，而二十年的中日"蜜月期"，因为两国政府之间的联系密切，解决问题已经不再需要特殊的人脉关系，所以，类似于从前那样"忠实于"中国的亲华人士反而越来越少了。

浅野是不是新一代的亲华人士还不好说，因为，现在中国已经不再是上世纪50年代那个需要得到别人承认的中国了，也许，即便中国需要新的亲华人士，其特点也应该与过去不同。

而且，日本也不再是从前的日本，而另一个在中日关系中无时不在的背景——美国，也不再是从前的美国了。

不管我怎样想，浅野确实从那时起一直协调着两国的关系。李女士会见麻生那次，中日关系虽然没有现在恶劣，但已经很不好，所以，安倍首相的中国行才被称为"破冰之旅"。

近两年中日关系尤其严峻，可以想象，应该有许多浅野这样的人在两国之间来往，不知道去年APEC期间习主席与安倍晋三首相的握手到底是哪个人的功劳。但有一点我十分清楚，那就是这个功劳足够这个人物在日本政界享用很久。

　　※ 田中真纪子与小泉纯一郎

　　田中真纪子与小泉纯一郎争斗，被撤掉外务大臣的职务，小泉内阁为此支持率下降，其后善于权谋的小泉突出奇招访问朝鲜，人气重新旺盛，朝鲜之行不仅提升了支持率，还成功地将社会舆论从内阁丑闻扭转到朝鲜人质问题上来。不久之后，有媒体爆料田中克扣秘书工资，此经济丑闻逼得田中不得不辞去国会议员职务。与自民党决裂的田中后来加入民主党再次当选，对自民党的批判更加尖锐。媒体和民众也都乐意听她挖苦自民党的议员们，东山再起的她人气仍然十分旺。在安倍当选之后，有媒体问她的意见，她的言辞仍然刻薄，但民众都觉得她的话十分贴切，她说安倍当选就像一个公司里的课长突然当了社长一样，很不和谐，很快就会消失。而且安倍父辈思想右倾，所以他就像穿着他父亲的鞋子出门一样，只能越来越往右走。

三十七

海外生活日久，人变得越来越迷恋家乡。偶尔的，发现一本从前喜欢的杂志，竟然会有一种要流泪的感觉；每回一次家，看到白发苍苍的老父亲，便多一分不如归去的念头，在家里一待便是一月。

可是，东门出西门进之间不知怎么又惦念起东京的人和事来，虽有许多不舍，还是收拾起行囊出了门……

就这样晃荡着，不觉人已经到了中年。

回国？留在国外？成为我心中永远理不清的结。

父母自然是盼着回到国内的，哪怕仍然远在千里之外，但终究在一个说中国话就可以到的地方，所以就有了近的感觉。

这种情绪不觉影响了我，心里总是纠结缠绵着，日子过得也就不大畅快。

有一阶段，开始计划着回国了。

中国对外友好协会的李小林女士对我颇为赏识，她来东京的时候我曾说过想去她那里工作，李女士很爽快，建议我去友协下面的基金会当对外联络部副部长。

我动了心。

2007年3月，我去了北京，到中国对外友协与相关人员见了面。

回到东京后，虽然心里仍在纠结着，但却开始与许多人告别。

村山富市的秘书、社民党对外联络部部长河井卓弥是我的日语老师，自然要打声招呼。

河井关切地问我打算去哪里，乱七八糟地吐露了一番自己的矛盾心理后，河井表示他会找村山，让老人家为我写一封推荐信，因为老人与当时的对外友好协会会长宋健先生关系密切。

我一听大喜。

不管用上用不上，有村山的推荐总是好事。

七扯八扯间，河井又说村山与一些国家领导人关系不错，还有……

于是，干脆拜托河井多写几封，凡是与村山交好的，最好都写，希望大家都能关照我。

河井看着我的贪婪，直乐。

当时我是这么想的：反正信的内容由河井起草，他多打印几份，村山签名就行了，写一封也是写，多写几封也不大费劲，反正已经求了村山了，就求得彻底一点。

因为有了这个心理，我更加得寸进尺地对河井说：也许我将来还会出去教日语，请村山帮我题个日语学校的名字，或者叫"雅丹日本语学院"，或者叫"雅丹日本语学校"，请老先生写一个，再多写一个"院"或者"校"就行了。

河井满口答应，要我静候佳音。

不几日，河井约我见面，说村山的推荐信来了。

好快。

河井带来了三封村山富市的推荐信，另外一张纸上写着"雅丹日本语学院"和"雅丹日本语学校"。

推荐信不短，满满地写了一页，三封都是村山亲笔。

河井说："村山先生说，希望你继续努力，也希望你保重身体，他会祝福你……"

我的眼里瞬时盈满了泪。

光是这几封信，老先生写的时候大概就已经累得手酸了吧？

村山在写《我的奋斗历程》时回忆自己入伍时曾经请地方上的名人题字，新入伍的人都要请人题字的，但给村山题字的人因为军衔较高，所以，他入伍后很是受了优待。

我想，他给我写推荐信时一定想到年少时别人对自己的恩惠，希望他的亲笔也能施惠于人……

村山富市，是一个值得人尊敬的老人。

三十八

2007 年的中日安全保障对话依例在中国举行，我们仍旧于 11 月去中国，先去北京，后去上海。

回中国之前，我去冈崎研究所与冈崎告别。数日不见，冈崎显得落寞，脸部线条看起来僵硬，有点儿强打精神的感觉。研究所看起来一切正常，但大家说话的声音都显得干巴巴的，少了些许轻快。

我不觉在心里揣度着，也许是因为首相安倍辞职的缘故。

想想也是，冈崎与继任首相福田康夫并没有什么交情，多年苦心经营，终于建立起来的与内阁府的亲密关系也许自此便不复存在，多年心血终将化为泡影，这对于已经七十七岁的冈崎来说，实在是不小的打击。

其实，安倍晋三自任首相以后，也算兢兢业业，无奈当时民主党风头日健，而安倍本人也确实如田中真纪子所言"突然从课长当上了社长"，经验欠缺，笨手笨脚，而明里暗里的对手们则每天都盯着他还有他的阁僚们，许多陈年老账都被翻起，措手不及之下频频被对手抓到小辫子，丑闻接连不断。最大在野党民主党天天嚷着让安倍下台，而自民党内的反对派也步步紧逼，加上 7 月参议院大选自民党大败，安倍精神受到巨大打击，肠胃功能开始紊乱，连日腹泻不止，在宣布辞职后的第二天便住进了医院。

当时英国 BBC 电视台讽刺说："安倍昨天刚办理手续离开首相官邸，今天便办理了医院的入住手续"。（英国人用的英语是 check out 与 check in，因而讽刺味道非常浓）

安倍的辞职方式很让日本人瞧不起，外媒的讥讽也让他们觉得丢脸，一个国家的首相怎么能如此脆弱，竟然会因为外界压力而肠胃功能紊乱以至于拉肚子呢？这太让人接受不了，真的是个公子哥！

其实，一直到辞职之前，安倍始终公开表示将继续担任首相，绝不辞职。拉肚子也不只一天，不知为什么后来撑不住了。我本来想问问冈崎安倍辞职的真正原因，但看着略显憔悴的冈崎，便只和他谈了一会儿闲话，就告辞了。

后来听说，其实安倍根本没有辞职的打算，但对手已经找到了足以致命的武器，似乎是他的首相爷爷们偷税漏税的证据，当某小报的清样摆在安倍面前，而他本人也被告知如果不走人便会于次日公布于世时，安倍再无退路，只得忍泪表示愿意辞职。

在日本政界，敌对势力之间若真正对峙时，往往会从丑闻下手，包括经济丑闻、女性关系等，因为丑闻往往最能引起老百姓的共鸣，而一旦失去了民意，这个人的政治前途或者政治生命便会出现危机。

其实，各个政党之间都彼此握有对方的小辫子，平时也是积极努力寻找政敌（包括同一政党内的对手）的短处，只是这丑闻大多握在手里并不立即使用，只有到了必要时刻，才将各种真真假假的丑闻抛出，再通过媒体一炒作（每个议员都有相熟的报社或记者），弄得沸沸扬扬之后，不管事情是真是假，当事人都会被整得灰头土脸，即便事后发现恐怕是有人泼的脏水，也是覆水难收，再也无力回天。

安倍当然知道以生病为由辞职有多丢脸，也窝囊，但如果经济丑闻公之于世，他失去的将不只是首相的宝座，恐怕连议员的位置也保不住了，而议员一旦落选，能不能再次选上就很难说，用李春光的话说就是：连饭都没得吃了。

兹事体大。

为了留得青山在，安倍只能饮恨辞职，只是实在憋了一口闷气出不来，本来也许只是有些疲惫而拉肚子，但如此窝囊地离开首相官邸，病情自然加重，以至于第二天便不得不住进了医院。

其实，民间对安倍的"生病"也是心照不宣，如果有人想躲避某事，甚至会有人开玩笑说："您不会也像安倍那样胃肠功能失调了吧？"

一句话，足以表明民众对安倍的把戏是心知肚明的。

想来，当时安倍的日子一定很不好过。冈崎虽然嘴上不说，但心中郁闷，冈崎研究所的其他人也少了许多前些日子的踌躇满志，虽然新首相福田康夫仍然强调日美同盟的重要性，但在私人交情十分重要的日本，再次成为首相心腹人物的道路充满艰辛。

中国之行，虽然中国对日本首相更迭的话题兴趣很浓，但冈崎研究所的将军们都不大愿意提及，被问起时，也只是言语笼统地回答几句诸如身体状况不佳之类的话，表情严肃认真，仿佛安倍真的生了很严重的病一样。

我听着只有在心里暗笑。

因为这年7月，李春光被借调至东京中国驻日使馆经参处任职，中国社科院日本研究所的接待显得更加冷淡，如11月北京的天一般，一点儿热情也没有，连市内参观这样的活动也没有。

主管接待的金熙德只是在到达当天的欢迎会上露了一面，陪着大家喝醉了酒，其他时间我们便都自己行动。

上海方面仍然是个让人感到亲切的东道主，会议安排在锦江饭店举行，大家吃住都在饭店里，吴寄南先生还安排了观看中国杂技并在上海市内参观。

海军护卫舰司令金田秀昭是第二次来中国，与其他三位将军不同，小川在世时并没有带金田来过中国，所以他不是"原始班子"成员。

金田比其他人观点激烈，明显地看出来是鹰派人物，他眼睛不大，但目光锐利。记得第一次在冈崎研究所见到金田的时候，小川还活着，山田小姐也还在。

那一日，当我款款地走进冈崎研究所的大门时，山田小姐立即眉开眼笑地招呼我，金田当时正站在山田小姐身后说着什么。

那天是冈崎久彦的著作讨论会，来了不少人。

听了山田小姐的介绍，金田表情严肃，连招呼都没有打，转头问山田小姐："怎么会有中国人来这里？"声音不大，但十分不客气。

我没有理会他，仍旧笑意盈盈，山田小姐脸色有些泛红，语气有点急促：“王是大使的朋友，她是很好的人……”

金田没有再多言语，只是上下打量了我几眼便离开了山田小姐的桌子。

山田小姐十分过意不去地低声对我说：“对不起啊，王，金田不喜欢中国，你别介意……”

我微笑着摇了摇头。一会儿，小川似乎也听见了一点儿风声，走过来轻声说：“以后接触久了，金田和你就会发现彼此都是好人……”

那以后数年，多次在冈崎研究所看见金田，我一般都会向他问好，但他从来没有正式回答过我，至多点一下头而已。

看得出来，金田是真的不喜欢中国，并且体现得表里如一。

金田退役后在庆应义塾大学做客座教授，后来又成为冈崎研究所的理事，所以，随着大家一起来到中国，但和我并没有太多的交流。只是看我的眼神已经多了从前没有的柔和，那年和佐藤等人一道唱《大刀向鬼子们的头上砍去》时，金田虽然没有一起唱，但却兴致勃勃地在屋子中间伴舞，看起来很是开心。

看杂技的那个晚上，上海起了很大的风。

演出结束后，我们步行着往酒店走，风大，几个人便进了路边高楼里一家日本居酒屋，因为男士们说想暖暖身子。

居酒屋建得有些特别，一个小房间里放一张桌子，房间小得怎么看都像是洞穴，只能坐两三个人。

佐藤、金田和我三个人钻到一个洞里吃喝，男人们喝酒，我喝乌龙茶，与在日本时一样。

日本人为我干杯，谢谢我陪他们来中国，推杯换盏之间不知怎么就聊起了中日关系，金田对我说：“你真的是人格高尚之人，我觉得你可以为中日关系牺牲自己的性命，我很敬重你。”

金田说着举起杯，佐藤也举起杯子，三个人的杯子碰到一起时，我的内心充满感动。

这是我和金田之间最多的一次对话，没有迎合，也没有解释。

我始终记得那天晚上，还有那个小屋里的暖意融融。

回到酒店不久，李春光从东京打来电话。问将军们是否想参观即将访问东京湾的中国军舰，因为11月28日中国军舰"深圳号"会到达东京，并逗留四天，这是新中国成立后两国之间的第一次军事交流，驻日使馆正在准备发放参观票，让使馆人员将想招待的人名报上来，如果将军们有参观的打算，他便将名字报上去。

这是一件大事。

我打电话到川村的房间，因为他是团长，川村马上表示想去，很快就联系了其他人，除了喝醉了的山本诚等两三个人没接电话外，其他人都表示愿意去。

第二天早上，喝醉了的人也来报名，于是，便约好了全体成员在返回东京后一起去东京湾。

11月29日，东京飘着小雨。不冷，但凉得很。

我们在距离晴海埠头最近的车站集合，往码头走。

差不多是去中国的原班人马，但将军们与在中国时神情有些不同，我想了想，觉得是一种在自己国家的从容。同样是这几个人，在中国时，看我的眼神中便有了些许依赖。

东京港是日本五大国际贸易港之一，吞吐量居世界第48位，与同样位于东京湾的横滨港一样，被日本国土交通省制定为超级中枢港湾。

东京港内有许多埠头，晴海埠头是其中之一，离临海副都心地区最近，景色很美。

临海副都心是东京都的七大副都心之一，全部区域均属填海而成，因为不远即是横跨东京湾的彩虹桥，也被称为彩虹城。

这里的建筑很新潮，已经形成了以台场为中心的东京都重要景区。

晴海埠头自1991年开始使用，因为往来船只不是很多，平时显得空旷，偶尔会有一些大型船只入港，日本的南极观测船归国时也泊在这里。

首次访问日本的"深圳号"便停靠在这里。

穿过林立的楼群，视野忽然变得开阔，放眼望去，海天交接，东京湾如一个巨大的贝，天空与水面是贝的壳，仿佛被一只巨手撑开了，里面摆放着悠悠荡荡的彩虹桥和高矮错落的各色建筑，中间是深灰色透明的海①，看起来就像一个精致的盆景一般，因为微雨，空气湿润，更显得景物干净、透着一股清新。

一艘灰色的船停靠在岸边，是那种将铁皮直接涂成灰色的船，显得单调，静静地卧在岸边，有些渺小，这就是"深圳号"导弹驱逐舰。

李春光已经等在入口处，身材挺拔，虽然没有受过训练，但因为遗传，看起来竟然带了些许乃父的军人风姿，倒让几个便服的日本将军不由得挺了挺身子，脸上也似乎多了一些从前一起开学术会议时不曾有过的表情，细细想了想，似乎是一种类似于尊敬的东西。

事后问李春光何以等在此处，他说，因为这些人是他推荐的，所以必得他自己接待，而且还需保证这些人在船上不至于做出些有损国家尊严的事来，比方说拉个反对的条幅什么的。

原来，这岸边的舰艇，能够静静地停着，却是十分的不容易。

其实，这艘军舰的到访已经晚了八年。

这是中华人民共和国成立之后，中国军舰第一次访问日本，其后，日本军舰也回访了中国。

据说许多中国人对日本军舰的来访表示不满。

遥想甲午风云，也许谁都会承认，这军舰的互访确实是一个凝结着诸多感情的问题。

在日本方面也是一样，虽然日本人善于海战，而且近代史上曾经在中国近海纵横，所以对中国军舰的来访感情要单纯很多，但因为涉及军事问题，想到中国近年来军事力量的增强，许多日本人便感觉十分不舒服，所以，"深圳号"的来访就变得不再单纯了。

首先是来访的时间。

军舰的互访，是朱镕基总理和时任日本首相森喜朗在 2000 年 10 月约定的，当时，中日两国还处于"友好"状态之下。其后，形势就开始变

---

① 看过许多地方的海，发现海水在近处看其实是深灰色的，并不是蓝色。而南国的冲绳，近看海滨的水是透明而无色的，远远看去才有些蓝色，是那种略显艳丽的浅蓝色。

化，12 月美国共和党的小布什竞选获胜，在 2001 年 1 月 20 日正式就任总统之前，美国 CSIS 智囊迈克尔·格林等人访问日本，1 月 15 日与冈崎等人共同召开主题为"探索 21 世纪日美同盟的具体形式"的国际会议（这是我参加的第一次国际会议），1 月 17 日森喜朗宣布已经于前一日成立了"日美贤人会议"，核心成员便是 15 日参加会议的冈崎等人，之后，森喜朗因为高尔夫丑闻被赶下台，小泉纯一郎继任，访问美国，并开始参拜靖国神社。

于是中日关系便逐年恶化，直到今天。

世人共睹。

我是眼看着中日关系一天不如一天的，可以说，经过小泉等人不懈的"努力"，中日关系从"友好"状态中走了出来，虽然中间也有"曲折"，出现了有些人为了某种什么目的，或者出现了方向迷失等状况而试图"破冰"，但大方向却是没有变的。

到现在，日本政府早已开始探讨和中国的"战略互惠"关系，并琢磨着趁机修改和平宪法。

而那一年军舰的互访，不过是中间"曲折"时的一个插曲而已。

继安倍晋三首相"破冰"之旅后，日本进入福田康夫执政时期，双方关系仍然呈现回暖状态，为了庆祝中日建交 35 周年，许多纪念活动纷纷出台，双方互访频繁，这年 8 月，中国军委副主席曹刚川访问日本，最后敲定了军舰互访的日期。

然而，终于实现的中国军舰来访，并不是个让大家都痛快的举动。

据李春光说，"深圳号"如期到达的当天，驻日使馆相关人员去码头迎接，便碰上了很大的阻力。

有人游行。

具体地说，是车在游行。

使馆车队在接近码头时便不能动了，数辆右翼宣传车挡住了车队的去路，震耳的口号声此起彼伏，"中国人从日本滚出去"、"中国军舰滚回去"等吵成了一片，闹了好大一会儿才被警察赶走。

长出一口气的中国大使崔天凯先生领着使馆人员到达码头时，"深圳号"已经快靠岸了，等待多时的日本海上自卫队军官下船（前来交流的军舰以后几天也一直停在"深圳号"旁边）与崔大使会合，军乐队奏起了两国国歌和《解放军进行曲》，随着"深圳号"的缓缓靠岸，军事交流正式拉开了帷幕。

客人都是受驻日使馆相关人员邀请来的，既有中国人也有日本人，对于很多中国人（包括华侨）和"友好人士"来讲，这是一种荣誉。

而普通的日本人则不大以为然。

读过一个参观军舰的人写的观后感，文章透着一种轻微的讽刺：

"深圳号"可以称为中国的"外交舰"，据说已经去过太平洋、印度洋、大西洋沿岸的十几个国家……小雨中，受招待的客人络绎着登上了军舰。

军舰上禁止录像，但可以照相，也可以与船员合影。船员都是精挑细选的，个个都仿佛是"外交明星"，微笑着与访客合影……据说这是中华人民共和国成立后军舰的第一次来访。

从前，中国的军舰也曾来访过，应该是73年前的1934年，当时因为东乡平八郎去世，中华民国政府派萧毅肃少将和海军鱼雷游击司令王寿延率吊唁代表团。他们于1934年6月2日乘海军第一舰队巡洋舰"宁海号"（舰长高宪申）到达下关。

说起来，那是一次极具讽刺意味的访问。

东乡平八郎被称为日本海军的"军神"，1894年7月25日，日本军舰"吉野号"、"浪速号"、"秋津岛号"在朝鲜丰岛冲与清国军舰"济远号"、"广乙号"遭遇，双方激战，东乡平八郎是"浪速号"的舰长，在追赶试图逃跑的"济远号"时，将运送大约1100名清军士兵的英国商船"高升号"击沉，这就是著名的"高升号事件"。

"高升号事件"造成了900多名清海军士兵丧生，可是就是这个应该让中国人憎恨的东乡平八郎去世，作为清海军继承者的中华民国却派出吊唁代表团来访问……不管怎么说，这是中华民国时代唯一的一次海军来访……

读着这篇文章，我的心里很不是滋味。

不知这位作者是否和我们同一天上的军舰，因为我们去的那天，也是细雨蒙蒙。

随着我一起登上"深圳号"的将军们显得郑重，对比着上次参观的日本军舰，我明显地感觉到我们的军舰没有人家整洁，也许是军舰的风格和色彩，也许是其他的什么。

我看了看将军们，没有人评价，只是认真地走着，看着，我知道，这时候，任何说出来的对比都是对彼此的不尊重。

将军们是君子。

我们始终默默地走着，将军们是内行，用不着人介绍，倒是我，东张西望地看着热闹。当看到"深圳号"顶部指向天空的炮筒时，我问川村那些都是什么，川村等人终于开口说话，耐心地告诉我哪个是导弹发射器，哪个是高射炮。

日本的军舰停在旁边，我指着那上面的炮筒问川村哪一个更先进，川村十分抱歉地说："对不起，王，就目前看，日本的似乎要比中国先进……"

我看了看一直跟着我们的李春光，他用中文跟我说："是真的，日本海军的实力很强……"

参观结束，川村请我们去附近的餐厅吃午餐，谈笑着说些以后如何如何的话，然后各自散去回家。

这个时候，任谁也没有想到，这是我与冈崎研究所的朋友们集中会面的最后一次。

※ 关于日本的游行

与其他国家相比，日本人的游行有着自己的独特之处，虽然也出现过类似于1960年"安保斗争"那样暴力色彩浓烈的情况，但总的说来参加人数较少，显得比较温和。如果参加人数为3人以下，便不需要特殊许可，只要直接上街就可以了。

如果游行人数超过了3人，则事先必须到警视厅申请，获得许可之后方可上街。日本对游行没有特殊限制，但因为游行一般要占用行车道或者人行通道，对公共交通造成影响，因此按照道路交通法或者各个地方政府的相关条例规定，游行之前必须向地方警察署提交申请。没有经过许可的游行是会遇到"城管"的，也就是说将被警察遣散。在国会、驻外使领馆以及政党本部附近游行时，则禁止使用高音喇叭。

为了防止游行暴力化，现在的游行一般都会受到警察的监视，一个有趣的现象是警察的人数常常会超过游行的人数，有时还会出现警察将示威的人包围住实行监视的情形，据说是为了将游行的人与行人隔开，以使游行规模不至于扩大。游行一般在休息日举行，这样参加的人数便会增加，而注意到游行的人也会更多，效果便会更好。左翼团体的游行一般步行多一些，右翼团体则以宣传车为主，高音喇叭呼啸而过之处，人们往往被吵得心惊肉跳。

中国大使馆的所在地六本木，有点儿像北京的三里屯，是驻外使馆集中的地方，常有一些游行的人在这里出现，有些人每天都会在中国使馆附近发放传单，像上班一样准时，据说是雇来的，行人一般不理会。据说他们一天会挣一万日元，在日本这是很高的工资。

去年我去使馆办事，正赶上一个日本人在使馆大门口抗议，几个警察站在旁边守候着，那个人认真并高声地宣读着日本对钓鱼岛的主权，听的人只有那几个警察，路过的人都没有驻足。

我母亲有一次来日本，当时我们住在驻日使馆的别馆，某个星期天早晨，窗外忽然响起震耳的口号声，是反华的口号，吓得老太太赶紧跑到我们房间，哆嗦着问发生了什么事，要不日本人咋要我们滚出去呢？我和先生大笑，告诉她这是右翼宣传车，隔一阵儿就会来的，因为太吵，居民们很反感，过一会儿也就走了，如果时间过久，就会有人报警，警察会来的，不要害怕。不过，警察不是针对他们喊的口号的内容，而是测量喇叭的分贝，如果分贝过高，便会对他们进行行政处罚。老太太十分狐疑地看着我们，对我们不生气的态度表示不解。

日本的非暴力性示威游行大致始于上世纪20年代要求改善劳动条件的"五一"游行运动，后来，由于实行军国主义政策，"五一"游行遭到禁止，但战争结束后，得以恢复。进入上世纪五六十年代以后，随着日本工会的成熟和学生运动的兴起，"五一"游行渐渐发展成为定例。每年"五一"节前或当天，全国总工会都会组织要求改善劳动条件的游行，除了提出改善工资待遇等问题，总工会还和其他社会团体合作，组织一些与"和平"、"人权"等问题相关的游行。1960年发生的举世瞩目的"安保斗争"运动便是由左派人士组织并最终发展成全体国民参加的大型示威活动。

1990年以后，日本的工会运动呈现衰退趋势，加上社会的安定以及年轻人对政治的疏离，游行示威活动渐渐减少，"五一"游行也几乎变成了形式。记得有一年四月，曾经听社民党的河井卓弥谈起"五一"节罢工游行的事，在我的印象中，一提到罢工游行便会想起中国历史上的血雨腥风，因此不由得问河井是不是很危险。河井笑着摇头："每年都一样，差不多是惯例了，事先准备一些条幅什么的，将游行线路跟警察汇报一下，然后走一圈……"我听着心里十分新奇。

随着网络的发达，许多游行信息开始在网上发布，有一个网站叫"日本全国游行信息网"，专门发布各种有关游行的信息，一些原本由个别市民团体组织的游行活动，经过网络宣传后召集到许多普通市民参加，游行规模和社会影响都得到相应的扩大。2011年反对原子能发电站的游行示威据说参加者超过了两万人，而2012年的原子能发电站反对游行则达到了17万人，后来的集团自卫权解禁反对运动也是通过facebook联络的，规模也不小。

※高升号事件

高升号事件是中日甲午战争时的著名事件。公元1894年7月25日(大清光绪二十年，日本明治27年)，清政府雇用英国商船高升号从塘沽起航，运送中国士兵前往朝鲜牙山，在丰岛附近海面被埋伏的日本浪速号巡洋舰悍然击沉，船上大部分官兵殉国。

三十九

2008 年，即将春暖花开的时候，我们家出了一件大事。

上小学五年级的女儿开始拒绝上学。

女儿热爱上学，每天上学几乎都是跑着去的，因为学校有个图书馆，课间休息时间又长，所以她一有空就在图书馆读书，小学毕业的时候，已经差不多将图书馆里的书都看完了。

可是那几日，爱上学的小女孩却无论如何也不愿意去了，开始我并没注意，因为她只是今天说脑袋疼，明天说肚子疼，我也就带着去医院，吃药休息地过几日，眼见着没有什么毛病了。一天早晨，她却怎么也不肯出门。我生气了，急扯白脸地说了她一顿，没想到她竟然放声大哭，表示绝不去学校。

我这才意识到事态严重，忙询问理由。小孩子只是哭着摇头，什么也不说。见问不出一个所已然来，虽然是早上忙碌时间段，我也立即打电话去学校。

班主任老师语气平和，说孩子最近在学校不大活跃，问是不是身体不好的缘故。当我说道"孩子哭着不愿意上学，是不是在学校发生了什么事"时，老师的语气明显地变得迟疑："不会吧？应该不会……"一边说一边尽量和善地说，让孩子在家好好休息，别着急来学校，一切慢慢商量。

我知道，此时的老师和我一样，都在担心孩子是否遇到了日本社会最恐怖的"欺负人"事件。

老师答应去班级询问情况，我十分不放心地放下了电话，告诉女儿，她可以不去上学了，但必须告诉我发生了什么。

女儿情绪有些平复，断断续续的叙述中，我明白了一个事实：她在学校的确遇到了困难。

而这困难却是她无法解决得了的。

数日前，一个事件几乎吸引了所有媒体和民众的注意，媒体称其为："中国速冻毒饺子事件"。

日本千叶县①和兵库县有十几个人吃了中国制造的速冻饺子出现拉肚子等症状，其中一个小孩子中毒严重，已经陷入昏迷。

事件一经报道，列岛一片哗然。

日本人对产品质量非常重视，一旦有个别产品被投诉有问题，所有同一批号的产品都会下架。中国人都熟悉的日本汽车的收回，并不是所有产品都存在问题，而是某一个产品被报有缺陷，厂商所做的回应措施。

记得有一年，日本著名乳制品厂商"明治乳业"被报有消费者出现拉肚子症状后，紧急调回全日本所有产品，并由此引发对生产设备的卫生检查，最终发现某一设备黄曲霉菌超标，于是"明治乳业"股票大跌，元气受到重创。重新生产后在全国免费送了很久新牛奶，才渐渐缓过劲来。

日本的农产品有很多都来自中国，"毒饺子"经检验发现是混入了一种剧毒的杀虫剂，而这种杀虫剂在日本早已经被禁用。

日本全国就此对自己的饭桌安全产生怀疑。后来，虽然中国方面对生产厂家进行了处置，但日本人已经对中国食品产生了巨大的抵触，发展到今日，中国食品出口日本已经很难，只有一些从前的老关系还在维持着。

没想到的是，"饺子事件"竟然会波及我的家。

事件自然传到了学校，女儿上学时，开始被班里的同学讥讽，许多人指责她说："你们中国的饺子里面竟然有毒，真是太可恶了！我们不和你做朋友！"

这样的指责让女儿十分委屈，更可气的是午饭的时候，小朋友们不让她给大家分饭菜，说她会给大家下毒。女儿拼命辩解，但没有人听她的，班里已经没有人理她了。所以不愿意去上学……

老师的回信很快来了，说他在学校问了一下大家，都说没有任何不妥，大家都很喜欢我女儿，并盼着她能早一点来学校。

---

① 日本的县相当于中国的省。

我无语。

将女儿的话整理之后反馈给老师，年轻的男教师沉默了许久，辩解着说："可是，我问大家的时候，都说很喜欢你女儿呀……"

我没有回答。

电话那边也停了下来，沉默了许久，老师终于低声说："那就暂时在家里待些日子，等大家都淡忘了再上学……"

我知道，老师已经在心里承认，那些所谓的喜欢我女儿的话都是假的。

也就是说，老师和我一样，已经认可了发生在女儿身上的"欺负人"问题。

事情非同小可。

在日本，学校的"欺负人"是一个十分严重的社会问题，尽管有识之士不断出谋划策，相关部门还设立了"欺负人热线"，好像有一年国会还专门设立了"欺负人"应对部门，各种措施五花八门，但都收效甚微。

每年仍然有花儿一样的孩子走投无路，饮恨离开人世，公众或者会一时间唏嘘，但悲伤的终究只有骤然失去孩子的父母，被媒体揭露报道的学校校长们总是重复着："没有任何欺负人的征兆……"即便有传说是哪些孩子的哪些行为逼迫得死者选择了绝路，但当事人几句"开玩笑"、"没有恶意"的解释，终于还是使事件不了了之，很快地便淡出了公众的视线，直到第二年某处又有新的事件出现。

曾经认识一个在东京大学攻读博士学位的女孩子，淡雅而有品位，举止得体，学业优秀，常常笑着和我说自己是书虫，却一点儿也没有书虫的呆气，我有时会在心里对比自己，在她的这个年纪，我才真是书虫一个，人事不知，浑身上下散发着逼人的杀气。不禁十分感叹：人家那才叫真优秀，情商智商都是一流。

一次闲聊，提到了女儿的教育问题，她很感慨，向我讲述了自己中学时挨欺负的经历。

小时候的她就是一个成绩优秀的孩子，住在离东京较远的一个县，大学之前读的都是公立学校，周围的同学大都不愿意学习，也没有什么理想。

小学的时候人际关系还好，升入初中后不知从哪一天起全班同学开始孤立她：有人在她桌子上写诸如"去死吧！"等带有侮辱性的文字，有人在她去厕所时从门上将冷水兜头泼下，还有人将图钉偷偷放进她鞋柜①的鞋里，一踩便扎进肉里……

女孩儿说这些时脸上的肌肉有些扭曲，虽然时隔多年，仿佛仍能记起当年的疼痛。

我心里替她不平："为什么不告诉老师？老师总应该……"

她打断我的话："没有用，没有人会承认，即便是看见有人放图钉，也不会有人出来证明，因为如果说了，下一个挨欺负的人就可能是自己……至于其他的，可以轻声一笑说'闹着玩的'，老师就什么话也不能说了……而且，如果老师在班里说了点儿什么，那么情形可能就会变得更糟糕……而且，忍一忍，过些日子也许就过去了……"

我仍然无法接受："那你和父母说了吗？他们怎么说？"

"我爸爸只是说：'再忍忍，忍忍就过去了，所有的日本人都是这样忍耐过来了，这就是社会……'后来，升入了高中，和那些人分开了，就好了。想起来，也是人生的一个体验，而且，我也有责任，因为我和大家想的、说的都不一样……"

"那也不至于放图钉，那是人身伤害呀……"我的声音不觉提高了许多。

她看我有点激动，反而过来安慰我："不过是小孩子的把戏，没有分寸而已，也不用那么较真，虽然当时很痛苦，但现在想来，教会了我许多东西，我自小学习好，不免自以为是，说话的时候就不大顾及旁边人的感受，现在反而对'挨欺负'的经历心存感激，走入社会后不再以自我为中心……"

对她的话，作为中国人的我很不理解，但看她淡淡的样子，也就没了激动的理由。但她的话给我的冲击不小，常常会想一想，想着想着不由记起从前读硕士时的一个同学来。

某年，我在横滨国立大学工学部攻读硕士，同期有一个男孩子，高大

---

① 日本的中小学教室都是地板，进教学楼时要换室内专用的鞋。鞋柜不上锁，但写有名字。

英俊，头脑敏捷，很少见的不拘谨的日本男孩子。

一次闲聊，说起各自的中学生活，我说自己只是上课认真听讲，从不做作业，他笑着说自己那会儿每天光和一帮贪玩的孩子们捣蛋，或者欺负欺负人，上课的时候就睡觉，要不就看漫画。

我不禁赞叹："那你真是天才，不用学习就能考到这里来（横滨国立大学是日本著名大学）。"

他顽皮地笑了："哪里！我晚上在家里拼命地学，常常整夜整夜地学习，所以上课睡觉。"

我十分不解："为什么？！那多伤身体！而且，上课听讲很重要啊！"

男孩子的大眼睛里有狡黠也有认真："上课不能认真听，那样的话就和大家不一样了，就会挨欺负的。我和大家一起玩儿，一起闹，关系可好了，谁也不会想到我晚上不睡觉在家学习，后来我一下考上我们县里最好的高中，大家十分佩服我，说：'那家伙，简直是天才'……而且，我在学校呆得很舒服……"

我抓住他话里的漏洞："可是，你说你欺负人玩儿……"他笑了："我不主动欺负人，但伙伴们中有人起头欺负人时，便跟着，大家都跟着，如果不跟着，在这个团体里就待不下去了，别人就该欺负你了……"

当时，我刚来日本不久，对他话里的"欺负人"并没有太多的理解，只是记得他说自己在学校不学习，晚上在家里偷偷学的话，觉得不可思议。

这会儿想起来，不由不佩服男孩子生存手段的高明，小小年纪，便如此圆润，这么多年过去了，想必在社会上一定如鱼得水吧。

记得女儿小时候，曾经带她去小川夫人家玩儿，当时女儿刚刚上小学，看见小川家多得数不过来的书后开心得不得了，找一本后便坐下来看，忘记了周围的一切，显得有些旁若无人。

小川夫人看着那个安静看书的小人儿，许久许久没有说话，最后轻轻地对我说："王，你一定得让这孩子上私立中学，她是一个十分有个性的孩子，日本的私立中学非常好，非常利于有个性孩子的成长，不同个性的孩子可以上不同的私立中学，给她选一个好的私立中学，她会长成一个很棒的人……"

当时，我对小川夫人的话没有太深的理解，但听了东大女孩儿总结说"挨欺负"是因为自己"与别人不一样"时，不知怎么便想起了小川夫人那天看女儿时久久不说话的表情，似乎明白了小川夫人许多没有说出口的含义：日本的义务教育不培养有个性的人，也就是说，有个性的人在日本的公立学校生存艰难。

于是，我明白了为什么"挨欺负事件"几乎都发生在公立学校的原因。

日本的学校分公立（包括国立）、私立两种，私立小学数目非常少，99%以上的孩子都就读于公立小学①，一部分小学生会在升入初中时参加各个私立中学的考试，这使得私立中学的比例增加至中学总数的7%。

其实，这两个数字并不只是一个简单的统计，它还说明了一个重要事实，那就是90%以上孩子的整个义务教育阶段，都将在公立学校度过。

日本公立学校的特点是：孩子们就近上学，老师们都是公务员，升学压力比较低，学校对学习成绩没有要求，一般没有考试，甚至连作业都没有，也没有留级制度。孩子们呢，一般都没有太大的理想，不想成为社会精英，因为社会精英的位子不多，有理想的人小时候起便开始上私立学校了。

公立学校女孩子的理想多是正常嫁人（从前冈崎研究所的山田小姐就是这样的一个人），甚至连嫁给富翁这类的非分之想都没有，或者是去卖面包，开花店，或者当幼儿园老师，自在安稳地度过一生；男孩子的理想则是打棒球，或者烤面包、捏寿司、卖拉面，娶妻生子平凡终老……

所以，年少而精力旺盛的他们有大把的时间用来欺负某个他们看着不顺眼的人，挨欺负的理由可以有很多，可以因为你比别人漂亮，也可以因为你比别人英语发音好，还可以因为你的学习成绩比别人棒，抑或是因为你性格开朗活泼，甚至是你的血型与大家不一致都是挨欺负的理由。

日本人大多是A血型，所以，B血型的人在学校常常挨欺负，我就多次听见女儿的小同学窃窃私语："那家伙那么讨厌，不会是B型血吧？"

---

① 小学总数为22000所，私立小学仅为213所，约占1%；中学总数为10815所，私立中学仅占7%；高等学校（高中）的数目为5116所，其中私立高中为1321所，占25.8%；大学总数为778所，私立大学为597所，占大学总数的76.7%。

我认识一个公司社长，曾经在自己的著作里回忆："因为是 B 血型，上学的时候没少挨欺负"……

总之，只要你和别人不一样，便有可能在这个集体里成为大家攻击的对象，曾经在电视上听到一个明星说儿子在学校挨欺负，因为别人家的车都是国产的，而某一天她曾开着"奔驰"路过学校……后来儿子转学，新同学又因为听说他妈妈是明星而孤立他……

所以，中国人熟悉的山口百惠决不让媒体拍到儿子们的照片，因为如果曝光，孩子在学校就有可能陷入困境。而一些漂亮的女明星也常在电视上眼泪汪汪地叙说小时候挨欺负的经历，即便是混到了国民偶像级的人物，离开学校的另当别论，但若是继续留在学校，也必得谨小慎微、安分守己，否则一句与别人不一样，足以让你丢盔卸甲，灰头土脸。

我五年级的女儿，则因为她的中国血统，在"毒饺子事件"发生时受到大家的非难。

李春光在"深圳号"前

因为"饺子事件"，我开始思考日本的"欺负人"现象，我发现，"欺负人"现象可以说无所不在，几乎存在于包括学校在内的所有社会集团之中。

皇室的爱子公主因为行为"怪异"挨欺负，差不多有两年的时间拒绝上学；平民出身的美智子皇后因为"身份低微"长期在皇室里受排挤，十几年前曾经一度失声；现任太子妃小和田雅子因为学业优异、习惯欧美文化而被宗族们"否定人格"[1]最终罹患抑郁症十多年，至今仍未痊愈……

成人社会里的"欺负人事件"也许

---

[1] 十余年前，皇太子曾经发表过公开讲话，坦言皇室中有人否认太子妃的人格，被称为"人格否定"发言。

来得没有那么直接或强烈，而且成人的耐压能力也比较强，但中小学生却因为年龄小，控制能力和自控能力都比较差，因此，欺负人的一方无论语言还是行为都显得残酷而杀伤力强，而被欺负的一方则因为欠缺经验而穷于应对最终走上绝路。

自杀的孩子一般都在 14 岁以下，也就是说，过了 14 岁，大约就过了一个坎儿，可以平安地长大了。

而 14 岁，正是一个对世事半懂不懂的年龄。

日本社会是一个崇尚集体的社会，这一点广为人知，日本国内国外都对此有太多的论述，可以列举的原因包括：自然灾害频繁，需要人们协同作业的机会很多，再加上国土面积小、人口众多、资源贫乏等因素的影响，若要生存下去，集团内部秩序的维持便显得十分重要。

总之，崇尚集体的日本民族非常注重人的社会性培养，要求的是整体的一致，从幼儿园开始，孩子们受的便是如何与他人相处的教育，家长和老师会教给孩子如何在社会集团生活中克制、忍耐。这一时期，主要培养的是与众人一致的协调性，一切都要有规矩，秋千要轮流坐，玩具要一起玩，最后大家一起收拾干净，因为弄脏了环境便是给别人添麻烦，而给别人添麻烦则是最丢脸的事。

在人的自我意识形成并渐渐膨胀的幼儿期，日本社会教给孩子们的是：每个小朋友都是最棒的，运动会上没有第一名，所有参加跑步的孩子都会得到同样的奖牌，小孩子之间没有争斗，吵架时妈妈训斥的永远是自己的孩子，让孩子向对方道歉，要孩子学会忍耐……

进入小学后，这种社会集团中克制、忍耐、尊卑有序理念的培养更加系统化。

记得女儿当时常拿回来一些有关学校治学理念的宣传单，总是在最醒目的地方写着："到学校来，交更多的朋友"。简单明了：学校，培养的是人与人的相处之道。

学校里没有班长，如果需要组织什么事情的话，则选出一个"领导"来，而所谓的"选"一般采用猜拳的办法，输了的当"领导"负责。猜拳时赢的人会欢欣鼓舞，输的人则表现得沮丧（真心愿意管人的人也会偷偷地乐），不过，大家对这个以娱乐方式选出来的人仍然非常支持，也配合，所有工作都能顺利完成。

小学的课程安排得极为轻松，中午吃了"午餐"之后便放学。进入夏天以后，常常整个上午都是体育课，孩子们可以一直泡在游泳池里，春秋两次运动会更是盛事，一般会在一两个月前便开始准备类似于体操之类的集体表演，每天上学基本都是在操场上练习。

即便是运动会也没有名次区别，一般分红白两组，将善跑的人平均分到两个组里，然后让组员们自己协商，怎样合作才能让自己的集体胜利。年龄小的孩子要绝对听从年长组员的话，一般不需要老师参与。如果幼小的孩子挨了学长的骂，父母也不会干涉，多是让孩子忍耐，尊重并听从学长的。

因为任何一个集团，都有尊卑秩序，而中小学时期的这些体验，使孩子们对秩序有了基本认识。可以说，中小学阶段是日本社会尊卑有序制度形成的重要时期，这种尊卑有序既包括对尊长、对权威的敬畏之心，也包括处于平等地位的个人之间的互相体谅、互相谦让、互不施压以及最重要的——彼此一样等观念。

从小便浸浴在这样环境中的日本人，非常注重集团中他人对自己的评价，也就是说，日本人的荣誉感很强，获得他人认可、被他人尊重往往比物质上的收获更让人获得心理安慰，体现的似乎是一种精神贵族的感觉。

曾经参加一个国际会议，一个日本学者论述了日本国民医疗保险的根源，将其归结到明治时期各个村落里的互助医疗模式。当时，为了解决乡村没有医生、看病不方便的难题，许多村落都以优越的条件从城里请医生来落户，医疗费用由全体村民共同承担，有钱的人多出点儿，没钱的人少出点儿，实在太穷的人家则可以不出钱，但大家有病时接受的却是同样的医疗。这种医疗方式几乎遍布于日本社会的所有村落，并逐渐发展成为现在的全体国民都可以获得 70% 补助的健康保险制度。

记得日本学者说完，一个中国方面很著名的学者提了一个问题："有钱人出了那么多钱，却与不出钱的人拥有同样的待遇，难道这些人不觉得吃亏吗？"

中国学者问这话时，几乎所有在座的中国人都颔首表示认同，但日本学者却几乎被逼到了绝路，支支吾吾了半天，也没有解答利落这个问题，表情满是困惑。

我想了很久，终于明白：对一个日本人来说，能够在集团中受人尊重远比金钱更重要，这是一个几乎融入日本人血液中的常识，或者可以说是一个基本伦理观，是不自觉的，他们自身并没有意识到，所以，日本学者因穷于解释而陷入困境。

理解了这种看重集团或者社会评价的荣辱观念，日本人的许多看似不可理喻的行为其实也都变得入情入理。

从前小川告诉过我，只占人口 10% 的精英是日本社会的头脑，所以，如果这一头脑决定了要干某件事，那么在整个社会的实施是十分顺利的，因为尊卑有序的组织构成使民众习惯于绝对服从尊长，并因为依赖集团生活而与周围人保持动作一致。

于是，全民军国主义的恐怖现象也就可以理解了，但凡看过当时纪录片的人都会承认，如果只看表象，当时，真的是全民支持天皇圣战，无论男女老少，表现的几乎都是同样的狂热。

可是，谁知道其中有多少人是因为生活在集团中而迫不得已呢？

曾经看过一个零式战斗机①驾驶员的遗书，说他接到出征命令后非常想念女儿，很不想去死，但如果不去，即便是活着回国，将来也无法在村里待下去，而且女儿也会挨欺负，所以，他不能不接受命令。在遗书中他最后写道："孩子，爸爸明天就死了，但你一定要活得快乐，因为，你以后的快乐里有爸爸那一份……"

也许，许多日本人战争中的行为也都可以用这种在集团中不得不为之的观念来解释。

新中国成立后，毛泽东说了一句"将军国主义分子和日本人民分开"的话，就此决定了中国对日政策的基础。这句话听起来似乎轻描淡写，但却是如此的高明，中日关系一下子便远离了似乎永远也解决不了的感情恩怨，站到了理性的高度上。不仅刚经历过日本残酷统治的中国百姓从心理上能够接受，日本的普通民众也变得心理轻松。

---

① 零式战斗机是二战时日本的一种飞机，也就是那种自杀式飞机。飞行员往往驾驶飞机冲向敌机或者敌方船只，企图与对方同归于尽。

虽然没有太多关于毛泽东对日本民族性进行研究的文献记载，但他天才的妙手偶得确是20世纪中国对日外交成功的原点。

所以，日本社会精英或者说执政者的观点非常重要。

就像当初石原慎太郎当选东京都知事，其实是许多因素的综合作用，我在前面也说过，首先是石原弟弟拥有一个实力雄厚的艺能人军团，艺能人在日本社会的影响力远远超过中国人的想象，所以，石原哥哥当选了。但成为集团尊长之后的石原哥哥却不是艺能人，他差不多是一个国粹分子，坚决地反对共产主义，因此时不时地会在公众面前发表一些反对中国的言论，人们听惯了，便都跟着信了，也跟着说了。

至于有多少人是经过深思熟虑的，那就很难说了。而日本社会也跟着渐渐地发生了变化。

日本有一句谚语，是说人一旦离开家乡，即便是做了什么丢脸的事也没多大关系，因为没有人认识自己。

也就是说，如果远离家乡，一个人就有可能变成另外一个人。

因此，维持集团内部的关系显得尤为重要。

有一个现象很值得回味，那就是日本全体国民都会送礼，每年腊月，整个社会都会行动起来，给那些曾给过你帮助的人或者会给你帮助的人送礼，包括自己的上司，礼物一般不多，重要的是不要忘记这些人，此次送礼被称作"御岁暮"，是一年中很重要的活动。

腊月送"御岁暮"是日本人懂礼数的重要表现。

如果一个人对上司点头哈腰，对下级声色俱厉，在中国便会挨骂，在日本却是常态，被认为是理所应当。所有的日本人都懂得看人眉眼高低，诺贝尔奖获得者都知道做人不要太棱角分明。

始自幼儿期的做人教育，让所有的日本人都具有相当丰富的处世经验。日本，可以说是一个情商非常高的民族，既识时务，又肯努力。

按中国人的认识，识时务、懂世故的人大多不努力，而努力认真的人大多是杠头。日本人却不这样，日本人的情商在幼儿园起便由整个社会培养了，其中的精英们后来进入优质的学校接受良好的教育，最终成为智商情商双高的人。而进入公立学校的绝大多数人，则从小学到中学，逐渐建立起尊卑有序的集团生活理念和习惯，成就了整个社会秩序、伦理道德形成的摇篮阶段。

而欺负人，则是这种道德伦理教育的副产品，因为要最终建立一个尊卑有序的集团，则必须将那些与众不同分子的棱角磨掉，在去掉一部分人棱角的时候，因为用力不当，便出现了欺负人的现象，正像东京大学那个女博士说的那样：因为是小孩子的行为，所以欠了一些分寸，但终究是促进了个体人的成长。

中国人熟悉的《哆啦A梦》，里面的大熊常常挨欺负，但周围人包括大熊父母却从没有提出过异议，因为，日本人都知道，小孩子从小就要练就服从比自己力量强的人的能力。

可以说，对离不开集体的日本人来说，欺负人现象将永远不会消失。

自26岁起，我便生活在日本，几近二十年。数千个日日夜夜，许多朋友出现在我的生命里，给我原本平凡的人生增添了无数色彩，对我产生的影响也无法估量。

东京，既留有我的心酸，也留着我的欢笑。银座大街的繁华，上野小巷的静谧，散落在住宅区内的小公园中昏黄的街灯夜夜照着我的身影，青春渐渐远去，二十几岁青嫩挺拔的我转眼已变成一个成熟的妇人。

忘不了小川彰。

这个只活了47年、永远微笑的人，直到去世之前都是那么精力充沛，每天凌晨总能收到他的邮件，他有着非凡的组织和联络能力，文笔超群，待人诚恳。据说，小川还有着日本皇室血统，他的祖母似乎是水户藩主①的私生女，他的老父亲曾经和我谈过，年轻的时候，小川曾远赴水户查考自己的身世，最终无果。

日本著名评论家吉崎达彦在博客里这样评价小川："如果，冈崎久彦从外务省退休后没有来到博报堂，或者说，冈崎来到博报堂而小川彰并没有跟随他，如果，这两个人没有相遇，那么冈崎研究所这个极具特色的智库可能便没有现在这样成功。而且，1995年之后的日美关系、日韩关系

---

① 江户时代被封于水户的德川家康家的藩王，水户是地名。

和日本对台关系等肯定会有些许不同。所以，在正确的时候认识正确的人是多么幸福的事情！在我，此时此刻，这种想法尤为强烈。小川的离世虽然是件非常让人遗憾的事，但小川带我认识了那么多的朋友，对此，我心怀感激。"

我对小川同样心怀感激，我对日本社会的许多认知都来源于他的悉心指教，而他的夫人则是我的异姓姐妹，是我跨越国界，超越民族的闺中密友。

忘不了冈崎久彦。

这个出身世家名门的日本人，才华横溢且无比爱国，一生的信条是屈原的"鸷鸟不群"，毕生奋斗的目标是像诸葛亮一样建功立业，电视采访的时候他的身后常常映着《出师表》，他熟读司马迁的《史记》，以汉高祖的谋士陈平为偶像，闲来吟诵李白的《峨眉山月歌》，认为人类历史进程即便发展到冷战之后也没有进入到真正的文明世界，国际关系的实质仍旧是"春秋无义战"式的荒蛮，他将自己对中国历史的深度理解应用到日美关系、日中关系、日韩关系、日朝关系以及所有国际关系之中。他是如此热爱中国古典文化，一次酒酣，他曾经对我说，"只有中国，才是亚洲的贵族啊"，语气中不知有多少艳羡。

然而，他又是如此旗帜鲜明地反对中国，主张和美国缔结同盟关系，因为要远交近攻，力量均衡。他巧妙地处理了对中国的"热爱与敌对"关系，利用中国的文明和中国式的智慧，为他服务的首相出谋划策，终于成为一代名士。

冈崎与我相交忘年，是书友也是诗友，他让我明白什么是国家利益，以及如何在复杂的国际关系中安身立命，并求得国家的发展。

忘不了村山富市。

作为首相，村山富市同样爱国。日本的首相中"何不食肉糜"者居多，而村山富市出身寒微，他生长在偏远的渔村，读书天分不高，但朴实、善良，主张左派思想却善于团结右派，宽容而顾全大局，具有自我牺牲精神；他悲天悯人，清廉正直，也更加崇尚人道，并懂得顾及邻国的感受，因而能为战争反省；他既充满睿智也懂得变通，拥有卓越的政治远见，同时还具有为历史承担责任的巨大勇气，所以更能获得人们的尊重。

因为理解作为弱者的受害者心理，他的"村山谈话"成为战后日本政府战争认识的里程碑，他创立的财团法人"亚洲女性国民基金"成为日本人对"慰安妇问题"的总决算，而时至今日，"慰安妇问题"仍是护短的日本一部分统治阶层人士极力掩饰并加以否认的问题，其实，不过是说起来难听的缘故，所以恨不得将其在历史上彻底涂抹干净。

大分县村山家的旧木屋已经超过百年，至今仍在风雨飘摇中伫立。一年中的大多时候，九十岁的日本前首相村山富市便陪着他腿脚不方便的老伴儿住在那里，静静等岁月流逝。

愿岁月不老。

总记得那个下午，光线暗淡的冈崎研究所会客室里，身材挺拔、风度儒雅的冈崎眯着眼睛问我：你愿意做一个批判你祖国的名人吗？

我静静地回答：我愿意像您一样做个爱国者。

于是，我失去了在日本一夜成名的机会……

如今，那老人的身影已经消失在历史的长河里，而对他极其推崇的首相安倍晋三领导的日本则与中国摩擦不断，倘若我旧日里在东京的所见所闻能为踌躇不前的中日关系带来些许思考，让智者找到一把解开双方心结的钥匙，我将感到无比欣慰。

与日本翻译家协会的翻译家们合影

※ 关于"给食"

日本的公立小学实行配餐制，日文叫"给食"，每个月大约交四千日元（约合人民币200元）伙食费，学校食堂按照营养搭配统一做料理，每天饭菜都不同，日餐、西餐或中餐，饭菜、牛奶和水果，很有营养，也很好吃。每天中午，各班的值日生会去食堂将装有饭菜的小车推到自己的教室，再给大家盛饭、盛菜，其他同学则将课桌摆在一起，随后，大家围坐着一起吃饭，吃完后，值日生又将配餐车送回食堂，其他人则将课桌重新放回原位。整个过程没有老师参加，从小学一年级开始，一直到小学毕业，既没有浪费，也没有喧哗，非常有序。中国对外友协副会长李小林女士访问日本时也曾去过某小学，并和小学生们一起吃了一顿"给食"，感触很深，连连称赞是一个培养小孩子协作精神的好办法。

后 记

2010 年，我带着两个年幼的女儿离开东京，来到中国社科院研究生院，攻读国史大师朱佳木先生的博士。

本来，我打算考中国社科院日本研究所副所长高洪老师的博士，但被拒绝了，理由是：即使再有实力，也会被认为是凭关系上的，因为我先生李春光是那里的工作人员。

为了避嫌，没有人肯收我。

仔细研究中国社科院的其他专业，我发现中日关系史是当代中国史中不能回避的重要部分，于是找到了朱先生。

朱先生为学严谨，对于我这个文凭上没有任何文科记载的人很是怀疑，但因为我素来擅长考试，成绩竟然居所有考生前茅，朱先生不得不收下我，但在同门聚会上多次毫不客气地说："我根本不想收她，但是她的成绩竟然比其他人都高……她就是占了日语好的便宜！"

我十分惶恐，因为自己的入围让其他基础更好的人落选，唯有更加努力，以回报朱先生的不弃之恩，也能略微减轻一下心中对那些落选之人的愧疚……

2011 年 3 月 11 日，日本大地震，我先生李春光在成田机场不眠不休三个日夜，当我在中央电视台的报道中看到他的身影时，感到了他为中日两国"友好"所付出的努力。

我的公爹是个教授日语四十年的老师，李春光从小耳濡目染，对"中日友好"充满了期待，也希望自己能为"中日友好"尽力。

中日两国之间的"友好"一词，自中华人民共和国成立伊始便开始出现，成为中国早期中日关系追求的最终目标，并因为中国联合国席位的恢复和中日邦交正常化的实现而深入到中国普通民众的内心。我们这一代人是伴随着这个词一起长大的，李春光同样是相信中日已经实现"友好"的一个人，所以，原本可以留在军中的他选择了赴日本留学。

而他如果留在军中的话，现在也许已经成为解放军的高级军官。

对此，李春光从来没有后悔。

只是，现实的日本并不如我们设想的那样"友好"，而"友好"实际上更应该说成是冷战时期中国领导人为中日关系所设定的既定轨道，随着国际形势的变化，在"求大同、存小异"的方针下，中日关系最终按照他们的思路上了轨道。

对此，日本的右派人士（包括许多自民党鹰派议员在内）是十分不满的，而且是心不甘情不愿的，自建交伊始，右派人士对中日的"友好"就十分的不以为然。只是因为当时中国拥有大量的石油，中日贸易又能为日本带来丰厚的利益，而且，美国也与中国关系缓解，所以，这些人士也就随波逐流般地搭上了"中日友好"的便车，说起来，也是日本集团生活特点的一个必然表现。

随着中国实力的增强以及中日贸易摩擦的不断增加，中日之间的力量对比在 20 年间发生了巨大变化。而冷战的结束，又使美国失去了苏联这个对手，中美关系不再具有上世纪 70 年代的意义，而美国在国际上的地位也发生了转变，因此，不再希望中日关系太好……而且，中国的石油不再有能力出口日本，这一点对一直勉强维持"友好"的一部分人来讲，十分重要。

于是，日本的右派人士开始公开否认中日之间曾经有过的"友好"，开始希望和中国建立起所谓的"战略互惠"关系，也就是说：要从讲感情变为讲利益。

如何打破存在于人们心目中的"中日友好"这个习惯性思维，成为日本政府绞尽脑汁想要解决的首要问题，于是，先从靖国神社的参拜入手，一点一点地摸索着从"中日友好"中独立出来的方法。

于是，习惯于"中日友好"的李春光，躺着中了枪。

2012 年，"李春光事件"发生，一时间，污水铺天盖地地泼了下来，善良单纯、有时甚至是不拘小节的李春光一时间成为中国军方去日本筹集经费的工作人员，各种谣言，令人心惊肉跳。

而正在北京两耳不闻窗外事地读博士的我，就此，与日本的许多朋友断了联系。

博士毕业后，我跟先生一起来到北京附近的一个小城，这里远离都市的喧嚣，生活节奏舒缓。

我生活得懒散，每个星期教两天日语，闲时种种蔬菜，徒步五分钟接送小女儿上学下学，淹没在市井生活的烦琐之中，日本似乎已经成了遥无可及的记忆。

小城旧名渠阳，阳春三月，到处是弱柳扶风，春花鲜艳，穿城而过的小河蜿蜒着，岸上绵延着的桃红让人不觉想起东京缤纷的樱花。

倏忽二十年，日本于我似乎已成一梦。

当时，我正在学习写诗，于是写了一首《乡居》，记录自己的心境：

嫩柳池边发黄芽，
东邻蜀锦探枝桠。
扶桑廿载终一梦，
三月渠阳种桃花。

吟着诗，种着草，不闻世事，人竟真的也似在桃花源里了。

2014年，因为要办一些行政手续，我再次来到东京，距离上次离开，相距整整两年。

时间虽然不长，但一切已经物是人非，而中日关系也变得更加疙疙瘩瘩，漫步在东京街头，我的内心十分感慨，想"中日友好"是如此的脆弱，而我们为"中日友好"的付出竟然是如此的结果。

领着出生在东京的小女儿，来到从前居住过的中国驻日大使馆别馆附近，看商店里人来人往依旧，公园的梅花红的正浓，水池里的乌龟仍然是那样悠闲，一切都显得祥和，而我们生活中的祥和却被剥夺了。

眼里不由浸满了泪。

从前常买菜的小店老板依稀记着我的模样，笑着打招呼。我习惯性地选了一把香蕉和一盒草莓，付了钱后发现这个"购物"实在太有感情色彩，因为我要拎着香蕉乘一个半小时的电车回住处。

这在日本非常少见，因为所有的居民区都非常方便，买水果根本不用跑远路，而且，一个穿着还算得体的妇人拎着一个装有水果的塑料袋乘坐电车，看上去不仅不美，而且显得怪异。

回到住处，望着那袋"跋涉"买来的水果，想着过往的一切，内心很是伤感。当晚，写了一首诗，用短信发给了我的老师朱佳木先生，老先生几分钟后便回了信："很美，很受感动，看样子你更适合写诗……"

当时我刚学诗，完全不懂诗的规则，后来，知道了一点皮毛，曾经想按格律诗的规范将其修改一下，但因为真的是有感而发，所以害怕改动了之后反而丢掉了当初的真情，于是就没有改。

冬日再访有栖川宫公园

2014 年 2 月 27 日

甲午元月，冬日温暖，路经东京驻日使馆。数年前曾居其别馆，不远处之有栖川宫公园，乃皇族有栖川宫（人名）旧邸，当年亦曾每日流连。

庭园冬日暖红梅，

池寐鸳鸯岸卧龟。

树底顽童秋千舞，

石旁闲客钓丝垂。

昔年稚稚垒沙女，

今日婷婷执手回。

孰料无端风乍起，

他年谁定是与非？

写这本书时，曾经遇到一个朋友，关心地问我是不是写"亲日"内容的……

他的话很不经意，却不知怎么触动了我，我发现提到日本，我们除了"亲日"，便是"反日"，似乎只有两种态度，非此即彼，黑白分明，好像很少听到既不简单"亲日"也不简单"反日"的"知日"。

其实，"亲"也好，"反"也罢，都带有浓厚的感情色彩。我觉得对于更多人来说，更重要的也许应该是对日本的了解。但愿这本书能够为我们了解日本、知晓日本提供一点帮助，因为，当今世界，经济如此交融，老死不相往来的邻国关系根本不可能存在，怎样更加理性地认识我们那具有实力、曾经和我们有过诸多恩怨的邻国，也许是今后中日关系中一个必须解决的问题。

对于日本，因为文字的相同，长相相似，我们常讲"同文同种"，以示亲近并很容易互相理解。然而我觉得这个说法其实是一个谬误，这个谬误对我们正确认识日本产生了很大的误导作用，使得中国人在认识日本时常常按照自己的臆测来想当然，而忘记了日本是一个地地道道的外国这一事实。

的确，日本人读《论语》、写汉字，并沿用很多中国的习惯，但那些东西都不过是"拿来主义"的具体表现，因为没有文字，就将中国的文字拿来用，但文字表达的内容却是日本式的。

所以说，中国和日本也许"同种"，但绝不"同文"。

在日本，我认识的几乎都是普通的市民，他们不信仰什么主义，只关心自己的衣食住行，对国家、政治不感兴趣，在他们眼里中国绝对是一个外国，一个很大很大的外国。

国内常有人说，中国这个从前强大时让日本纳贡、弯腰的国家的再次崛起，让许多日本人心里不是滋味，而这也是现在许多日本人反对中国的一个重要原因。

其实，我觉得这也是一个谬解，因为，日本是个情商很高的民族，他们都非常识时务，中国人认为的面子上的东西其实于他们并不是最重要的。

在对日本的关系上一些人容易激动，因为侵略成为许多人心中无法抹去的伤痛，因此，有时便缺乏理性。相反的，有一点我们必须承认：日本在与中国的交往中表现得非常现实而理性。

纵观近代以来日本与中国的交往，可见，力量强时是侵略与掠夺，而战后无法掠夺之时则一直在讲战略。从吉田茂的专事经济以求得在夹缝中的生存到其后的日美同盟，日本政府始终是在权衡国家利益之后决定着国家政策，对华政策更是充满了现实主义的味道。

面对着拥有五千年文明与历史的中国，日本统治集团最具代表性的智囊人物冈崎说必须与美国结盟，

因为那是合纵连横。

有中国人批判日本，不屑地说人家"傍大款"，但对于日本来说，要想获得最高国家利益，"傍大款"也许是最好的方法。十余年前，原海军提督山本城曾对我说："200年之后若美国不再强大，我们也就不需要搞日美同盟了"。

冈崎曾经于冷战时期说过："如果从力量关系考量，即使仅仅为了生存和维持和平这样简单的目的，日本都必须在美国与苏联之间选择一个并对另一个进行遏制，没有其他的路可走"。

冷战已经结束，苏联的威胁似乎变得弱小了很多，但中国的崛起同样使日本必须做出选择。

中日邦交正常化之前，中国因为不被联合国承认也不被日本承认，许多时候不得不牺牲具体利益以顾大局。现在的中国已经不是从前的中国，所以，对日本问题也应该上升到战略层面来考虑。

关于日本，我听得最多是对日关系、"中日友好"等词汇，却很少听到"对日战略"。日本一直对我们讲战略，我们的国民与学界对战略却始终没有足够的认识。

从前，我们曾经被封锁、遭禁运，四面受敌，形势严峻，这使得最擅长战略的国家领导人放弃了现实利益的计较，采用了斗争加"友好"的方式，满足日本人想同中国做生意搞贸易的愿望，并由此改变了我们自身的处境。

其实，贫穷的新中国不计得失地尽量争取日本的"友好人士"，并最终实现中日两国的"友好"，说到底，也是一种战略，是出于政治考量的大战略。

随着国际形势的变化，各国力量的对比也发生了显著变化，我们必须承认，日本早晚要成为"正常国家"，修正和平宪法，拥有军队等举措是我们无法制止得了的，只是时间的问题。

冷战时期，日本左派势力在国会中力量不可忽略，那个时候，中国曾经通过对左派人士施加影响对日本政策的制定有过牵制，"中国问题"也曾影响到执政党派系的决策。但社会党（现在的社民党）执政之后，出于国家利益的考虑，党首村山富市表示要坚持日美同盟，承认自己是自卫队的首长，这些与社会党一贯主张背道而驰的见解使得社会党在村山下台后分崩离析，现在的日本已经没有任何力量能够阻止其成为"正常国家"的趋势。对此，常有学者说："整个日本都在右倾化"，我觉得这样的说法太笼统、太表面话，并没有切中问题的要害，也可以说成是冷战思维的延续。

对这样的日本中国应该拥有怎样的战略？

我以为，中国必须改变希望影响日本国内势力而达到影响日本执政方针的想法。安倍第一次执政时便提出了要与中国建立"战略互惠"的关系，这一观点绝不是一时心血来潮，而是统治集团多年的夙愿。安倍是想向中国暗示并提议：他希望在战略层面上考虑与中国的关系，并将努力构建与中国的战略关系。这个关系首先是"战略"层面上的，不带感情色彩，因此便可以抛开"友好"这个让他们不舒服了许多年的字眼；其次才是"互惠"的。

冈崎久彦是安倍的重要顾问，我相信冈崎对安倍的影响是巨大的。而冈崎的思想便是一切以战略为先，要想知道安倍的真正意图，便需要研究冈崎对战略、对国家利益、对实力的观点，这将是在平等层面上考虑今后中日关系的重要基准。

冷战时期已经结束，意识形态早已经不是决定方针政策的唯一标准，除了领土主权等不能让步的问题，也许应该寻求与日本妥善解决其他容易伤及国民感情的问题。

其实日本一直都在寻求与中国摆脱"友好外交"的途径，以求建立起真正意义上"平等"而具有战略意义的外交。我在此将"平等"加上引号，是因为20多年的"友好交往"，一直使日本外务省被日本相当一部分人诟病，他们批判外务省搞的"中日友好"是唯中国政府之命是从的屈膝外交。

对于中国来说，在义正词严地交涉领土和历史问题的同时，核心问题应该是怎样和日本坐到谈判桌前，与已经"正常化"了的日本展开有利于双方国家利益的交往。

这也是我之所以写冈崎其人的目的，所谓知己知彼，才可不至于措手不及。

一个朋友说，他对日本非常抵触，连开日本车都从感情上接受不了。他是一个生意上非常成功的人士，曾经相当诚恳地与我探讨如何处理中日关系。我对他说，国家与国家的关系，其实与做生意相同，到了必要的时候个人的好恶便不是决定生意伙伴的最重要因素，他点头，又诚恳地问我如何化解心中的仇恨。我看着他认真的眼神，和他推心置腹：其实，仇恨无法化解，也许也没有必要化解，因为那是既定事实，关键是要超越仇恨，因为，总不能不交往。

一句"超越"，让这个发誓一辈子不会去日本的人决定有时间和我去日本看看。

也许，接触是我们逾越内心障碍的一个不错的方法。

其实，出国最大的好处便是开阔视野，体会异文化可以使人不盲目偏执，并能够反省自身文化很多应该反省的东西。而到一个曾经有过民族仇恨的国家去，更是一件辛苦且"心"也苦的事情。

其实，文化本没有优劣，在这一点上，善于学习的日本人显得非常明智。

这是我从热爱中国文化但却视中国为敌人的冈崎身上学到的最好的东西，君不见，樱花飘落之处，牡丹阵阵幽香。

冈崎的去世是我写作这本书的重要契机，但力劝我写书的却是我的两个异姓姐姐。去年夏天，久住日本的裕玲姐姐将我领到了她的故乡，她的挚友美丽姐姐立即将我视为知己，像母亲一样柔声地"逼"我："你要听我的，立即写书……"又说："你这么多年没有动笔就是因为懒……"

美丽姐远离尘世，为人高洁，我内心深受震动，自觉无法辜负，便下了动笔的决心……

当第一个一万字写完的时候，我将文稿寄给了吕洪明先生，他是一个非常有人情味的媒体人，很有见识，且能理性地热爱祖国，我一直十分敬重他，称他为大哥。吕大哥读后马上回信，嘱我一定将书写好：因为将有益于国家与民族。

书稿完成之后，我第一时间发给了他，他十分欣喜，很快便写了一篇推荐文章，读他的文字，我感到了他的理解，内心满是感动。

书是我一个人写的，也不是我一个人写的⋯⋯

感谢所有爱我、护我的朋友与亲人。

2015 年 7 月 29 日于鸣石苑

王　墨